KB072983

멱운 장편 소설
FUSION FANTASTIC STORY

진공

삼국지

전공 삼국지 7

멱운 장편 소설

초판 1쇄 찍은 날 § 2015년 11월 12일
초판 1쇄 펴낸 날 § 2015년 11월 19일

지은이 § 멱운
펴낸이 § 서경석

편집책임 § 한준만

펴낸곳 § 도서출판 청어람
등록번호 § 제387-1999-000006호
등록일자 § 1999. 5. 31
어람번호 § 제1-2286호

주소 § 경기도 부천시 원미구 부일로 483번길 40 서경B/D 3F (우) 420—822
전화 § 032-656-4452 팩스 § 032-656-4453
http://www.chungeoram.com
E-mail § chungeorambook@daum.net

ISBN 979-11-04-90511-7 04810
ISBN 979-11-04-90353-3 (세트)

7

멱운 장편 소설

FUSION FANTASTIC STORY

진공

삼국지

도서출판 청람

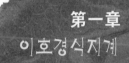

第一章

이호경식지계

 서주군은 여전히 음릉성 남문을 비워둔 채 나머지 세 개 성문에서 맹공을 가하고 있었다.

 하지만 전면적이고 직접적인 공성보다는 주로 벽력거를 동원함으로써 적에게 심리적인 압박을 가하고 서서히 성벽을 무너뜨리며 절호의 기회가 오기만을 기다렸다.

 여기에는 음릉을 지키는 교유의 수성 능력도 크게 한몫했다.

 그는 성루와 성벽이 크게 훼손된 상황에서도 고지를 점유한 이점을 이용해 서주군에게 통렬한 반격을 가해왔다.

 우전과 강노, 바윗덩이, 회병(灰甁 : 병에 석회를 넣어 적의 눈을 멀게 하는 무기), 나무토막 등을 쉴 새 없이 쏟아 부었고, 서주군의 운제나 당거가 성벽 가까이 다가오면 기름을 잔뜩 먹인 불화살과 횃불을 날리고 쇠사슬을 두른 거대한 청석(靑石) 맷돌을 던져 공성 무기를 무력화시켰다.

또한 성안으로 침투하려고 던진 비교가 성벽에 걸리면 돌멩이로 내려쳐 끊어버렸고, 설사 비교를 타고 성안으로 들어온 서주군도 무수히 날아오는 도리깨에 맞아 여지없이 성 밑으로 추락하고 말았다.

서주군의 공성이 사상자만 수천 명 내고 무위로 돌아갔지만 도응은 이를 예상했다는 듯 여유작작한 표정을 지으며 말했다.

"교유의 수성 능력이 실로 대단하구려. 하지만 우리에게는 벽력거가 있으니 그리 걱정할 것 없소. 벽력거로 공격만 퍼부으면 적은 두려움에 벌벌 떨며 오래 버틸 수 없을 것이오. 다만 시간이 좀 걸릴 뿐인데, 지금 우리도 마침 전투를 좀 더 끌어야 하는 상황이 발생했소. 이제부터 공성에 투입되는 병력은 3천 명 이하로 제한하고 벽력거로 끊임없이 석탄을 날리도록 하시오. 그리고 고순, 허저, 서성이 돌아가며 벽력거를 보호하시오."

도응의 말처럼 교유도 사실 성 방어에 매우 애를 먹고 있었다.

적의 직접적인 공성이야 원군이 올 때까지 어떻게든 막아낼 수 있었지만 쉴 새 없이 쏟아지는 벽력거 공격에는 속수무책일 수밖에 없었다.

성 위의 성루가 모두 박살 난 것은 말할 것도 없고, 군사들이 안심하고 쉴 장소조차 남아나질 않았다.

또 군사들이 몸을 숨기고 화살과 수성 무기를 날릴 곳이 없다 보니 고지를 점한 우세도 점점 약해지고 있었다.

날이 칠흑같이 어두워지자 음릉성을 세차게 몰아치던 서주군은 마침내 군대를 물려 본영으로 돌아갔다.

하지만 벽력거는 철수하지 않고 그대로 남아 음릉성에 석탄을 연신 날려대고 있었다. 음릉은 또 한 차례 성벽 여기저기가 깨져 나갔고, 군사들은 쉬지도 못한 채 석탄을 피해 달아나기 바빴다.

이런 상황이 반복되자 교유도 더 이상 참지 못하고 5백 결사대를 조직해 성을 나가 벽력거를 망가뜨리라고 명했다. 그러나 이 기습대는 운이 없게도 벽력거를 보호하던 고순의 함진영과 맞닥뜨렸다.

결국 5백 결사대는 벽력거 근처에도 가보지 못하고 함진영 손에 그대로 희생되고 말았다.

겨우 몇 명만 살아남아 성안으로 돌아왔지만 이후로는 누구도 감히 성을 나갈 엄두를 내지 못했다.

"이렇게 나가다가 성벽이 무너지는 날에는 전부 끝장나고 말겠어."

더 이상 방법이 없어진 교유는 다시 한 번 음릉성의 급보를 알리는 편지를 썼다.

그는 전령을 속히 수춘으로 보내 원술에게 성을 보수할 시간이라도 벌 수 있도록 제발 측면 지원을 해달라고 부탁했다. 그렇지 않으면 자신도 얼마나 더 버틸 수 있을지 자신할 수 없다고 솔직하게 얘기했다.

교유의 급보가 연이어 수춘성 안으로 날아들었다.

원술은 음릉이 위험하다는 보고에 문무 관원들을 모두 소집한 후, 편지를 서소에게 내던지며 불같은 목소리로 소리쳤다.

"하루가 멀다 하고 음릉에서는 구원을 요청하는데 유비에게 간 일은 어찌 된 것인가? 생각이 있다면 얼른 말해보아라!"

서소는 당장 무릎을 꿇고 엎드려 죄스러운 마음에 고개를 들지 못했다. 문무 관원들 역시 뾰족한 방법이 없어 누구 하나 감히 입을 열 수 없었다. 이때 원윤이 조심스럽게 입을 열었다.

"주공, 상황이 급박하니 아군이 직접 출병하는 것이 어떻겠습니까?"

그러자 원술은 다시 한 번 펄쩍 뛰며 원윤을 꾸짖었다.

"그걸 말이라고 하는 게냐? 원군이 강을 건넜다가 돌아오지 못하면 어쩔 것이냐? 그 틈을 노려 유비가 손을 쓰기라도 하면 대책은 있단 말이냐?"

원윤은 꼬리를 말고 슬그머니 자기 자리로 돌아갔다.

이때 장승(張承)이 앞으로 나와 침착한 목소리로 말했다. 그는 하내의 명사인 장범(張範)의 동생인데, 장범이 원술에게 초빙을 받았으나 병을 핑계로 가지 않고 대신 장승을 원술에게 보냈다.

"주공, 형세가 위급한 이때 왜 지모가 뛰어난 주부 염상을 불러 대사를 논의하지 않으십니까? 염 주부라면 이 난국을 타개할 계책이 있을지도 모릅니다."

"염상을 불러 대책을 강구하라고?"

원술은 장승의 말에 급히 마음이 움직였다.

그런데 금상이 앞으로 나와 전전긍긍하며 말했다.

"염상은 주공을 부추겨 유비를 해하려 한 죄로 옥에 갇혔습니다. 지금 아군과 유비와의 사이가 날로 소원해지는 가운데 염상을 다시 부르면 유비가 혹여 딴마음을 먹지 않을까……."

장승은 금상의 말을 끊고 정색하며 말했다.

"일이 이 지경에 이르렀는데 유비의 반응을 따질 겨를이 있답니까? 염 주부를 다시 기용하기 꺼려진다면 금 자사가 직접 유비를 찾아가 출병을 권유하십시오. 만약 유비가 이에 응해 음릉을 위기에서 구한다면 굳이 염 주부를 부를 필요가 없겠지요. 하지만 유비가 온갖 핑계를 대며 가지 않으려 한다면 주공은 충성심에 불타는 모신(謀臣)을 버리고 믿지 못할 원군에 의지하는 꼴 아닙니까?"

장승의 조리 있는 설명에 금상은 꿀 먹은 벙어리가 되고 말았다.

원술은 고개를 크게 끄덕이고 이를 악물며 말했다.

"장승, 좋은 말이네. 금상은 당장 유비를 만나 보도록 하라. 여기서 두 시진을 기다릴 테니 그사이 만족할 만한 답변을 얻어내지 못한다면 내 즉각 염 주부를 부를 것이다!"

금상은 원술의 명에 마지못해 유비군 대영을 찾아갔다.

그러나 유비가 그 뜻을 모를 리 있겠는가. 원술과 연합할지 아니면 도응과 연합할지 결정을 내리지 못하고 주저하던 유비는 관우와 장비를 보내 병을 핑계로 아예 금상의 출입을 막아버렸다.

수춘성 안에서 금상의 소식을 기다리던 원술은 두 시진이 지나도 아무 연락이 없자 주저 없이 염상을 풀어주고 대당 안으로 불러들였다.

충신 염상은 원술이 자신을 옥에 가둔 일 따위는 전혀 개의치 않았다.

그는 지금까지 전개된 상황과 현재의 형세를 상세히 분석한 후 즉각 원술에게 계책을 올렸다.

"주공, 일이 이 지경에 이르렀으니 난국을 타개할 방법은 딱 하나밖에 없습니다."

원술은 다급한 목소리로 물었다.

"무슨 방법인지 얼른 말해 보게나."

"먼저 유비를 주살한 후 음릉에 원병을 보내십시오. 유비 놈이 갖은 구실을 대며 음릉을 구하려 하지 않는 이유는 바로 힘을 모아 때를 기다리려는 것입니다. 음릉성이 무너진 후 도응이 군대를 휘몰아 수춘을 공격할 때, 유비는 전쟁의 승부를 가를 중요한 열쇠가 됩니다. 그가 만약 아군을 돕는다면 아군을 수춘을 지켜낼 희망이 있지만, 반대로 칼을 거꾸로 쥐어 도응에게 붙는다면 우리는 장사 지낼 땅도 없어지고 맙니다. 이런 심복 대환은 도응보다 백배는 더 위험하니 반드시 먼저 제거해야만 합니다!"

원술은 염상의 열변을 듣고 눈만 멀뚱멀뚱 뜨고 있다가 주저하는 목소리로 말했다.

"하지만… 대적을 눈앞에 둔 상황에서……."

염상은 자신만만하게 대답했다.

"주공, 우리에겐 아직 기회가 있습니다. 교유가 보낸 편지로 봤을 때, 음릉성은 원군이 없어도 닷새에서 이레는 충분히 버틸 수 있습니다. 교유가 서주군을 붙잡아두는 그 기간에 우리가 대군을 동원하여 유비를 섬멸해 버리면 그만입니다. 그런 다음 음릉에 구원군을 보내거나 아니면 교유에게 음릉을 포기하고 수춘으로 돌아오라고 명하십시오. 어떤 방법이 됐든 안에서 우환을 키우는 것보다는 훨씬 낫습니다!"

염상을 응시하던 원술의 표정에도 점점 확신의 빛이 감돌기 시작했다.

*   *   *

이미 사태의 심각성을 깨달은 유비는 혹시 모를 변고에 대비하기 위해 대량의 척후병을 파견했다.

명목상으로는 서주군의 동태 탐지였지만 실제로는 원술군의 일거일동을 엄밀히 감시하기 위함이었다.

유비는 수춘성 안의 원술군은 물론 비수 방어선을 지키는 군사들의 움직임까지 빠짐없이 보고하라고 명했다.

이런 조심성 덕분에 얼마 안 지나 민감한 보고를 접할 수 있었다.

수춘성 밖의 양강, 뇌박, 유위의 군영이 잇달아 경계 태세에 들어가고, 작피호 부근의 기병까지 모두 소환하는 걸로 보아 곧 군사행동에 들어갈 것 같다는 내용이었다.

이 소식에 유비는 대경실색해 서둘러 관우, 장비를 이끌고 친히 영채를 나와 순찰을 도는 척하며 원술군 대영 부근을 정탐했다.

먼저 유비군 영채와 반 리도 떨어지지 않은 뇌박의 군영을 살피던 유비는 직감적으로 심상치 않은 냄새를 맡았다. 뇌박군 영지는 겉으로 보기에 평소와 별반 다를 바가 없었다. 그러나 고지에 올라 살펴본 뇌박군은 예전의 그들이 아니었다.

평소 기율이 산만했던 원술군 영지에 웃음기가 사라진 지이미 오래였고, 식량을 운반하는 대오도 그 움직임이 눈에 띄게 바빠졌다.

또한 오시가 막 지나서부터 영지에서 밥 짓는 연기가 모락모락 피어올라 저녁을 준비하는 것인지 아니면 건량을 만드는 것인지 짐작하기 어려웠다.

이를 본 관우도 수상쩍은 생각이 들어 고개를 갸웃거리며 말했다.

"형님, 원술이 음릉에 증원군을 보내려는 것일까요? 그러려면 부교 건설이 우선일 텐데, 강가에서는 왜 아무 움직임도 없을까요?"

관우의 말에 유비가 급히 고개를 돌려 비수를 바라보자, 햇빛이 쏟아지는 강은 휑뎅그렁하여 부교 설치는 말할 것도 없고 밧줄을 연결하려 강을 건너는 배 한 척 보이지 않았다. 순간 유비는 얼굴이 사색이 되고 심장이 쿵쾅쿵쾅 뛰기 시작했다.

'이 모든 준비가 설마 나를 노리고……'

유비는 속히 관우, 장비를 돌아보고 명을 내렸다.

"아우들, 어서 본영으로 돌아가자! 전 부대에 경계 태세를 강화하고 영채 방어에 더욱 신경 써 만일의 사태를 예방하라고 일러라!"

　반 시진쯤 지나 유비의 사자인 간옹이 예고도 없이 원술을
만나러 왔다.

　원술은 본래 그를 접견할 마음이 없었으나 염상이 극력 권
하는 통에 억지로 간옹을 대면했다. 그런데 간옹은 원술에게
기쁘고도 놀라운 소식을 가지고 왔다.

　"아군 대오가 수일간 휴식으로 어느 정도 전투력을 회복해
우리 주공은 위기에 처한 음릉을 구원하기로 결정했습니다.
내일 아침 당장 비수를 건너 음릉으로 출전하려 하니 원 공의
부대가 아군 방어선을 대신 책임져 주십시오."

　전에는 아무리 협박하고 회유해도 전혀 출병 의사를 보이
지 않던 유비가 갑자기 생각을 바꾸자 원술은 어리둥절하며
어찌 대답해야 좋을지 몰랐다.

　때마침 원윤이 후당에서 안으로 들어와 원술의 귀에 대고
일단 유비의 요청을 받아들이라는 염상의 말을 전달했다.

　이에 원술이 고개를 끄덕이고 유비의 청을 수락하자 간옹
은 재삼 감사의 말을 전한 후 돌아갔다.

　간옹이 떠나자마자 후당에서 몰래 대화를 엿듣고 있던 염
상이 재빨리 대당 안으로 들어와 원술에게 말했다.

　"주공, 아무래도 기밀이 새어 나간 듯합니다. 이는 시간을
끌려는 유비 간적 놈의 완병지계입니다. 주공께서 당장에라도

손을 쓸까 두려워 고의로 하룻밤의 시간을 벌어 대응책을 마련하려는 생각이겠지요."

이 말에 원술은 깜짝 놀라며 다급히 물었다.

"유비 놈이 시간을 끌려 한다고? 그렇다면 그가 말한 음릉 구원은 거짓이란 말인가?"

"당연히 거짓입니다. 생각해 보십시오. 지금까지는 전혀 음릉을 구원할 의사를 보이지 않다가 하필 아군이 그들에게 손을 쓰려는 순간에 이런 요청을 해올 이유가 없잖습니까?"

동탁 연합군을 결성했을 때부터 유비가 마뜩찮았던 원술은 염상의 설명을 듣고 발연대로했다.

"그럼 누가 기밀을 누설했단 말이냐? 혹시 서소나 금상이 아니더냐?"

"그들은 주공을 배신할 사람들이 절대 아닙니다. 신의 예측이 틀리지 않다면 유비는 분명 아군의 행동이 전과 다름을 보고 이를 눈치챘을 것입니다. 이에 간옹을 보내 주공의 의도를 떠보고, 또 시간을 벌어 임기응변하려는 것이지요."

"그렇다면 내 어찌해야 좋겠는가? 잠시 유비를 제거할 계획을 버리고 그를 음릉으로 보낸 다음 다시 계책을 논의해 보는 것이 어떻겠나?"

염상은 황급히 고개를 젓고 대답했다.

"그건 절대 불가합니다! 유비란 놈은 혼란을 틈타 이익을 챙기는 데 일가견이 있는 자입니다. 지금 만약 그의 계획대로 움직였다간 주공께 큰 화가 미칠 것입니다. 속히 손을 써 화근을 영원히 제거하는 것이 무엇보다 중요합니다!"

원술은 염상에게 바싹 다가가 낮은 목소리로 물었다.

"그대의 말이 일리가 있네. 좋은 계책이 있는가?"

"장계취계입니다. 주공께서는 사신을 유비 대영에 보내 출정에 필요한 물자를 뭐든 제공하고, 내일 아침 출발 전에 내주겠다고 말하십시오. 그러면 유비는 이를 믿고 경계를 늦출 것입니다. 우리는 이 틈을 노려 오늘밤 이경 때 원래 계획대로 시행한다면 후환을 제거할 수 있습니다."

원술은 염상의 계책을 듣고 흐뭇한 웃음을 띠며 즉각 계획을 실행에 옮기라고 명했다.

그 시각, 유비 역시 발 빠르게 대책을 강구하고 있었다. 손건은 척후병으로 분장한 후 몰래 비수를 건너 음릉 전장으로 달려갔다.

해가 서산으로 뉘엿뉘엿 질 무렵, 손건이 전장에 당도했을 때 서주군은 마침 음릉성 공격을 마치고 군영으로 돌아와 휴식을 취하는 중이었다.

도응이 노숙, 장패, 고순 등과 한창 공성 전투의 득실을 따지고 있을 때, 병사 하나가 들어와 손건이 찾아왔다고 보고했다.

"유비가 또 손건을 보냈다고? 어서 들라고 해라."

병사가 대답하고 나가려 하자 도응이 급히 그를 불러 세웠다.

"잠깐! 날이 아직 어두워지지도 않았는데 유비가 사신을 보냈다니… 그의 행색이나 행동은 어떠했느냐?"

"유비군 사자는 일반 병졸 분장에 쾌마를 타고 왔습니다. 또 어찌나 급하게 달려왔는지 그의 말은 입에서 거품을 토하고 있었습니다."

이 말에 도응은 손뼉을 치고 반색하며 말했다.

"그리 급했던 걸 보니 수춘에 큰일이 나도 단단히 난 모양이구나! 빨리 그를 불러와라."

잠시 후 손건이 숨을 헐떡이며 안으로 들어오자 도응이 짐짓 의아한 투로 물었다.

"공우 선생, 어제 새벽에 겨우 수춘으로 돌아갔는데 어찌 오늘 저녁에 또 이리 급히 날 찾아온 것입니까? 무슨 큰일이라도 났습니까?"

"사군, 아군이 지금 큰 위기에 빠졌습니다. 원술 놈이 오늘 밤 우리 주공을 해하려 하고 있습니다!"

손건은 연신 땀을 훔친 후 원술군의 갑작스런 이상 행동을 소상히 설명했다.

서주군 장수들은 이 말을 듣고 만면에 희색을 띠며 기뻐 어쩔 줄 몰라 했다.

이어 손건은 도응에게 절하며 간청했다.

"도 사군, 수춘에 있는 원술군은 족히 7만이 넘습니다. 반면 아군은 피로에 지친 만여 군대가 전부여서 절대 원술의 적수가 되지 못합니다. 그러니 사군께서 즉시 비수를 건너 수춘성을 공격해 주십시오. 그리만 해주신다면 아군은 내응이 돼 귀군의 비수 방어선 돌파를 목숨을 걸고 돕겠습니다!"

"뭐가 그리 급하시오? 아군 주력 부대가 방금 음릉성 공격을 마쳐 사졸들이 숨조차 돌리지 못했소. 그러길래 잠시 원술의 비위를 맞추며 기다리라고 하지 않았소? 일이 어쩌다 이 지경에 이른 것인지……."

손건은 거의 울상이 되어 대답했다.

"우리는 그저 사군의 명에 따라 음릉을 구하러 가지 않았던 것뿐입니다. 우리 주공이 음릉 출정에 응하지 않자 원술이 의심을 품고 아군에게 손을 쓰려는 것 아닙니까?"

"그리 말하니 다 내 책임인 것 같잖소?"

도응의 바짓가랑이라도 물고 늘어져야 하는 손건은 거듭 머리를 조아리며 간청했다.

"도 사군, 시간이 없습니다. 당장 출병 명령을 내려 주십시오. 귀군이 수춘 공격에 나서면 아군은 내부에서 원술군을 혼란에 빠뜨려 귀군이 비수 방어선을 돌파하도록 돕겠습니다."

도응은 아무 대꾸도 하지 않고 손가락으로 책상만 두드리고 있더니 마침내 고개를 끄덕이고 입을 열었다.

"좋소. 내 즉시 출병하리다. 그대는 먼저 돌아가 유비 공에게 이르시오. 전력을 다해 영채를 사수하고 아군이 비수를 건너기 편하도록 부교를 설치하고 기다리라고 하시오."

도응의 대답에 손건은 크게 기뻐하며 연신 고개 숙여 감사를 표한 후 서둘러 작별 인사를 하고 돌아갔다.

손건이 나가자마자 서주군 장수들은 앞다퉈 도응에게 사건의 전말을 물었다.

"주공, 어찌 일이 이리도 급변한 것입니까? 우리가 비수를 건너지 않았는데도 원술과 유비가 왜 자기들끼리 서로 잡아먹지 못해 안달 난 것인지요?"

도응이 웃음을 지으며 차분하게 설명했다.

"이유는 아주 간단합니다. 원술은 처음부터 유비를 맹우로 여기지 않고 단지 화살받이로 삼을 생각이었습니다. 유비 역시 진심으로 원술에게 협조해 아군에게 대항할 뜻이 없었고, 오로지 혼란을 틈타 회남을 손에 넣을 야심만 가득했습니다. 동상이몽인 두 도적놈이 서로 용납할 수 없는 형세가 되자 마침내 본색을 드러낸 것입니다. 난 이 점을 미리 간파해 유비의 거짓 화친을 받아들였고, 또 일부러 음릉을 공격하고 수춘을 신경 쓰지 않은 건 둘 간의 갈등이 격화되길 기다렸기 때문입니다."

서주 제장이 도응의 신기묘산에 찬탄해 마지않자 도응은 환히 웃으며 말했다.

"솔직히 나도 효과가 이 정도일지는 몰랐소이다. 원래는 음

룽을 접수한 후 이간계를 펼쳐 원술과 유비 사이의 갈등을 유발하려고 했는데, 손도 쓰기 전에 저들이 먼저 내 뜻대로 움직여준 건 바로 천운이외다!"

서주 제장이 한바탕 큰 웃음을 터뜨린 후 장패가 앞으로 나와 물었다.

"그럼 우리는 이제 어찌 대응해야 합니까? 비수 방어선을 돌파할 절호의 기회가 찾아왔는데, 굳이 유비와 연합할 필요는 없다고 생각합니다."

"주공, 말장이 선봉에 서서 비수 방어선을 돌파하겠습니다!"

진도, 조성, 허저, 후성, 장흠, 주태 등이 잇달아 앞으로 나오며 이구동성으로 출전을 자청했다.

도응은 이들을 진정시키며 말했다.

"그깟 비수를 돌파하는 것쯤이야 무에 어렵겠습니까? 하늘이 내린 이 기회에 고작 비수 방어선이나 돌파해서 되겠습니까?"

장패가 의아한 얼굴을 하고 물었다.

"그럼 주공께서는 따로 계책을 마련해 두셨습니까?"

도응은 살며시 미소를 짓고 장패에게 말했다.

"선고형은 지금 당장 서곡양으로 돌아가 낭야군을 이끌고 비수 동쪽에 주둔한 도기와 회합한 후 수춘성의 동태를 유심히 살피십시오. 특별한 일이 벌어지지 않는다면 유비군은 틀림없이 원술 대군의 맹공을 당해내지 못하고 비수를 건너 도망칠 것입니다. 바로 그때, 군자군과 함께 유비군을 섬멸하고 유비 놈의 목을 베어버리십시오!"

*   *   *

원술이 사신을 보내 출정에 필요한 물자를 최대한 공급하겠다고 하자, 유비는 자신의 완병지계가 성공했다고 여겨 흐뭇한 미소를 지었다. 한시름 덜게 된 유비는 사신을 전송한 후 영채로 돌아와 명을 내렸다.

"서둘러 비수를 건널 부교를 만들도록 하라. 오늘밤 삼경 전까지 적어도 부교 하나를 완성하고, 내일 아침 전에는 꼭 세 개까지 설치하라."

장수 하나가 명을 받고 급히 나가자 관우가 의문스런 표정으로 물었다.

"형님, 정말 음릉으로 출병할 생각이십니까? 음릉의 서주 주력군은 말할 것도 없고, 비수 동쪽에 버티고 있는 군자군을 대적할 묘안이라도 있는 것입니까?"

"음릉을 구하러 갈지는 차차 논의하기로 하세. 어쨌든 부교를 설치해 놓으면 분명 큰 쓸모가 있을 것이야."

유비는 간단하게 대답하고 관우에게 분부했다.

"참, 회남 군사가 부교에 대해 물으면 내일 출병 준비를 위한 것이라고 대답하고, 그들에게 다리를 건설할 재료를 좀 달라고 하게."

이어 유비는 관우와 장비를 가까이 불러 낮은 목소리로 말했다.

"원술이 우리의 출병을 지원했다고 하나 그 의도가 절대 순수할 리 없네. 그러니 두 아우는 교대로 영채로 지키며 혹시 모를 사태에 대비하게."

관우는 장비는 고개를 끄덕이며 알겠다고 대답했다.

유비군이 부교 건설에 착수하자 과연 원술군 쪽에서는 병사를 보내 그 이유를 물었다.

유비는 내일 출병을 위한 것이라고 둘러댔고, 원술군도 크게 신경 쓰지 않는다는 투로 조심하라는 말을 건네고 돌아갔다.

이때 간옹이 유비에게 다가가 걱정스런 투로 물었다.

"주공, 지금 부교를 가설하는 것은 너무 성급한 듯합니다. 공우도 아직 도응의 회신을 가지고 돌아오지 않았습니다. 만약 도응이 출병을 거부했는데 부교가 완성되면 아군은 내일 꼼짝없이 출격해야 하지 않습니까?"

유비는 차분한 목소리로 간옹에게 설명했다.

"우리는 두 가지 가능성에 모두 대비해야 하네. 도응이 만약 맹약을 지켜 출병한다면 부교는 그의 군대가 비수를 건너는 교량이 될 것이고, 만약 맹약을 파기한다면 우리가 이 부교를 통해 강을 건너 호시탐탐 우리를 노리는 원술의 예봉에서 벗어나야 하네."

"하지만 강을 건넌 후 도응이 태도를 바꿔 우릴 공격한다면……."

"그럼 싸워야지."

유비는 평온한 어조로 대답한 후 웃음을 띠고 말했다.

"도응의 주력군이 60리 떨어진 음릉 전장에 있으니 우리가 제때 강을 건너기만 하면 군자군을 이기기는 어려워도 다른 곳으로 몸을 피할 수는 있지 않겠나?"

간옹은 그제야 유비의 뜻을 알아채고 그를 따라 미소를 지었다.

칠흑 같은 어둠이 깔리고 이경이 가까워지자 유비도 점점 마음이 풀어지기 시작했다. 그때 척후병 하나가 다급히 유비군 대영으로 돌아와 급보를 알렸다.

"주공, 큰일 났습니다. 오늘 날이 어두워질 무렵에 일부 원술군이 비수 상류의 작피호로 잠입해 민가의 어선 20여 척을 빼앗아 화선으로 개조하는 중입니다!"

유비는 이 소식을 듣고 화들짝 놀라 척후병에게 다그치듯 물었다.

"그게 사실이냐? 제대로 본 것이 확실하냐?"

"소인이 이 두 눈으로 똑똑히 봤습니다요. 회남 병사들이 장작과 마른 풀을 배에 가득 싣고 기름을 뿌리고 있었습니다. 아무래도 우리가 가설 중인 부교를 노리는 것 아닐까요?"

유비는 얼굴이 하얗게 질려 막사 안을 서성거리더니 즉시 장수들을 소집하라고 명했다. 잠시 후 관우, 장비, 공도, 유벽 등이 달려오자 유비는 이 사실을 알리고 대책을 강구하고자 했다.

바로 그때였다.

갑자기 펑 하는 일성 포향이 울린 데 이어 천지를 진동하는 함성 소리가 유비군 대영 밖에서 일제히 터져 나오기 시작했다.

"유비군을 시살하라! 유비 놈을 사로잡아라ㅡ!"

경천동지할 함성 소리에 유비는 다리에 힘이 쫙 풀리며 원술의 계략에 떨어졌음을 직감했다. 하지만 유비는 즉각 정신을 차리고 장수들에게 명을 내렸다.

"제장들은 각자의 영지로 돌아가 철통같은 방어막을 구축하라! 공도는 비수 나루로 가 병사들에게 부교 건설을 재촉하는데, 특히 상류에서 오는 화선을 조심하라. 유벽은 전력을 다해 중군 대영의 방어를 강화하라. 대영이 뚫리면 부교 건설은 허사로 돌아간다. 관우와 장비는 2천 군사를 이끌고 나를 따르라. 대체 무슨 일이 벌어졌는지 알아봐야겠다."

장수들이 일제히 대답하고 나가자 유비는 관우, 장비와 함께 영채 문 앞으로 달려갔다. 그런데 영문 앞과 좌우에서는 이미 화광이 충천하며 수많은 원술군이 방어선을 향해 달려들고 있었다. 또한 원술군이 연신 쏘아대는 화살에 유비는 감히 영문 밖으로 나갈 엄두를 내지 못했다.

유비는 대문 뒤에 숨어 원술군의 화살을 피하면서 재빨리 머리를 굴리기 시작했다.

'우리를 공격하는 적의 수는 어림잡아도 만 명이 넘겠어. 원술 놈이 아예 날 없애기로 작정한 모양이군. 아, 이제 어쩐담? 손건의 소식을 기다려 볼까 아니면 그냥 강을 건너갈까?'

"주공, 주공, 제가 돌아왔습니다!"

바로 이때 손건이 크게 소리치며 유비를 향해 달려왔다. 유비는 마치 천군을 얻은 듯 반가운 마음에 병사들을 뚫고서 급히 손건에게 달려가 물었다.

"그래, 도응이 뭐라고 하던가?"

손건이 숨을 헐떡이면서도 만면에 웃음을 띠고 눈짓을 보내자 유비는 그 뜻을 알아차리고 큰소리로 외쳤다.

"전군에 명한다! 최대한 영채를 사수하라. 조금 있으면 원군이 곧 도착한다! 조금만 버티면 우리는 승리할 수 있다!"

자신감에 찬 유비의 명에 장사들은 사기가 크게 진작됐고, 유비도 친히 전군을 지휘하며 원술군의 기습을 저지했다. 하지만 수적 우세에 의지해 한 발짝씩 밀고 들어오는 원술군의 공격 앞에 외부 방어선이 점점 무너지기 시작했다.

이 와중에도 유비는 전혀 당황하지 않고 군사들을 뒤로 무르며 부교 건설을 보호하기 위해 중군 대영을 사수하라고 명했다.

여기에 관우와 장비가 군사를 이끌고 앞으로 나서자 원술군의 공격도 주춤해질 수밖에 없었다.

양군이 혼전을 벌이며 사경 가까이 이르렀을 무렵, 첫 번째 부교가 마침내 완성되고 나머지 부교 두 개도 마무리 공사 중이라는 기쁜 소식이 전해졌다. 이어 비수 동쪽 기슭에서도 횃불이 밝게 빛나며 무수한 깃발이 펄럭이자, 이를 본 유비는 기쁨에 겨워 병사들에게 크게 소리쳤다.

"원군이 왔다! 도 사군이 우리를 구하러 왔으니 조금만 더 힘을 내 버티도록 하라! 배은망덕한 원술 놈은 곧 있으면 끝장날 것이다!"

원군이 당도했다는 말에 유비군 진영에서는 환호성이 터져 나왔다. 이들은 사기가 크게 진작돼 중군 대영으로 밀려드는 원술군을 악착같이 막아냈다.

한편 이번 포위 공격을 친히 지휘하던 원술은 서주군이 가까이 온 것을 보고 얼굴빛이 하얗게 변했다. 그는 급히 곁에 있던 염상에게 물었다.

"허, 도응이 군사를 파견했으니 어쩜 좋단 말인가?"

염상은 전혀 당황하지 않고 대답했다.

"크게 신경 쓰지 마십시오. 이제 두 시진밖에 지나지 않았는데 도응의 주력군이 이곳에 당도했을 리 없습니다. 이들은 분명 서곡양에 남아 있던 군사들로 병력이 많지 않을 것입니다. 게다가 비수 상류에 포진한 아군 화선이 언제든지 부교를 불살라 버릴 수 있어서, 저들이 다리를 건너려 했다간 물고기밥 신세를 면치 못합니다. 도응의 주력군이 당도하기 전에 유비군 중군 대영을 점령하고 나루를 봉쇄해 버리면 도응의 병력이 아무리 많아도 뾰족한 수가 없습니다."

"자네의 말이 내 뜻과 꼭 부합하네!"

원술은 손뼉을 치며 염상의 말에 맞장구친 후 원윤에게 명했다.

"전군에 서주 적병은 개의치 말고 유비군 영채를 공격하는 데 집중하라고 명하라! 내 검을 가지고 독전하며 물러서는 자가 있다면 그 자리에서 베어버리도록 하라!"

원윤이 검을 받아들고 전장으로 달려가자, 이어 원술은 염상의 건의를 받아들여 화선도 함께 출동시키라고 명을 내렸다.

원술의 명이 떨어지자마자 화선 20여 척이 강물을 따라 유비군이 세운 임시 부교를 향해 도도하게 내려갔다. 이를 본 유비는 마음이 다급해져 손건에게 속히 부교를 건너가 서주군에게 빨리 강을 건너도록 요구하고, 또 수군에게는 강을 거슬러 올라가 원술군 화선을 막으라고 명했다.

전투는 점점 절정으로 치닫고 있었다.

지상에서는 수적으로 절대 우위를 점한 원술군이 반원형을 이뤄 유비군 영지에 맹공을 퍼붓고, 유비군은 이에 완강하게 저항했다. 또 강 위에서는 유비군 공병대가 분초를 다퉈 부교를 건설하고, 유비군 수군은 선박 30대를 타고 총출동해 원술군 화선에 불을 놓거나 화선에 뛰어올라 배를 접수했다.

이처럼 강 위와 비수 서쪽에서는 함성이 크게 울리고 화광이 충천했지만 비수 동쪽에서는 서주군이 쥐 죽은 듯 조용히 이들의 혈전을 지켜보고만 있었다.

다시 반 시진이 흘러 유비군이 목숨을 걸고 화선이 부교에 접근하지 못하도록 막아냈는데도 맞은편 서주군은 도하할 기미를 보이지 않았다.

서주군에게 연락을 취하러 간 손건 역시 돌아오지 않아 유비가 막 다른 사신을 보내려고 할 때, 마침 손건이 허겁지겁 다리를 건너오며 멀리서부터 크게 소리쳤다.

"주공, 큰일, 큰일 났습니다!"

일이 잘못됐음을 직감한 유비가 긴장된 목소리로 무슨 일인지 묻자 손건이 숨을 몰아쉬며 대답했다.

"교유… 교유가 이 사실을 안 모양입니다. 도 사군이 친히 주력군을 이끌고 구원을 나오려 할 때, 교유가 서주군 영채를 습격해 도 사군은 지금 적을 막고 있는 중이랍니다. 그래서 지금 군사를 이끌고 이리로 출동한 것은 장패의 6천 군사뿐입니다. 장패는 자신의 병력만으로 다리를 건너는 모험을 할 수 없으니 우리에게 계속 영채를 지키며 도 사군의 주력군이 당도하길 기다리든지, 아니면 군사를 이끌고 비수를 건너든지 둘 중 하나를 택하라고 합니다."

이 말에 유비는 발연대로하여 소리를 질렀다.

"원술군이 급박하게 공격해 오는데 철군 명령을 내리면 아군은 그 즉시 대란에 빠지고 만다. 그렇다고 영채를 지키고 있으면 사상자만 더 늘어날 것 아니냐! 장패란 놈은 전쟁 경험이 그리 많으면서 이런 빤한 이치도 모른단 말이냐!"

유비가 씩씩거리며 화만 내고 있자 곁에 있던 간옹이 조심스럽게 말했다.

"주공, 아무래도 장패가 도하할 뜻이 없는 듯하니 아군으로서도 영지를 계속 지킬지, 비수를 건너 철수할지 속히 결정해야 합니다."

유비는 선뜻 결정을 내리지 못하고 침울한 표정으로 자신의 영채를 바라보았다. 이때 유비군 중군 대영 울타리는 이미 불바다로 변해 영채가 무너지는 것은 시간문제였다.

유비군 병사들은 한 걸음씩 뒤로 물러나며 원군은 대체 어디 있느냐고 소리만 질러댔다. 병사들의 사기가 이미 크게 떨어진 것을 본 유비는 이를 악물고 마침내 명을 내렸다.

"철수하라! 전군은 영채를 버리고 다리를 건너 철군한다!"

철수 명령이 떨어지자 부교 건설을 책임지며 나룻가 부근에 몰려 있던 공도의 부대가 가장 먼저 다리를 건너 비수 동쪽 기슭을 향해 달려갔다.

그때 비수 동쪽에서는 이미 장패와 도기가 전투 태세를 갖추고 유비군이 철군하기만을 기다리고 있었다. 공도군이 몰려오는 것을 본 장패와 도기는 서로 눈짓을 교환한 후 칼을 들어 이구동성으로 소리쳤다.

"화살을 발사하라! 한 놈도 다리를 건너지 못하게 하라!"

서주군이 비 오듯 날리는 화살에 선봉에 선 공도는 영문도 모른 채 화살 수십 발을 맞고 말에서 떨어져 즉사하고 말았다.

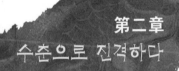

第二章
수춘으로 진격하다

"쏘지 마시오! 우리는 우군이란 말이오! 제발 멈추시오—!"

유비군이 절규하는 목소리로 울부짖었지만 서주군은 전혀 멈출 기세가 아니었다. 군자군과 낭야군은 손속에 사정을 두지 않고 인정사정없이 화살을 날려댔다.

서주군의 화살이 부교 세 개를 향해 마구 쏟아지자 비좁은 부교에 몰려 있던 유비군 장사들은 몸을 피할 길이 없었다.

연이어 화살에 맞아 쓰러지고, 또 일부는 화살을 피해 그대로 강에 몸을 던졌다. 다리 위는 죽고 부상당한 병사들로 산을 이루었고, 사방이 피바다에, 여기저기서 비명 소리가 터져나왔다.

"무슨 일이 벌어진 것이냐?"

한창 자기 군대의 도하를 지휘하고 있던 유비는 이 소리를 듣고 깜짝 놀라 나루 근처 높은 곳에 올라 상황을 살펴보고는 그만 넋이 나가고 말았다.

비수 맞은편에서 서주군 궁노수들이 다리를 봉쇄하고 끊임없이 화살을 쏘고 있는 것 아닌가. 유비는 또 한 번 도응에게 속았다는 생각에 눈이 시뻘개져 분통을 터뜨렸다.

한편 이 광경을 보고 놀란 이가 또 있었다. 공격을 지휘하던 원술도 서주군이 유비군에게 화살을 쏘는 것을 보고 자신의 눈을 의심했다.

"어찌 이런 일이 벌어졌단 말인가? 도응이 혼란을 틈타 쳐들어오는 것이 아니라 도리어 아군을 도와 유비군을 공격하다니? 지금 내가 잘못 보고 있는 것인가?"

곁에 있던 염상이 살짝 미소를 띠고 대답했다.

"이는 그리 괴이한 일이 아닙니다. 도응은 원래 유비를 가장 증오했습니다. 유비가 우물에 빠졌으니 돌을 던지는 것은 당연합니다. 우리로서도 유비 간적 놈을 제거할 이 절호의 기회를 절대 놓쳐서는 안 됩니다."

원술은 염상의 말을 옳다 여기고 큰소리로 전군에 명을 내렸다.

"북을 울리고 총공격을 감행하라! 비수에서 유비 놈을 반드시 없애야 한다!"

이어 염상이 원술에게 다시 계책을 올렸다.

"주공, 화선도 이제 그만 철수시키십시오. 도응의 목표가 아군이 아니라 유비군이니 저들이 부교를 건넌들 살아남을 수 있겠습니까. 또 강을 건너는 살길을 열어두어야 아군에 대항하는 유비군의 수를 더 줄일 수 있습니다."

원술은 크게 웃음을 터뜨린 후 계책대로 시행하라고 명했다.

이어진 전투는 그야말로 유비가 생전 경험해 보지 못한 악몽과도 같았다.

육지 전장에서는 원술의 회남군이 죽기 살기로 공격해 들어오고 있었고, 강 위에서는 서주군이 부교를 물샐틈없이 봉쇄하며 단 한 명의 유비군도 도하를 허락하지 않았다. 진퇴양난에 처한 유비군은 싸우지도 도망치지도 못하면서 갈수록 사상자만 늘어났다.

앞으로 달려 나갔던 관우와 장비도 물밀 듯이 밀려드는 원술군을 당해내지 못한 채, 패잔병을 이끌고 비수 나루로 퇴각해 유비와 합류했다.

원술군은 이 틈을 타 견고하던 유비군 중군 대영을 단숨에 무너뜨리고 군영을 휘저으며 닥치는 대로 사람을 죽이고 불을 놓았다.

비세에 몰린 유비는 마지막으로 결사대를 조직해 부교를 뚫고 나가기로 결심했다.

긴 방패를 든 유비군 결사대는 다리 위에 쌓인 시체를 치우고 빗발치는 서주군의 화살을 막아내며 뚜벅뚜벅 맞은편 기슭을 향해 나아갔다.

그러나 이들이 다리 끝까지 전진했을 때, 대기하고 있던 서주군 병사들이 부교를 지탱하던 밧줄을 도끼로 끊어버렸다.

밧줄이 끊어지자 돌격하던 유비군 결사대는 그대로 강으로 추락하고 말았다. 물에 빠져 죽은 병사가 부지기수요, 겨우 헤엄쳐 뭍으로 올라온 병사도 서주군의 창에 찔려 단 한 명도 살아서 동쪽 기슭에 오르지 못했다.

날이 환하게 밝았을 때 유비군이 건설한 임시 부교 세 개가 모두 끊어져 강을 건널 희망은 완전히 사라져 버렸다.

이에 발만 동동 구르던 유비는 하는 수 없이 관우의 말을 듣고 남쪽으로 포위를 뚫고 나가기로 했다. 관우와 장비가 선봉에 서서 필사적으로 길을 연 덕에 겹겹이 쌓인 원술군의 포위망을 겨우 뚫을 수 있었다.

이때 뇌박이 군사를 이끌고 유비군의 길목을 가로막았다. 하지만 뇌박은 장비의 호통에 크게 놀라 수적으로 우세한 전력을 가지고도 감히 공격에 나서지 못하고 꽁무니를 빼기 시작했다. 유비군은 이 틈을 노려 요행히 전장에서 빠져나왔다. 하지만 1만 3천 명이었던 군사는 겨우 2천 명밖에 남지 않았고, 유벽도 난군 중에 적의 창에 찔려 목숨을 잃고 말았다.

전장에서 벗어났다고 안전이 확실히 보장된 것은 아니었다.

유비가 전장에서 도망쳤다는 보고를 받은 원술은 즉각 양강, 유위, 원사에게 유비의 뒤를 추격하라고 명했다. 군자군 또한 강을 마주하고 남쪽으로 내달리며 유비군이 혹시 강을 건너 도망칠 길까지 막아버렸다.

유비는 끝까지 쫓아오는 원술군을 피해 남쪽으로 10여 리를 쉬지 않고 내달렸고, 그사이 몇 번이나 강을 건너려고 시도했지만 군자군이 어지럽게 쏘는 화살에 되돌아올 수밖에 없었다. 결국 작피호에 막혀 원술군의 맹공을 받게 된 유비는 관우와 장비의 도움으로 겨우 호수를 건너 포위를 벗어나는 데 성공했다. 이때 그의 곁에는 사병이 천 명도 남지 않았다.

회남을 손에 넣겠다는 꿈이 물거품으로 돌아간 유비는 하늘을 바라보며 도응을 한없이 원망했다.

그는 작피호 근처에서 병사들에게 잠시 휴식을 취하라고 명한 후 캄캄한 밤중에 길을 돌아 북쪽 여남으로 달아났다.

비수 전투에서 원술은 원한 바대로 우환거리인 유비를 쫓아내는 데 성공했다. 그러나 비수 전투의 진정한 승자는 사실 서주군이나 다름없었다.

이번 전투에서 원술은 눈엣가시인 유비를 몰아내기 위해 수천 명의 사상자를 내고 전쟁 물자를 한껏 소모한 반면, 서주군은 사상자가 한 명도 없어 전력 손실을 입지 않았기 때문이다.

한편 현재 음릉 상황을 보자면, 장패와 도기가 손건에게 한 말은 온전히 거짓은 아니었다. 원술이 유비에게 맹공을 퍼붓던 삼경 때쯤, 교유가 성을 나와 서주 주력군의 영채를 기습하고 있었다.

물론 이는 달걀로 바위를 치는 격이었으나 원술로서도 달리 방법이 없었다. 이때 원술은 도웅이 유비에 대해 어떤 태도를 가지고 있는지 몰랐기 때문에 유비를 손볼 시간을 벌려면 교유가 서주군을 견제해 주는 것이 꼭 필요했다.

교유군이 서주군의 영채를 습격한 결과는 말할 것도 없이 참담했다.

이들이 성을 나오자마자 음릉성 앞에 진을 치고 있던 벽력거 부대는 나는 듯이 이를 도웅에게 보고했다.

도웅이 친히 군사를 이끌고 응전하자 대패한 교유군은 재빨리 성안으로 되돌아갔다. 교유가 보낸 군사는 3천 명이었지만 돌아온 군사는 5백 명에 불과했다.

나머지는 서주군에게 섬멸된 것이 아니라 대부분 무기를 버리고 투항했다.

도웅은 포로의 입을 통해 음릉성 상황을 자세히 들을 수 있었다.

성안의 양초는 반년을 버틸 만큼 충분하고, 병력도 6천 명이 넘어 서주군에 대항하는 데 문제가 없었다.

하지만 이들에게는 사기가 크게 저하됐다는 결정적인 약점이 있었다. 장수나 병사 할 것 없이 모두 장기간 음릉성을 지키는 데 확신이 없었고, 일부 장수는 포위를 뚫고 남쪽으로 도망갈 마음까지 먹었다. 또한 벽력거 공격으로 인해 음릉성 성곽은 파괴 상태가 심각했다.

주전장인 서문 성벽에는 균열이 여러 군데 생겨 아무리 보수를 해도 원상 복구가 불가능했다.

이런 상황을 소상히 전해 들은 도응은 유비를 몰아낸 마당에 더 이상 거리낄 것이 없었다.

그는 즉각 음릉성에 석탄을 쏟아 붓고 전군에는 성을 총공격하라고 명했다. 여기에 당도에 있는 송헌의 군대까지 동원하여 모든 역량을 음릉성 공격에 집중했다.

만 하루 동안 밤낮을 가리지 않고 공격에 나선 결과, 마침내 쾅 하는 소리와 함께 음릉성의 성벽 일부가 무너져 내렸다.

서주군이 무너진 성벽을 통해 안으로 돌진해 들어가자 교유도 더는 버티지 못하고 서주군이 없는 남문을 뚫고 달아났다. 이때 고순이 함진영을 이끌고 교유의 뒤를 바짝 추격했다. 교유는 몇 차례나 수춘으로 돌아가려고 시도했지만 끝내 고순에게 막혀 하는 수 없이 남쪽 합비를 향해 도망쳤다.

고순의 끈질긴 추격에 교유군이 대부분 목숨을 잃어, 교유가 합비성에 당도했을 때 곁에 남은 사졸은 채 스무 명도 되지 않았다.

이로써 회남 북부의 요해지는 수춘을 제외하고 전부 서주군의 수중에 들어왔다.

원군마저 모두 패퇴한 상황에서 더 이상 지원을 바랄 수 없게 된 수춘은 고립된 성이 되고 말았다.

도응은 현재의 승리 결과에 만족하지 않고 잠시 군대에게 휴식을 명한 후 4만 5천 총병력을 집결하여 보무도 당당하게 회남군의 대본영 수춘을 향해 진격했다.

비수 동쪽 기슭에 영채를 차린 도응은 먼저 지형을 유심히 살펴보았다.

비수의 평균 너비는 약 80보 정도여서 크지도 작지도 않은 하류에 속했다. 돌파가 쉽진 않았으나 군사들을 희생한다면 함락하는 것도 어렵지 않아 보였다. 그런데 도응의 이맛살을 찌푸리게 하는 것이 하나 있었다. 바로 수춘성의 해자였다.

수춘성은 비수와 인접해 있어서 해자도 당연히 비수의 물을 끌어온 탓에 해자가 깊고 넓어 메우기 쉽지 않았다. 게다가 수춘성 성벽도 음릉성보다 반 장 이상이나 높아 정면으로 강공을 펼친다면 상당한 대가를 치러야만 했다.

비수를 사이에 두고 건너편 수춘성을 한참 동안 주시하던 도응은 노숙과 장수들에게 물었다.

"자경, 그리고 여러 장군들이 보기에 수춘성을 어떻게 공격하는 것이 좋겠습니까?"

고순이 가장 먼저 고개를 절레절레 흔들며 대답했다.

"쉽지 않아 보입니다. 수춘성은 성지가 매우 견고하여 공격하기 용이하지 않으니 아무래도 장기전에 대비해야 할 듯합니다."

노숙도 고순의 말에 동의하며 말했다.

"숙도 같은 생각입니다. 수춘은 비수라는 천험의 요새를 가지고 있어서 생각보다 큰 대가를 치를 각오를 해야 합니다. 게다가 방어 태세까지 완벽하게 갖추고 있는 통에 다른 회남의 성들을 공격하는 것과는 차원이 다릅니다."

도응은 낮은 목소리로 중얼거렸다.

"시간이라면 우리에게 충분하지. 하지만 아무리 장기간 대치한다 해도 원술이 백성에게서 거둬들여 수춘성에 쌓아놓은 그 많은 양초를 다 소비하려면 내년까지도 모자랄 것이야. 그렇다고 강공을 퍼붓자니 사상자가 급증할 테고. 아무래도 쉽지 않은 싸움이 되겠어……."

짐시 숙고에 들어간 도응은 고개를 흔들며 미소를 띠고 말했다.

"어쨌든 우리에겐 시간적 여유가 있으니 서둘러 비수를 건널 필요는 없소이다. 먼저 이곳에 영채를 공고히 세운 후 벽력거를 강기슭으로 옮겨 맞은편 적들이 설치해 놓은 임시 차단물을 보이는 대로 파괴해 버리십시오. 구체적으로 어떻게 성을 공파할지는 좀 더 시간을 두고 생각해 봅시다."

장수들이 일제히 공수하고 대답하자 도응은 장수들에게 각각 임무를 맡긴 후 홀로 사색에 잠겼다.

도응이 보기에 벽력거를 동원하고 강공을 펼친다면 수춘성을 함락하는 것은 단지 시간문제일 뿐이었다. 하지만 이에 따른 사상자가 기하급수적으로 늘어날 것이기 때문에 도응은 정면 강공을 고려하지 않고 지혜로 수춘성을 취하기로 마음먹었다.

최소한의 대가로 회남 최대의 요해지를 손에 넣을 방법은 과연 무엇일까?

지혜로 수춘을 취하기란 말처럼 쉬운 일이 아니었다.

가장 먼저 수춘성 안에 서주군과 내응이 돼줄 유비군이 사라진 데다 충분한 내부 정보를 얻기가 어려웠다.

또한 수춘은 사면이 물로 둘러싸인 특수한 지형이라 기습 공격에 애로가 많았다. 더욱이 심약한 원술이 전세가 불리함을 깨닫고 성문을 꽁꽁 걸어 잠근 채 나오지 않는다면 서주군으로서도 달리 대응할 도리가 없었다.

도응은 아무리 머리를 쥐어짰지만 신속히 수춘성을 취할 방법이 떠오르지 않았다.

그렇게 이틀이 흐르는 사이, 서주군은 강을 건너지 않고 오로지 맞은편을 향해 벽력거만 쏘며 원술군이 설치한 녹각 차단물 등을 다수 파괴했다.

한편 원술군은 벽력거에 놀라 가만히 몸을 숨기고 있다가 석탄이 날아오지 않을 때만 재빨리 성을 나와 다시 공사를 마치고 성안으로 돌아갔다.

이런 일이 반복되면서 벽력거의 공격 효과가 떨어지자 서주 제장은 후일 공성에 대비해 벽력거의 마모를 줄여야 하므로 투석을 중단하자고 건의했다.

하지만 도응은 고개를 내저으며 지금으로서는 적에게 두려움을 심어주는 것이 중요하기 때문에 벽력거 공격을 강행하라고 명했다.

한편에서 도응을 대신해 서주 후방의 문서를 처리하고 있던 노숙이 이 말을 듣고 조심스럽게 물었다.

"그럼 주공은 심리전을 이용하려는 생각이십니까?"

노숙의 물음에 도응은 즉각 대답하지 않고 하늘을 바라보며 길게 한숨을 내쉰 후 대답했다.

"지금 상황에서는 심리전이 가장 좋은 선택이오. 하지만 수춘성 내부 상황이나 원술의 심리 상태를 전혀 알 수 없으니 솔직히 어떻게 손을 써야 할지 감이 잡히지 않소."

노숙도 이맛살을 찌푸리며 말했다.

"가증스러운 원술 놈이 성문을 모두 걸어 잠그는 통에 아군 세작을 내부로 들여보낼 수 없는 데다 양국이 교전 중이라도 사신을 죽이지 않는다는 불문율을 지키지 않아 성안 상황을 정탐하려 사신을 보내기도 어렵게 됐습니다."

"사신이라……."

노숙의 말에 도응은 뭔가 영감을 받았는지 두 눈을 감고 가만히 앉아 깊은 사색에 잠겼다.

그러더니 갑자지 두 눈을 번쩍 뜨고 기쁜 목소리로 말했다.

"허, 군사 덕에 묘안이 하나 떠올랐소이다. 지금까지 사신을 수춘성에 보내 원술을 속일 생각은 전혀 하고 있지 않았었소. 빨리 허맹을 이리로 불러오시오."

그러자 노숙이 깜짝 놀라며 소리쳤다.

"원술이 아군을 뼈에 사무치도록 증오해 전에 보낸 사자도 목이 잘렸습니다. 허맹까지 이유 없이 죽일 생각이십니까?"

도응은 예의 희미한 미소를 띠고 대답했다.

"허맹이 아군 기치를 들고 성안으로 들어가면 당연히 살아남기 어렵습니다. 하지만 어떤 제후의 깃발을 들고 가면 원술은 그를 죽이지 않을뿐더러 외려 환대할 것입니다."

노숙이 눈만 깜빡이며 멍한 얼굴로 도응을 바라보자 도응이 웃음을 짓고 반문했다.

"한 번 맞혀보시오."

노숙은 눈알을 이리저리 굴리며 생각하더니 갑자기 이마를 치고 소리쳤다.

"아하, 허맹이 그자의 깃발을 들고 성안으로 들어간다면 원술이 허맹을 죽이기는커녕 친히 나와 맞이하겠군요!"

하루가 지난 후, 수춘성 대당 안에서는 원술이 문무 관원과 적을 물리칠 대책을 논의하고 있었다.

원술은 대당 정중앙에 거들먹거리고 앉아 물었다.

"지금 적의 동태는 어떠한가?"

원술에 의해 진국상에 임명된 원사가 앞으로 나와 대답했다.

"날이 밝자마자 적이 발석거를 발사해 현재까지 네 명이 사망하고 두 명이 부상을 입었습니다. 나머지는 어제와 크게 다르지 않습니다. 서주군은 여전히 군대를 움직이지 않고 있고, 아군은 틈틈이 방어 공사에 나서며 비수 기슭을 엄밀히 순시하고 있습니다."

원술은 만족한 표정을 지으며 말했다.

"음, 잘하고 있구나. 도응 놈이 비수를 건너지 못하게 방어만 철저히 하면 수춘은 태산처럼 안전할 것이다. 후속 원군이 당도할 때를 기다려 반격을 가해 빼앗긴 성지를 모두 되찾아 오자꾸나."

이때 대청 밖에서 다급히 전령 하나가 들어와 원윤의 귀에 대고 몇 마디 속삭이자 원윤은 괴이한 표정을 짓더니 앞으로 나와 원술에게 아뢰었다.

"주공, 방금 전 사신 하나가 찾아왔다는 보고가 들어왔습니다. 그런데 그 사신이… 원소 공이 보낸 사신이라고 합니다. 먼저 서주군 영지를 들렀다가 강을 건너 주공을 뵙겠다고……."

원윤의 말이 채 끝나기도 전에 원술은 책상을 내려치며 붉으락푸르락한 표정으로 소리쳤다.

"첩의 소생이 사위를 조종해 내 회남 땅을 침범하고 회남의 장사를 죽여 놓고서 감히 사신을 보냈다고? 만나고 싶지 않으니 당장 쫓아내라!"

원윤이 전전긍긍해하며 대답하고 나가려 하는데, 염상이 공손한 어투로 원술을 설득했다.

"주공, 한 번 만나 보심이 어떠할까요? 어쨌든 원본초는 주공의 형님입니다. 그의 사자의 접견을 거부하는 건 예법은 물론 정리에도 어긋납니다."

여기까지 말한 염상은 조심스럽게 말을 이었다.

"게다가 목전에 둔 대적 도응은 바로 원본초의 사위입니다. 도응이 주력군을 총동원해 남하할 수 있었던 것도 다 원본초의 허락과 비호가 있었기 때문입니다. 따라서 원본초와 연락을 유지한다면 형제의 정을 빌미로 도응의 군대를 물릴 수도 있습니다."

염상의 말에 원술은 미간을 찌푸리고 고심하더니 마지못해 명을 내렸다.

"그대가 형제의 정을 들먹이니 내 정분을 생각해서 원소가 보낸 사자를 잠깐 만나보겠네."

원윤이 명을 받고 나간 지 반 시진쯤 지나 원소군 사자를 데리고 대당으로 들어왔다.

서른 줄을 조금 넘긴 것으로 보이는 중년 문사는 대당으로 안내받아 들어온 후 원술에게 예를 갖추고 말했다.

"기향후 원 공 부중의 막빈(幕賓) 허맹이 주공의 명을 받들어 좌장군 원술 공을 뵙습니다. 여기 주공께서 보내신 서신이 있습니다."

허맹이 두 손으로 편지를 바치자 호위병이 이를 거두어 원술에게 건넸다. 거드름을 피우며 의자에 앉아 편지를 읽어 내려가던 원술이 갑자기 노한 기색을 띠었다.

편지에는 가식적으로 형제의 정을 거론하고 안부를 묻는 것 외에는 실질적인 내용이 한 글자도 보이지 않았기 때문이다.

원술은 편지를 집어던지고 분노로 가득한 목소리로 허맹을 꾸짖었다.

"이딴 편지를 보내자고 원본초가 널 여기로 보낸 것이냐? 시답잖은 안부나 음식기거(飲食起居)를 묻는 저의가 대체 무엇이냐?"

허맹은 재빨리 두 무릎을 꿇고 머리를 조아리며 대답했다.

"우리 주공께서는 원 공이 이를 물으리란 걸 잘 알고 계셨습니다. 편지에 아무 내용도 없었던 데는 다 이유가 있습니다.

필묵으로 전하기에는 적합하지 않은 얘기들이라 편지에 적지 않고 소인의 입을 통해 전하라고 명하셨습니다."

원술이 허맹을 다그치며 말했다.

"그게 무엇인지 얼른 말하라!"

"우리 주공의 말씀을 그대로 전하겠습니다. 주공께서 사위인 도응의 회남 출병을 윤허한 것은 원 공과 다투기 위한 것이 아니라 원 공이 전국옥새를 독점하고 천자께 봉환(奉還)하지 않아 어쩔 수 없이 이를……"

"내가 옥새를 천자께 돌려주지 않아서라고?"

원술은 자리에서 벌떡 일어나 소리치더니 금세 간사한 웃음을 띠며 비꼬는 투로 말했다.

"원본초 눈에 언제 천자가 있었느냐? 천자를 받든다는 자가 한복과 동모해 유우(劉虞)를 황제로 옹립했단 말이냐? 뻔뻔스럽기가 아주 하늘을 찌르는구나!"

원술의 사악한 웃음에 왠지 마음이 불안해진 허맹은 다시 한 번 조심스럽게 말을 이었다.

"우리 주공이 나서길 원하는지 모르겠지만 우리 주공께서는 원 공과 서주군을 화해시키고 도응에게 숙부의 예로 원 공을 대하도록 할 의사가 있다고 하셨습니다."

원술은 병 주고 약 주는 원소의 태도에 화가 치밀어 올라 허맹에게 따지듯 물었다.

"그래, 네가 전할 말은 다 끝난 것이냐? 그런데 그가 나서서 전쟁을 화해시킨다면서 전국옥새는 왜 거론한 것이냐?"

원술의 분노에 심장이 쪼그라든 허맹은 더욱 납작 엎드려 전전긍긍하며 말했다.

"그건 소인의 소관이 아니라 잘 모르겠습니다. 그리고 또 한 가지는 원 공이 양초 30만 휘와 금과 은 각각 5백 근, 채단 (采緞) 천 필을 주공 여식의 혼인 선물로 보낸다면 우리 주공 께서는 이번 전쟁의 중재자로 나설 뿐 아니라 도응이 빼앗은 회남 토지를 모두 돌려주겠다고 하셨습니다."

그런데 이 화해 조건에 원술이 갑자기 화를 멈추고 깊은 생각에 잠기기 시작했다.

원소가 제시한 이 정도 물자로 잃었던 회남 토지를 되찾는다면 수지맞는 장사가 아닌가? 물론 이것이 선물이라는 명목으로 서주군 손에 들어가겠지만 어쨌든 이는 숙부가 질녀에게 주는 혼수여서 도응에게 굴복하는 모양새로 비칠 일은 없었다.

이런 생각이 들자 원술은 점점 마음이 흔들리기 시작했다.

물론 원술로서도 받아들이기 어려운 조건이 하나 있었다.

바로 전국옥새였다.

오매불망 황제 자리에 오르고 싶어 하는 원술 입장에서 옥새를 잃는 것은 당연히 죽기보다도 싫었다.

원술은 이 두 가지를 두고 갈등하며 즉각 원소의 화친 조건에 대답하지 못했다.

한참 동안 고민하던 원술이 코웃음을 치며 마침내 입을 열었다.

"원본초는 왜 이리도 옹색하게 군단 말인가? 질녀가 출가하는데 숙부가 혼수를 선물하는 것은 당연하거늘 사신까지 보내다니, 쯧쯧. 돌아가 원본초에게 일러라. 질녀의 혼수를 보낼 테니 이만한 일로 사신을 보내 독촉하지 말라고 해라."

허맹이 공수하고 대답한 후 작별 인사를 고하자 원술이 그를 만류하며 말했다.

"뭐가 그리도 급한가? 멀리 기주에서 오느라 피곤할 터이니 수춘성에서 맘껏 마시다 가도록 해라. 자네가 이대로 돌아가면 본초가 날 인색하다고 비웃을 것 아니냐."

하지만 허맹은 한시라도 빨리 자신의 본영으로 돌아가야 했기에 그럴듯한 이유를 둘러댔다.

"소인이 서주 군영을 거쳐 이리로 왔기 때문에 시간이 늦어지면 필시 도응에게 의심을 사게 됩니다."

원술이 알겠다며 고개를 끄덕이자 염상이 불쑥 허맹에게 물었다.

"허맹 선생, 한 가지 궁금한 것이 있습니다. 선생은 먼저 서주 군영을 거쳐 수춘으로 왔는데, 도응에게 무슨 핑계를 대고 이리로 올 수 있었습니까? 제 주제 넘는 추측으로는 도응이 분명 이 정전 협상에 동의하지 않았을 텐데요."

허맹은 이 질문을 기다렸다는 듯 자신감 있게 대답했다.

"선생의 말씀이 옳습니다. 제가 사실대로 말했다면 도응이 순순히 보내줄 리 없었겠죠. 그래서 전 이런 핑계를 댔습니다. 수춘성으로 가 원 공에게 화친을 청하고, 정전 조건으로 구강군을 취하게 해주겠다고 말입니다. 그랬더니 도응은 이를 곧이곧대로 믿고 절 들여보내 준 것입니다."

염상은 알겠다는 듯 고개를 끄덕이고는 다시 질문을 던졌다.

"그럼 기주를 왕복하는 데는 대략 시일이 얼마나 소요됩니까?"

이 질문에 허맹은 말문이 막히고 말았다. 기주를 가본 적도 없는데 이를 어찌 안단 말인가. 하지만 그는 전혀 당황한 기색을 보이지 않고 손가락을 짚어가며 계산하는 척하고는 대답했다.

"특별한 사고가 없다면 약 쉰 날쯤 걸리겠군요."

이 말에 염상은 속으로 실망했지만 겉으로는 이를 드러내지 않고 알았다고 대답한 후 자기 자리로 돌아갔다.

이어 허맹은 원술에게 작별 인사를 고하고 서주 군영으로 돌아갔다.

그날 오후 신시 때쯤, 허맹은 서주 대영으로 돌아와 원술을 만난 경과를 도응에게 상세히 보고했다.

이때 도응은 허맹에게 당시 원술의 언사나 행동거지, 표정변화 등을 최대한 기억해 보라고 요구했다. 이를 통해 원술의 심리상태를 분석하고 읽어내기 위해서였다.

잠시 후 중요한 정보 하나를 듣게 된 도옹은 재빨리 허맹에게 반문했다.

"그래, 그대가 원소가 제시한 조건을 이야기했을 때 원술의 얼굴에서 갑자기 노기가 사라졌단 말이지… 틀림없는 사실이오?"

허맹은 자신감에 찬 목소리로 대답했다.

"확실합니다요. 소인이 출발하기 전에 주공과 군사께서 원술은 성격이 괴팍하고 독선적이어서 원소가 제시한 조건을 들으면 낯빛을 바꿀지 모른다고 거듭 경고하지 않았습니까? 그래서 소인은 그때 너무 두려워 계속 원술의 표정만 몰래 살피고 있었기 때문에 절대 잘못 봤을 리가 없습니다."

"당시 원술의 표정이 어떠했는지 더욱 자세히 말해 보시오."

"그게……"

허맹은 순간적으로 원술의 표정을 묘사할 적당한 단어를 찾지 못해 우물쭈물하다가 이렇게 말했다.

"소인이 전에 점을 칠 때 만났던 일부 손님과 똑같았다고나 할까요? 점은 치고 싶은데 복채가 아까워 손으로 돈을 만지작거리기만 하는 사람 같았습니다."

도옹과 노숙은 허맹의 설명에 한바탕 웃음을 터뜨렸다. 이어 도옹이 확연한 어조로 말했다.

"허맹의 말을 종합해 보면 원술은 내심 원소가 나서서 중재해 주길 바라고 있는 것이 틀림없소. 더욱이 아군을 핍박해 빼앗긴 토지를 돌려받고 싶은 마음이 간절할 것이오. 하지만 몇 가지 이유 때문에 그 자리에서 응낙하지 못한 것뿐이오."

그러자 노숙이 건의를 올렸다.

"그렇다면 아군은 당장 원술의 이런 심리를 이용해야 합니다."

도응은 아무 대꾸도 하지 않다가 한참 만에 고개를 저으며 말했다.

"그게 말처럼 쉽지가 않소. 수춘과 기주는 거리가 너무 멀어 한 번 왔다 갔다 하는 데만도 최소한 두 달 가까이 걸립니다. 원소가 중재에 나서기로 위장하려면 아군은 긴 시간을 허비해야 하니 무의미하고, 그렇다고 기간을 단축하자니 원술의 의심을 사게 될뿐더러 이런 중차대한 일을 원소가 일개 무명 소졸에게 맡겼다면 믿지 않을 가능성이 높소."

노숙은 도응의 설명에 고개를 끄덕여 수긍한 후 실망스런 목소리로 말했다.

"허맹이 위험을 무릅쓰고 수춘성에 들어간 일은 결국 헛수고가 되었군요."

하지만 도응은 만면에 웃음을 띠고 대답했다.

"절대 그렇지 않소. 어쨌든 원술의 생각은 확실히 알지 않았소?"

이때 전령 하나가 급히 막사 안으로 들어와 무릎을 꿇고 도응에게 보고했다.

"주공, 수춘에서 염상이라는 사자가 찾아와 주공을 뵙게 해 달하고 청하고 있습니다. 지금 강가를 방어하는 후성 장군 진영에 있는데, 만나 보시겠습니까?"

기회를 찾지 못해 고심하던 도응은 이 보고를 받고 크게 기뻐하며 명했다.

"빨리 염상을 이리로 데리고 와라."

전령이 대답하고 막 막사를 나가려는데, 도응이 생각이 바뀌었는지 그를 불러 세우고 말했다.

"아니다. 후성에게 그를 포박해 이리로 압송하라고 해라. 그리고 중강은 장중에 도부수를 배치하고 시립하시오!"

이 명에 노숙이 고개를 갸웃거리며 물었다.

"원술이 먼저 사신을 보내 우리에게 연락을 취한 건 일을 도모할 절호의 기회입니다. 그런데 주공은 왜 사신을 이리 대하십니까?"

도응이 웃음을 띠며 대답했다.

"지난번에 원술이 아군 사신의 목을 베 묵은 원한을 아직 갚지 않은 상황에서 내가 만약 원술이 보낸 사신을 환대한다면, 이는 원술에게 내 마음이 다급하다는 걸 드러내는 것과 다름없소이다."

노숙은 그제야 그 뜻을 깨닫고 도응의 세심함에 탄사를 연발했다. 이어 도웅은 허맹에게 즉시 몸을 숨기고 있으라고 명했다.

잠시 후 서주 장사들이 염상을 포박해 서주군 대영 안으로 끌고 왔다. 하지만 염상은 조금도 두려워하는 빛이 없었고, 막사 양쪽에 칼을 들고 시립한 도부수를 보고서도 담담한 표정을 지으며 도웅에게 예를 갖춰 말했다.

"좌장군부의 주부 염상이 서주자사 도 사군께 인사 올립니다."

도웅은 수염과 머리칼이 희끗한 염상을 한참 동안 응시하더니 표독스럽게 말했다.

"염 주부는 대담하고 직간을 서슴지 않는다던데, 오늘 보니 과연 소문이 거짓이 아니구려. 하지만 지난번에 원술이 내 사자를 죽인 일이 있어 그대 역시 살아 돌아가지 못할 것이오."

염상은 전혀 주눅 들지 않고 당당하게 말했다.

"지난번 아군의 과오를 이 상의 목으로 대신한다 해도 아무런 원망과 후회는 없습니다. 다만 그 전에 제 말씀 한마디만 들어주신다면 죽어도 여한이 없을 것입니다."

도웅은 흥 하고 코웃음을 치더니 소리쳤다.

"허튼소리를 지껄인다면 도부수의 칼에 자비를 바라기 어려울 거요!"

염상은 감사를 표시한 후 목소리를 가다듬고 말했다.

"저는 이번에 회남의 군대가 아니라 서주군을 위해 목숨을 걸고 사신으로 온 것입니다. 서주군 장사들의 무수한 희생으로 회남의 토지를 빼앗고 혁혁한 전과를 올렸지만 곧 있으면 이 모든 것은 물거품이 되고 맙니다."

도응은 잠시 멍한 표정을 짓고 노숙과 눈짓을 교환하더니 다시 한 번 흥 하고 코웃음을 쳤다.

"그 따위 빤한 수작으로 날 속이려 했다면 상대를 잘못 골랐소이다."

"설마 제가 근거 없이 도 사군을 협박하고 있다고 여기시는 겁니까? 사군은 꿈에도 생각하지 못했겠지만 누군가 지금 도 사군의 전과를 가로채고, 속임수로 갈취하려 하고 있습니다."

도응은 그제야 놀란 표정을 지으며 물었다.

"그게 대체 무슨 말이오?"

도응의 당황한 안색을 확인한 염상은 의기양양하게 도응이 이미 알고 있는 이야기를 또다시 구술하고, 여기에 한마디를 더 덧붙였다.

"만약 우리 주공께서 원소가 내건 조건을 수락하고 전국옥새를 건네며 신복해 원소가 사군에게 점령한 회남 토지를 돌려주라고 명한다면 어찌할 생각입니까?"

"정말 그런 일이 있었소?"

도응이 놀란 표정을 지으며 묻자 염상은 기다렸다는 듯 대답했다.

"이는 말뿐이지 증거가 없어 사군이 믿지 못할 수도 있습니다. 하지만 사군은 총명한 분이니 원본초라면 이런 일을 저지르고도 남을 위인인지 아닌지 잘 따져 보십시오."

도웅은 눈살을 찡그리고 주먹을 불끈 쥐며 원소의 배신에 분노한 것 같은 모습을 보이고는 이를 갈며 말했다.

"그럼 그렇지. 원소의 사신이 찾아왔을 때부터 알아봤어야 했는데. 허, 결국 노리는 것이 있었구먼."

염상은 이 틈을 놓치지 않고 최대한 부드러운 어조로 도웅을 설득했다.

"사군, 〈시경〉에 '형제는 담장 안에서는 서로 싸우다가도 외부에서 공격을 받으면 합심해 이를 막아낸다'고 했습니다. 우리 주공과 원본초가 불화한다고 하지만 어쨌든 이들은 피를 나눈 형제입니다. 원본초가 사군의 회남 침략을 허락한 것은 사군의 손을 빌려 형에게 불경한 아우를 벌주려는 데 불과합니다. 만약 우리 주공께서 원본초에게 고개를 숙인다면 원본초는 형제의 정을 생각해 사군이 우리 주공의 영지를 병탄하고 아군을 멸망시키도록 두고 볼 리 있겠습니까? 그때가 되면 사군의 모든 노력과 희생은 결국 물거품으로 돌아가지 않겠습니까?"

도웅은 멍하니 의자에 앉아 있다가 자리에서 벌떡 일어나 말했다.

"원술이 내 악부의 형제인 건 사실이지만 나 역시 그의 사위요. 사위와 형제의 다툼에 악부가 누구 편을 들지는 모르는 일 아니오?"

"물론 사군의 말이 맞습니다. 그래서 원본초는 우리 주공에게 양초 30만 휘와 금과 은 각각 5백 근, 채단 천 필을 사군의 혼인 선물로 보내라고 하지 않았습니까? 이런 성의를 보인다면 원본초가 과연 누구에게 마음이 기울까요?"

도응은 입을 다문 채 아무 말이 없다가 슬쩍 노숙에게 눈짓을 보냈다. 노숙은 그 뜻을 알아채고 즉각 책상을 치며 분노했다.

"원본초가 사람을 너무 업신여기는구나! 아군이 회하를 건너 만 명이 넘는 장사가 희생되고, 전량 백만 휘를 소모했는데 고작 그 정도 예물로 우리가 얻은 것을 넘겨주란 말인가!"

이에 염상은 노숙에게 고개를 돌려 웃으며 말했다.

"자경 선생, 설마 원본초의 요구를 거절할 수 있다고 보시오? 그의 성격이라면 귀군의 북쪽 전선은 더 이상 안녕하지 못할 텐데요?"

노숙은 말문이 막혀 그저 얼굴에 노기를 띤 채 씩씩거리기만 했다. 도응 또한 심각한 얼굴을 하고 아무 말이 없자 염상은 이 틈을 타 공손하게 말했다.

"사군, 너무 걱정 마십시오. 귀군이 난처함에 처하지 않을 좋은 계책이 하나 있습니다. 원본초는 우리 양군의 다툼에 끼어들 것이 분명하므로 귀군이 먼저 자발적으로 회남에서 물러나십시오. 그러면 우리는 그 보상으로 약속한 혼인 선물을 드리겠습니다. 그럴 경우 사군은 충분한 전과를 얻을 수 있을 뿐 아니라 악부에게 미움을 살 일도 없습니다."

그런데 염상의 예상과 달리 도응은 책상을 치며 분노를 터뜨렸다.

"입 닥쳐라! 그깟 식량 수십만 휘로 우리를 능욕한 원수 원술을 어찌 용서한단 말이냐! 또 서주군 장사들이 뜨거운 피를 흘려 반적에게서 되찾은 한실의 토지를 절대 돌려주지 않겠다!"

"원본초의 사신이 귀군 군영에 있을 텐데 목소리를 좀 낮추시지요. 그가 돌아가 원본초에게 사군의 말을 그대로 전한다면 원본초의 미움을 살까 두렵⋯⋯."

"악부를 핑계로 날 압박할 생각 마시오."

도응은 거칠게 염상의 말을 끊고 차가운 미소를 지으며 말했다.

"돌아가 원공로에게 만약 악부를 이용하려거든 마음대로 해보라고 하시오. 수춘에서 기주까지 왕복하려면 족히 두 달은 걸릴 텐데, 그 정도면 우리 대군이 수춘성을 취하고도 남을 시간이니까. 성을 함락한 후 난 가장 먼저 원술의 수급을 베 장인 앞에 바칠 것이오. 그럼 장인이 화해 조정에 나설 수 있는지 두고 봅시다."

이어 도응은 웃음을 그치고 곁에 있던 노숙을 돌아보며 명했다.

"자경, 즉시 전군에 내일부터 총공격을 감행해 사흘 안에 비수 방어선을 돌파하고, 열흘 안에 반드시 수춘성을 무너뜨려 원술의 수급을 베라고 하시오!"

노숙이 명을 받고 나가려 하자 제 꾀에 넘어갔다고 여긴 염상은 온몸에 식은땀을 흘리며 다급히 말했다.

"사군, 잠시만 진정하십시오. 우리 주공은 사군과 진지하게 정전 협상에 나설 용의가 있습니다. 사군이 원하는 조건이라면……."

"입 닥쳐라!"

도응은 다시 한 번 염상의 말을 끊고 분노를 터뜨렸다.

"내가 원하는 조건은 무엇이든 들어주겠단 말 아니냐? 좋다! 원술이 전국옥새를 돌려주고 구강군을 넘겨준다면 공격을 멈추고 군대를 무를 용의가 있다. 그렇지 않으면 수춘성을 공파하는 날이 바로 원술의 목이 떨어지는 날이 될 것이다! 너희들에게 사흘의 시간을 주겠다. 그때까지 내 원하는 답을 주지 않으려면 원술에게 목을 씻고 기다리라고 일러라!"

염상은 도응이 격노한 모습을 보고 어찌할 바를 몰라 연신 머리를 조아린 후 서주군 대영을 떠났다.

염상이 나가자마자 도응의 얼굴에는 노기가 싹 사라지고 웃음이 가득 번졌다.

"원술 놈이 이미 겁을 잔뜩 집어먹었으니 수춘성은 취한 것이나 다름없구나!"

도응과 함께 훌륭한 연기를 선보인 노숙도 미소를 지으며 고개를 끄덕였다. 도응은 자신만만한 손짓을 보이며 말했다.

"지금으로서는 원술이 가능한 한 빨리 수춘성 사수를 포기하도록 만드는 것이 중요하오. 허맹을 다시 한 번 수춘성에 보내야겠소."

*　　　　　*　　　　　*

원소의 힘을 이용해 서주군을 물러가게 하려는 염상의 생각은 매우 훌륭했다.

허맹이 정말 원소의 사신이었다면 오히려 도응이 진퇴양난의 위기에 처했으리라. 하지만 애석하게도 이 모든 것이 도응이 짜놓은 계략 위에서 전개됐다는 것이 문제였다.

쫓겨나듯 서주군 대영을 빠져나온 염상은 즉각 수춘성으로 돌아가 원술에게 도응의 말을 전했다. 원술은 이 말을 듣자마자 펄쩍펄쩍 뛰며 분노를 터뜨렸다.

"도응 놈의 오만방자함이 도를 넘었구나! 뭐? 수춘성을 공파하고 내 수급을 베겠다고? 도적놈에게 그럴 배짱이 있는지 내 이 두 눈으로 똑똑히 지켜볼 것이다!"

염상은 원술을 진정시키며 조심스럽게 입을 열었다.

"도응이 사흘 안에 비수를 건너고 열흘 안에 수춘성을 취하겠다는 말이 허무맹랑한 것은 사실입니다. 하지만 도응이 속전속결로 나올 가능성을 완전히 배제할 수는 없으니 만일의 사태에 대비해 비수 방어를 한층 더 강화해야 합니다."

원술은 이맛살을 찌푸리고 고개를 끄덕이며 말했다.

"염상의 말이 일리가 있다. 양강, 뇌박, 유위에게 도응이 퇴병할 때까지 한 발짝도 물러서지 말고 비수 방어선을 사수하라고 명하라!"

이때 원윤이 쭈뼛거리며 앞으로 나와 조심스럽게 말했다.

"주공, 일이 여기까지 이르렀으니 한시라도 빨리 원본초에게 중재를 청해 도응의 철군을 압박해야 하지 않겠습니까?"

원술은 이 말에 얼굴이 굳어지며 입을 굳게 닫아버렸다. 원술이 주저하며 결정을 내리지 못하자 염상, 원윤, 금상 등은 일제히 무릎을 꿇고 이구동성으로 간청했다.

"주공, 지금처럼 급박한 때에 신외지물(身外之物)인 전국옥새를 아까워하지 마십시오. 원소에게 구원을 청하는 것이 지금으로서는 적을 물러가게 할 수 있는 가장 좋은 방법입니다. 옥새를 아끼다가 회남 전역이 도응의 손에 떨어지기라도 하면 주공께서는 어디에 몸을 의탁해 패업을 이루겠습니까? 속히 결단을 내리십시오. 시일을 끌게 되면 적을 물리칠 절호의 기회를 잃을까 염려됩니다."

원술은 얼굴이 점점 일그러지며 눈을 빗떠 휘하들을 쳐다보다가 풀 죽은 목소리로 말했다.

"내 전국옥새가 아까워서가 아니라네. 원본초는 본디 욕심이 많은 자라 절대 옥새에 만족할 리가 없네. 옥새를 내준다 해도 다른 걸 요구할 것이 빤하니, 나는 옥새만 잃는 꼴 아니겠는가? 게다가 지금은 시간적 여유도 없지 않은가? 수춘에서 기주까지 왕복하려면 두 달은 걸릴 텐데, 그사이 비수 방어선이 뚫리기라도 하면 어쩐단 말인가?"

죽어도 전국옥새를 움켜쥐고 싶었던 원술의 말도 안 되는 변명에 휘하 문무 관원들은 어이가 없어 할 말을 잃고 말았다.

누구도 감히 입을 열지 못해 대당 안에 쥐 죽은 듯 고요가 흐르고 있을 때, 호위병 하나가 침묵을 깨는 발걸음으로 다급히 들어와 보고했다.

"주공, 기주의 허맹 선생이 다시 찾아왔습니다. 주공께 긴히 전할 군사기밀이 있다고 합니다."

군사기밀이라는 말에 원술은 서둘러 허맹을 안으로 들이라고 명했다. 다들 긴장된 모습으로 기다린 지 얼마 지나지 않아 허맹이 숨을 헐떡이며 들어와 원술에게 예를 행하고 초조한 목소리로 말했다.

"원 공, 상황이 심상치 않습니다. 소인이 요 며칠 서주 군영에 있으면서 탐문한 바에 따르면, 서주군은 원래 먼저 수춘을 공격할지 아니면 역양으로 가 북상하는 유요와 접응할지 쟁

론을 벌였습니다. 그런데 무슨 일이 있었는지 갑자기 전군을 동원해 수춘을 공격하기로 중론이 모아졌습니다. 현재 서주군은 이미 전투 준비를 모두 마치고 내일 당장에라도 비수를 건널 태세입니다."

원술과 염상 등은 드디어 올 것이 왔다는 생각에 모두 굳은 표정을 짓고 있었다.

잠시 후 원술이 서주군 사정을 좀 더 상세히 설명해 보라고 독촉하자 허맹은 미리 준비한 답변을 늘어놓았다.

"원 공은 잘 모르시겠지만 서주군이 이틀간 비수를 건너지 않은 데는 이유가 있었습니다. 내부에서 수춘을 강공하자는 쪽과 남하해 유요와 접응하자는 쪽으로 갈려 논쟁을 벌였기 때문입니다. 어떤 이는 먼저 수춘을 취한 후 남하하자고 주장했고, 또 어떤 이는 수춘성이 견고하여 단번에 무너뜨리기 어려우므로 일부 군사만 수춘에 남겨놓고 주력군이 남하해 유요를 지원하고 유요의 손을 빌려 여강 군대를 견제한 후 뒷걱정 없이 수춘을 공격하자고 건의했습니다."

허맹이 말한 서주군 내부의 전술 논쟁은 병법을 조금이라도 아는 사람이라면 누가 들어도 수긍할 만한 내용이었다. 이에 원술은 물론 염상도 연신 고개를 끄덕였다.

허맹은 이 틈을 놓치지 않고 말을 이었다.

"도응이 계속 주저하며 결정을 내리지 못한 건 바로 이 때문이었습니다. 그런데 두 시진 전쯤에 도응이 갑자기 전군에 비수를 건널 준비를 하라고 명하고, 하채 나루에 주둔 중인 수군까지 동원하는 것 아니겠습니까? 소인은 이 소식에 깜짝 놀라 급히 강을 건너 이리로 달려온 것입니다."

서주군이 비수를 건너려 한다는 소식이야 염상에게 들어 이미 알고 있던 원술은 전혀 놀라는 표정을 짓지 않았다.

다만 이해가 되지 않는 점이 하나 있어 고개를 갸웃하고 물었다.

"그대는 원본초의 신하로 내 은택을 입은 일이 없는데 위험을 무릅쓰고 이런 군정 대사를 알려주는 이유가 뭔가?"

"그건……."

허맹은 짐짓 주저하는 빛을 띠더니 우물쭈물하며 말했다.

"원 공도 이미 들어서 아시겠지만 우리 주공 부중의… 대공자와 삼공자가 주공의 총애를 다투기 위해 배후에서 서로에게… 서로에게 칼을 겨누고 있습니다."

원술 등이 호기심을 보이며 귀를 쫑긋 세우자 허맹은 내친 김에 모든 사실을 털어놓았다.

"소인은 사실 대공자의 사람입니다. 대공자의 심복 곽공칙 선생은 소인의 사촌 매형이고요. 우리 주공께서 이번에 사신을 파견할 때, 대공자는 삼공자가 매부인 도웅과 일을 꾸밀까 염려해 밖으로 알려지지 않은 소인을 사신으로 강력 추천했습니다. 물론 삼공자도 자신의 사람을 사신으로 보내려 했지만 이 일로 다투다가 괜히 꼬투리를 잡힐까 우려해 마지못한 척하며 한 발짝 물러났고요. 이에 소인이 회남에 사신으로 올 수 있었던 것입니다."

원술은 이 말을 듣고 즉시 당 아래로 내려와 허맹을 일으켜 세우고 만면에 웃음을 띠며 말했다.

"허허, 허맹 선생은 내 큰조카 원담의 사람이었구려. 왜 진즉 말하지 않았소? 일찌감치 선생의 신분을 알았다면 상빈의 예로 대접했을 것을. 담이야말로 정처의 소생인 내 적친(嫡親) 조카이니, 어디 감히 후처 소생인 원상과 비교할 수 있겠소? 일단 안으로 들어갑시다. 얼른 주연을 마련해 선생의 고견을 들어야겠소이다."

원술도 이미 원담과 원상이 후계 다툼을 벌이고 있고, 또 원상과 도응의 사이가 꽤 친밀함을 잘 알고 있었기에 기쁨을 감추지 못하고 염상, 원윤 등과 함께 허맹을 방 안으로 안내했다.

술이 서너 순배 돌자 허맹이 먼저 원술에게 달콤한 제안을 건넸다.

"원 공, 우리 주공께서는 도응 놈의 회남 병탄을 막고자 하는 의중을 가지고 계십니다. 그러니 원 공은 하루라도 빨리 기주에 사신을 보내 우리 주공께 이번 전쟁의 중재자가 되어 달라고 청하십시오. 이미 만반의 준비를 갖추고 기다리는 대 공자가 우리 주공께 이번 전쟁을 중재하고, 도응이 빼앗은 회남 토지를 모두 돌려주라고 간할 것입니다. 그러면 도응은 병력만 허비하고 아무것도 얻지 못하는 꼴이 됩니다."

하지만 원술은 술잔만 만지작거리며 아무 말이 없다가 한참 만에 입을 뗐다.

"내 한 가지 묻고 싶은 것이 있으니 선생은 솔직하게 답변해 주었으면 하오. 내 형은 정말 전국옥새 하나면 만족하는 것이오?"

"그건……."

허맹은 말꼬리를 흐리며 주저주저하다가 조심스럽게 대답했다.

"이 일은 소인의 소관이 아니라 확답을 드리기 어렵습니다. 소인이 유일하게 알고 있는 내용이라곤, 우리 주공께서 도응의 회남 침공을 허락한 가장 큰 이유가… 원 공이 전국옥새를 독점했다는 사실 때문입니다. 나머지는 우리 주공도 크게 개의치 않는 걸로 알고 있습니다."

원술이 다시 입을 꾹 다물자 곁에 있던 염상과 원윤 등은 몹시 조바심이 났다.

이때 금상이 조심스럽게 입을 열었다.

"주공, 원소 공이 중재에 나서 도응이 탈취한 회남 토지를 돌려주도록 압력을 행사해 준다면 어떤 조건이라도 수용하는 것이 어떻겠습니까?"

옥새가 아까웠던 원술이 쉽사리 결단을 내리지 못하자 허맹이 다시 원술을 꼬드겼다.

"소인이 주제 넘는 말을 한마디 드리자면, 원 공이 우리 주공께 중재를 청하는 것과 상관없이 원 공은 수춘에 머물러서는 안 됩니다."

원술이 의아한 표정을 지으며 마침내 입을 열었다.

"그건 또 무슨 소리요? 내가 수춘성을 버리면 어디에 몸을 의탁한단 말이오?"

"서주군의 예봉이 대단하기 때문에 수춘성이 일단 서주군에 포위되면 후회해도 때가 늦습니다. 우리 주공께서 중재에 나서기로 응낙하더라도 손쓸 틈이 없을까 걱정됩니다."

겉으로는 강해 보이지만 실제로는 겁 많고 나약했던 원술은 사실 서주군의 침공에 마음이 조마조마한 상태였다. 그런데 이 말을 듣게 되자 저도 모르게 슬슬 마음이 움직이기 시작했다.

'맞아. 위험을 무릅쓰고 수춘성에 꼼짝 않고 있느니 차라리 회남 내지로 들어가는 게 더 낫겠어. 잠시 서주군의 예봉을 피하고 서출 놈에게 고개를 숙이면서 그의 힘을 빌려 도응을 회남에서 쫓아내면 되는 것 아닌가?'

이때 원윤이 기다렸다는 듯 원술에게 간했다.

"허맹 선생의 말도 고려해 볼 가치가 있습니다. 원소 공에게 중재를 요청할 시간을 벌고 도응의 예봉도 피할 수 있다면 금상첨화가 아니겠습니까? 수춘성에 일군을 남겨놓고 주공께서는 잠시 회남 내지로 철수하는 동시에 원소 공에게 도응이 점령한 회남 토지를 돌려주도록 압력을 행사해달라고 청하십시오."

이 말에 염상의 미간이 잔뜩 찌푸려졌다.

허맹의 말이 전부 헛소리는 아니었지만 이 중차대한 시기에 원술이 수춘을 버리고 도망가면 남아서 성을 지키는 병사들의 사기가 크게 떨어져 오래 버티지 못할 것이 뻔했다.

수춘성이 일단 함락되면 성안에 쌓아놓은 대량의 전량은 필시 서주군의 손에 떨어지게 되고, 수춘성을 다시 찾으려면 그저 원소의 입만 바라봐야 하는 상황이 벌어지게 된다. 이에 염상은 조심스럽게 원술을 일깨웠다.

"주공, 잠시 예봉을 피하는 것도 좋은 생각입니다. 하지만 주공께서 전장을 떠나시면 군심과 사기가 크게 저하될까 걱정입니다."

그러자 원윤이 당당하게 대답했다.

"그건 염려하지 않아도 되오. 원소 공이 중재에 나선다면 수춘성이 설사 함락되더라도 다시 찾아올 기회가 있소. 게다가 수춘성은 성지가 견고하여 남은 병사들이 완강히 사수한다면 쉽게 무너질 리가 없소."

염상은 고개를 저으며 말했다.

"사방 3리의 성과 사방 7리의 외성을 포위하고 공격해도 이기지 못하는 경우가 있는데, 이는 천시(天時)가 지리(地利)만 못하고, 지리가 인화(人和)만 못하기 때문이라 했소. 주공께서 전장을 떠나시면 군심과 사기에 큰 타격을 받아 인화가 무너질 수밖에 없소. 그러면 성지가 아무리 견고하고, 참호가 아무리 깊어도 지키기 어려운 법이오."

"염 주부의 말이 일리가 있습니다. 소인은 단지 건의를 올린 것뿐이니 실수가 있더라도 너무 나무라지 마십시오."

허맹은 원하는 목적을 달성하기 위해 일부러 자신의 잘못을 인정한 다음 선수를 쳐 말했다.

"원 공이 수춘성을 떠나길 원치 않는다면 되도록 빨리 기주에 심복을 보내십시오. 서주군이 일단 비수를 돌파하고 성을 철통같이 에워싼다면 원 공은 험지를 벗어날 수 없을뿐더러 우리 주공과 연락을 취할 사자도 회하를 건너지 못할까 우려됩니다."

이미 전의를 상실한 원술은 허맹의 말을 듣자 마음속에서 이런 생각이 자라기 시작했다.

'그래, 도망치는 것이 상책이야! 사지를 잠시 벗어나기만 한다면 설사 수춘을 잃더라도 권토중래할 기회가 반드시 오게 돼 있어. 허맹의 말처럼 수춘성에 갇혀 구원을 청할 사자조차 보내지 못하는 상황에서 수춘성이 함락된다면 모든 것이 끝장이라고!'

허맹은 다음 날 날이 희미하게 밝을 때가 돼서야 서주군 대영으로 돌아왔다. 조마조마한 마음에 밤새 한숨도 자지 못하고 허맹을 기다리던 도응과 노숙은 맨발로 뛰어나가 허맹을 맞이하며 다그치듯 물었다.

"간 일은 어찌됐소? 성공했소?"

허맹은 득의양양한 표정으로 환하게 웃으며 대답했다.

"주공께 아룁니다. 일러주신 대로 말했더니 원술은 당장 3만 군사를 이끌고 여강으로 철수하기로 결정하더군요. 현재 수춘성은 양강, 원사 등이 남아서 지키고 있습니다. 어젯밤 수춘성이 철군 준비로 밤새 시끄러웠으니 지금쯤 원술은 이미 수춘성 서문을 빠져나가 설수를 건너는 중일 겁니다."

도응과 노숙은 뛸 듯이 기뻐하며 허맹의 노고를 치하한 후 당장 수춘성 공격 준비에 들어갔다.

원술은 3만 주력군을 이끌고 설수를 건넌 후 안풍을 거쳐 상대적으로 안전한 회남 내지로 들어가기로 결심했다.

그가 이른 아침에 수춘성에서 40리 떨어진 설수를 향해 전속력으로 달려갈 때, 이미 회하 부근 하천을 대부분 점령한 서주 수군은 이 광경을 목격하고 나는 듯이 이를 도응에게 보고했다. 서주 제장은 기쁨을 감추지 못하고 잇달아 빨리 비수를 건너 원술을 추격하고, 승세를 타 수춘성을 접수하겠다고 자청했다.

그런데 뜻밖에도 도응은 고개를 내저으며 원술을 놓아주라고 말하는 것이 아닌가. 장수들이 이런 절호의 기회를 놓쳐서는 안 된다며 강력하게 반발하자 도응이 침착하게 그 이유를 설명했다.

"지금 비수를 건너게 되면 회남 군사들의 강력한 저항에 부딪힐 뿐 아니라 원술도 원군을 보내 수춘성을 지원할 것이기 때문에 아군은 사상자만 늘어나고 결과적으로 원술을 추격하지 못하는 꼴이 되고 말 것이오. 그러니 차라리 원술이 강을 건너길 기다린 연후에 비수를 도하하는 편이 낫소. 수장이 사라진 원술군은 필시 사기가 크게 떨어져 비수 방어선의 상황이 여의치 않으면 성안으로 몸을 숨길 터이니 수월하게 비수를 건널 수가 있소."

서주 제장은 도응의 지략에 크게 탄복하며 더 이상 비수를 건너겠다고 재촉하지 않았다. 이어 도응은 새로 편입된 장수 주태와 장흠에게 명을 내렸다.

"원술은 저녁 무렵이면 전군을 이끌고 설수를 건너게 될 것이오. 난 그때 비수 방어선을 돌파할 생각이오. 내 예상이 틀리지 않는다면 회남 군대는 아군의 공격을 당해내지 못하고 수춘성으로 철수할 테니, 공혁과 유평은 혼전을 틈타 성안으로 잠입해 내응이 되어 주시오."

주태와 장흠은 도응의 명에 공수하고 대답한 후, 귀순한 회남 병사 중 백여 용사를 골라 원술군 복장을 입히고 출전을 준비했다.

그날 저녁 무렵, 원술이 설수를 건너자마자 낮 동안 아무런 움직임도 보이지 않던 서주군이 마침내 비수 방어선에 대한 공격을 발동했다.

수송선에 몸을 실은 함진영이 선봉에 서서 출격했고, 비수 하구에 주둔 중이던 서주 수군도 쾌속선을 타고 강물을 거슬러 올라가 함진영의 도하를 도왔다.

전투는 시작부터 치열하게 전개되었다.

비수를 지키는 회남군은 서주군 선박을 향해 미친 듯이 화살을 날려댔다. 함진영은 방패로 비 오듯 쏟아지는 화살을 막아내며 전속력으로 맞은편 기슭을 향해 나아갔다.

비수 동쪽에서는 벽력거가 쉬지 않고 석탄을 토해낸 것은 물론, 군자군과 풍우군을 포함한 서주 주력군도 병력을 총집결해 출격을 준비했다.

마침내 첫 번째 선박이 비수 서쪽 기슭 80보 떨어진 지점에 이르자, 고순이 이끄는 함진영 병사 수십 명은 방패를 들고 배에서 내려 적진을 향해 달려갔다.

뒤따르던 배들까지 연이어 뭍에 이르면서 병사들이 속속 모래사장으로 뛰어내렸다.

이에 비수 방어선을 책임진 양강도 미리 조직한 5백 결사대를 보내 함진영의 돌격을 막으라고 명했다.

하지만 이들은 호랑이 같은 함진영의 상대가 될 수 없었다.

이들은 춤추듯 휘두르는 함진영 장사의 칼 아래 무참히 희생되고 말았다.

양강은 이 광경을 보고 크게 놀라 다시 2천 군사를 보냈지만 맹수 같은 기세로 달려드는 함진영 앞에서 추풍낙엽처럼 쓰러져 버렸다. 원술군은 혼비백산이 돼 진영이 크게 어지러워졌고, 앞다퉈 도망치던 병사들은 서로 밟고 밟히며 수많은 사상자가 발생했다.

7백여 함진영 병사들이 모두 비수 서쪽 기슭에 상륙한 데 이어 뒤따르던 서주군 천여 명도 신속히 뭍으로 뛰어내려 모래사장 진지를 완벽하게 접수했다.

전세가 불리해지자 양강은 비수 방어선을 포기하고 수춘성으로 철수할 마음을 먹었다. 그런데 이때 혈기왕성한 유위가 분을 참지 못하고 출전을 자원했다. 유위는 양강의 만류에도 불구하고 3천 군사를 이끌고서 곧장 함진영을 향해 달려들었다.

고순은 숫자만 믿고 무모하게 달려드는 원술군을 보고 코웃음을 치더니 선봉에 서서 적군을 맞이했다.

유위가 고함을 지르고 칼을 휘두르며 돌진해 오자, 고순은 슬쩍 몸을 피하며 단 일 합만에 유위의 가슴에 정통으로 칼을 꽂았다.

유위가 외마디 비명을 지르며 말에서 떨어지는 것을 본 원술군은 사시나무 떨 듯 몸을 떨며 누가 먼저랄 것도 없이 도망치기 바빴고, 미처 도망가지 못한 병사들은 무기를 버리고 그 자리에 엎드려 투항했다.

함진영 장사들이 사력을 다해 밀집된 원술군 대오를 돌파하는 사이, 후위의 서주군도 잇달아 강을 건너 수군과 협력해 신속히 부교를 설치했다. 이에 더 이상 비수 방어선을 막아내기 어렵다고 판단한 양강은 성안에 전령을 보내 원사에게 전황을 보고하고 즉시 군사를 성안으로 물리게 해달라고 요청했다.

원사는 정밀하게 구축한 방어선이 한 시진도 안 돼 서주군에게 돌파되었다는 소식을 듣고는 벽력같이 노해 양강에게 한 발짝도 물러서지 말고 방어선을 사수하라고 명했다.

명을 전달받은 양강은 하는 수 없이 이를 악물고 군대를 지휘하며 서주군의 돌격을 방어했다. 하지만 초반 전투에서 다수의 병력을 잃은 데다 배에서 내린 서주군이 사방으로 공격 방향을 확대하자 회남군의 방어선은 하나하나씩 무너지기 시작했고, 회남군 진영 역시 일대 혼란에 빠지고 말았다.

한편 회남군 복장을 한 병사 150명을 이끌고 강을 건넌 주태와 장흠은 이 혼란을 틈타 회남군 대오 속으로 섞여 들어갔다.

비수 도하 전투가 삼경이 넘을 때까지 치열하게 전개됐지만 전세는 이미 서주군에게 크게 기운 상태였다.

수춘성을 지키는 원사는 이를 보고 하는 수 없이 철군 명령을 내렸다. 양강은 기다렸다는 듯 즉각 군사를 이끌고 남문으로 철수했고, 서주군이 양강의 뒤를 추격해 남문 아래까지이르자 전장에 남아 있던 회남군은 길을 돌아 서문과 북문을통해 성안으로 들어갔다.

이 틈에 장흠과 주태도 대오를 거느리고 성안으로 잠입했다.

이튿날 아침, 서주군은 부교 10개를 건설하고 전군이 비수를 건너 수춘성 남문 아래로 대영을 옮겼다.

영채가 아직 완성되기도 전에 도응은 즉각 군사를 동원해해자를 메우고, 성벽에 벽력거를 발사하라고 명했다.

원사와 양강은 감히 성을 나가 싸울 엄두를 내지 못한 채,화살을 쏴 서주군의 해자 메우는 작업을 방해하고 성 방어를더욱 공고히 해 서주군의 맹렬한 공격에 대비했다.

일진일퇴의 공방전을 벌인 지 나흘째 되는 날, 마침내 수춘성 남문 쪽 해자가 평평하게 메워졌다. 도응은 벽력거를 성가까이 이동시키고 하루 동안 휴식을 취하며 군대를 정비하라고 명한 후, 이튿날부터 다시 수춘성에 맹공을 퍼부었다. 또한 원술군의 군심을 흐트러뜨리기 위해 서문에는 일부러 군사를 배치하지 않고 도망갈 길을 열어두었다.

하지만 수춘성의 반격도 만만치 않았다. 시석(矢石)과 회병,나무토막은 물론 불화살과 횃불이 쉴 새 없이 쏟아지자 서주군은 사상자만 늘어날 뿐 성벽 가까이 다가가기조차 어려웠다.

전황이 예상 외로 불리하게 돌아가는 것을 본 서주 제장은 잇달아 도응에게 건의했다.

"주공, 아군 피해가 심각합니다. 오늘은 이만 징을 쳐 하룻밤 휴식을 취한 후 내일 다시 성을 공격하십시오. 우리에겐 수춘성을 함락할 시간이 충분합니다."

도응도 정면공격으로는 단시일 내 수춘성을 함락하기 쉽지 않음을 알고 있었다. 그래도 공격 명을 내린 이유는 회남군이 방어에 정신이 없는 틈을 타 장흠과 주태가 안에서 내응이 돼주길 바랐기 때문이다.

하지만 수춘성 안에서는 아직까지 아무런 반응도 들려오지 않았다.

혹시 이들이 원술군에게 발각돼 목이 달아난 건 아닌지 걱정하고 있을 때, 수춘성 남문 성루가 갑자기 시끄러워지더니 원사의 수자기가 툭 하고 잘리며 성 아래로 떨어졌다. 이를 보고 크게 놀란 원술군은 간담이 서늘해져 사방으로 달아났고, 수자기가 잘린 지점에서 장흠과 주태가 칼을 들어 명을 내리자 수춘성에 잠입한 서주군은 적병을 시살하며 성안을 혼란에 빠뜨렸다.

그제야 도응은 전군에 목청껏 소리쳤다.

"돌격하라! 북을 울리고 총공격에 나서라! 단번에 수춘성을 손에 넣어야 한다!"

사기가 크게 오른 서주군은 함성을 지르며 수춘성을 향해 돌격했다.

고순은 최강의 보병 함진영을 이끌고 선봉에 서서 비교를 타고 수춘성을 기어올랐다. 함진영이 성벽에 올라 적을 닥치는 대로 죽이고 성루를 점거하자 뒤따르던 서주군도 신속히 성벽에 올라 수비군과 일대 혈전을 벌였다.

앞서 성에 오른 병사의 엄호를 받아 거대한 운제가 잇달아 성벽에 걸쳐지고, 서주 장사들이 이를 타고 성안으로 돌입하자 도응은 노숙, 진응과 함께 흐뭇한 표정으로 이 광경을 지켜보고 있었다.

바로 그때, 뒤쪽에서 병사 하나가 나는 듯이 달려와 도응에게 보고했다.

"주공, 양 장사의 친필 서신을 가지고 온 전령이 주공을 뵙기를 청하고 있습니다."

석 달 넘게 연락 한 번 없던 양굉이 서신을 보냈다는 말에 도응은 미소를 지으며 전령을 데려오라고 명했다.

그런데 양굉이 보낸 서신을 읽어 내려가던 도응의 입에서 갑자기 헉 하는 외마디 비명이 터져 나왔다.

노숙이 불길한 예감에 도응에게 물었다.

"주공, 무슨 일입니까?"

도응은 얼굴이 굳은 채 아무 말도 하지 않고 서신을 노숙에게 건넸다. 그런데 서신을 읽은 노숙도 당황한 표정이 역력하며 제정신이 아닌 것처럼 혼잣말로 중얼거렸다.

"어찌 이럴 수가… 어찌 이럴 수가 있단 말인가? 양굉… 양굉이 정말……."

"형님, 형님!"

이때 도기가 가벼운 발걸음으로 도웅에게 달려와 웃음을 띠며 말했다.

"아군이 이미 성안으로 진입해 수춘성은 손에 넣은 것이나 다름없습니다. 군자군을 포함해 나머지 군대에게도 총공격 명을 내려주십시오."

하지만 도웅은 잠시 숙고에 잠기더니 큰소리로 명을 내렸다.

"군자군은 내일 원정길에 나서야 하니 성 공격에 나서지 말고 당장 휴식을 취하라!"

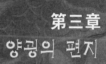

第三章
양광의 편지

석 달 전, 도웅이 회남 침공에 나설 때 서도(西都) 장안에서는 큰 변고가 발생했다.

줄곧 동심협력하던 이각과 곽사 사이에 갑자기 내분이 발생해 장안은 큰 혼란에 빠졌고, 이각이 천자를 겁박해 미오로 도망친 와중에도 둘 사이에는 전쟁이 끊이지 않았다.

이미 삼국시대의 역사를 섭렵한 도웅은 머지않아 헌제가 황하를 건너 낙양으로 귀환해 조조에게 구원을 청하고, 또 조조는 대군을 이끌고 낙양에서 이각과 곽사의 군대를 궤멸한 후 헌제를 맞아들여 천자를 끼고 제후를 호령할 것이란 사실을 잘 알고 있었다.

도웅은 이를 견제하기 위해 조조에게 사신을 보내 함께 어가를 영접하자고 요청했다.

하지만 조조는 서주군이 이미 회남으로 출병하기로 결정한 상황에서 헌제에 신경 쓸 여력이 없음을 알고 도웅의 제안을 거절했다. 그러자 도웅은 만약 자신을 제의를 거부하면 천자에게 전혀 관심이 없는 원소를 끌어들이는 수가 있다고 은근히 협박했다.

조조 역시 원소가 천자에게 관심이 없음을 알고 있었지만 간악한 도웅이라면 불가능한 일이 아님을 알았기에 이를 바득바득 갈며 도웅의 제안을 받아들였다. 다만 50명 내외의 사람만 보내라는 조건을 달았다.

조조로서는 어가를 영접한 후 갖은 핑계를 대 이들이 헌제를 만나지 못하도록 막고, 이어 적당한 이유를 들어 쫓아낼 심산이었다.

도웅은 서주자사부를 대표해 양굉을 사절로 파견했다.

이리하여 귀중한 예물과 함께 사절단을 이끌고 조조군 대오의 서정(西征)에 참가한 양굉으로부터 석 달 만에 편지가 도착한 것이다.

*　　　　　*　　　　　*

양굉이 조조군을 따라 서진한 지 일주일이 넘었다. 그러나 조조의 얼굴을 보기는커녕 대영 근처에 얼씬거리는 것조차 허락되지 않았다.

조조군 장수를 만날 때마다 온갖 아부를 떨고 비위를 맞췄지만 이들은 그를 무시하고 전혀 상대해 주지 않았다.

양굉이 답답한 마음에 발만 동동 구르고 있을 무렵, 조조군은 십실구공(十室九空)의 형양(滎陽) 경내에 진입했다.

낙양과는 불과 220리밖에 떨어지지 않은 거리였다. 그런데 이때 전방에서 뜻밖의 소식이 전해졌다.

거기장군 양봉(楊奉)과 국구(國舅) 동승(董承)이 사수관을 선점하고 조조군의 서진을 막고 있다는 것이었다.

조조군 선봉대장 조홍이 근왕(勤王)의 이유를 댔지만 저들이 바보가 아닌 이상 이 말을 곧이곧대로 믿을 리 없었다. 이에 조홍은 조조에게 사람을 보내 사수관을 공격할지 여부를 물었다.

그리고 이튿날 조조가 먼저 양굉에게 사람을 보내 만나자고 청했다.

양굉은 지금까지 자신을 피하던 조조가 왜 갑자기 부르는지 몰라 의문을 품었다. 그는 혹시 중간에 협사가 있지 않을까 내심 불안한 마음으로 조조군 호위병을 따라나섰다.

그런데 조조의 호위병이 양굉을 중군 대영이 아니라 후영(後營) 막사로 안내하는 것이 아닌가. 양굉은 조조가 자신을 죽이려 할지도 모른다는 생각에 간이 콩알만 해져 벽력거 제작이 한창 진행 중인 현장을 따라 조조를 만나러 갔다.

양굉이 조조에게 예를 갖추고 인사했지만 조조는 이를 들은 체도 않고 벽력거를 가리키며 말했다.

"우리 장인들이 만든 벽력거를 잘 살펴보고 혹시 잘못된 점이 없는지 얘기해 보아라. 이를 짚어낸다면 큰 상을 내리겠다."

양굉은 일단 안도의 한숨을 내쉰 뒤 조조군이 만든 벽력거를 유심히 살펴보았다. 그런데 딱 봐도 서주군의 벽력거에는 한참 미치지 못했다. 지레로 이용되는 줄이 확연히 가늘고 짧았으며, 석탄을 담는 주머니도 눈에 띄게 컸다.

아무래도 지난번에 도응이 건네준 설계도대로 만든 모양이었다. 양굉은 고개를 갸웃거리며 대답했다.

"죄송합니다, 명공. 소인은 문관이라 무기 제작에 참여한 적이 없어서 어디가 잘못됐는지 식별이 불가능합니다."

그러자 조조는 코웃음을 치며 냉랭하게 말했다.

"그렇다면 그냥 돌아가라. 내 사수관을 공파한 후 시간이 나면 만나줄 것이다."

"명공, 어가를 맞이하는 일에 관해서 상의를 드리고 싶습니다만……."

양굉은 언제 또 기회가 올지 몰라 다급하게 본론을 꺼냈다. 하지만 조조는 딴청을 피우더니 갑자기 고개를 돌려 가는 눈을 매섭게 뜨고 대답했다.

"상의는 필요 없다. 내 천자를 뵐 때 자네도 부를 터이니 이만 돌아가 기다리고 있어라. 참, 천자께서 지금 낙양성 안에 계시다는 첩보를 받았다. 혹시라도 먼저 천자를 뵙고 싶다면 혼자서 낙양으로 가도 좋다. 내 막지 않겠다."

이 말에 원래부터 양굉을 눈꼴시려 하던 조조군 제장은 한바탕 웃음을 터뜨렸다. 양굉은 속으로 이를 바득바득 갈며 중얼거렸다.

'그래, 마음껏 비웃어라. 누가 마지막에 웃는지 두고 보자. 조조 네놈이 벽력거로 사수관을 공격하려 한단 말이지. 내 주공에게 벽력거 파훼법을 들은 적이 있다. 내가 어떻게 벽력거를 고철덩어리로 만들어 버리는지 똑똑히 봐라!'

양굉은 씩씩거리며 자신의 영채로 돌아와 즉시 양봉에게 보낼 익명의 편지 한 통을 썼다.

그는 벽력거 파훼법이 적힌 이 편지를 고랑에게 건넨 후 조조군 대영을 빠져나가 양봉에게 전하라고 명했다.

이 고랑이란 자는 예전에 도웅이 예주로 출격했을 때 길 안내를 맡고, 또 황건적으로 분장하라고 건의한 노병이었다. 그는 그 공을 인정받아 서주로 함께 돌아왔다가 이번에 양굉의 수행 임무를 맡았다.

백성 차림으로 변장한 고랑은 조조군 순라병의 눈을 피해 곧장 사수관으로 달려갔다.

다행히 중간에 양봉의 척후병을 만나 편지를 건네고, 이를 양봉에게 전달해 주기만 하면 된다고 말한 후 쏜살같이 자리를 떴다. 그 척후병은 이를 기이하게 여겨 급히 편지를 양봉에게 전했다.

조조군이 밤새 벽력거를 제작해 사수관 공격을 준비하고 있을 때, 형세에 중대한 영향을 미칠 사건이 발생했다.

장안에서 원수처럼 싸우던 이각과 곽사가 돌연 집안싸움으로 양봉과 동승에게 헌제를 빼앗겼다고 후회한 데다 선의장군(宣義將軍)에 임명된 가후가 이들에게 다시 손을 잡으라고 권유해, 지금 이각과 곽사가 군대를 이끌고 낙양으로 쳐들어온다는 것이다.

이 소식이 사수관에 전해지자 양쪽으로 적을 맞게 된 양봉은 당황해 어찌할 바를 몰랐다.

이때 조조에게 이미 마음이 기운 의랑(議郞) 동소가 조조군과 연합해 함께 이각, 곽사를 물리치자고 건의했다.

동승 역시 이를 좋은 생각이라고 여겨 양봉에게 조조와 손을 잡자고 극력 권했다.

앞뒤로 적의 공격을 받게 된 양봉은 어쩔 수 없다는 듯 한숨을 내쉬고 조조에게 사신을 보내 함께 한실을 보위하자고 청했다.

양봉의 화친 요청에 힘들이지 않고 사수관을 건널 수 있게 된 조조는 기쁨을 감추지 못했다. 그는 즉각 사수관 아래로 달려가 양봉과 맹약을 체결하고 함께 천자를 보위하기로 선언했다. 조조는 군사 하나 허비하지 않고 사수관을 건너 양봉군과 함께 천자를 구하러 낙양으로 달려갔다.

물론 양굉은 실망의 빛이 역력했다 하지만 자신으로서도 어찌할 수 없는 상황이라 그저 천자를 알현하겠다는 일념으로 군대를 따라 서진했다.

서진 도중에 양굉은 양봉 군중을 찾아가 장수들에게 선물을 주며 서주자사 사신의 신분으로 양봉을 만나게 해달라고 부탁했다.

물론 여기에는 도웅의 특명이 있었기 때문이다.

농민군인 백파군(白波軍) 출신 양봉은 사실 자신의 신분에 대해 큰 열등감을 가지고 있었다. 그런데 지방 중신 대표인 양굉이 자신에게 공손한 태도로 만나길 청하고 후한 선물까지 보내자, 양봉은 크게 기뻐하며 심복 대장인 서황(徐晃)을 친히 영문까지 보내 양굉을 맞이하게 했다.

양봉이 대영에 마련한 술자리에서 양굉은 예의 뛰어난 아첨술로 양봉의 마음을 사로잡았다. 이에 감정이 고조된 양봉은 즐겁게 술잔을 나누면서 곁에 있던 서황을 소개했다.

양굉은 서황이 곽사의 대장 최용(崔勇)과 백파군 대장 이락(李樂)을 단 일 합만에 벴다는 무용담을 듣고 역시나 서황의 무위를 칭송해 마지않았다.

물론 서황은 근엄한 표정을 지으며 대놓고 감정을 드러내지 않았다.

양굉은 양봉을 한껏 띄워준 후 도응이 신신당부한 본론을 꺼냈다.

"양 거기, 한 가지 묻고 싶은 일이 있습니다. 장군이 이각의 밑에 있을 때, 그의 모사인 가후와 친분이 깊었습니까?"

이 말에 양봉은 의아한 표정을 지으며 반문했다.

"갑자기 그 일은 왜 묻는 것이오?"

"솔직히 말씀드리면, 사실 우리 주공인 도 사군께서 가후 선생과 연락을 취하고 싶어 하십니다. 우리 주공은 평소에 가후 선생의 재능과 지략을 경앙해서 지금까지 얼굴 한 번 본 일이 없는데도 그를 스승으로 여기고 있습니다. 그래서 제가 이번에 천자를 뵈러 온 김에 주공을 대신해서 가후 선생을 만나거나 아니면 편지와 예물을 전달하고 서주로 한 번 초청할 생각입니다."

양봉은 그제야 무슨 말인지 알아듣고 웃으며 말했다.

"아, 그렇군요. 제가 가후 선생과 함께 일하긴 했지만 그다지 친한 사이는 아니었소. 가후 선생이야 충직하기 이를 데 없는 분이고. 어쨌든 제가 이각 막하에 잠시 머물 때, 그와는 안면이 있었소이다."

"그렇습니까?"

양굉은 흥분한 얼굴로 다급히 물었다.

"그러시다면 가후 선생과 연락을 취할 방법이 없을까요? 제게 가후 선생을 소개만 시켜주신다면 우리 주공도 크게 감읍해 전력으로 장군을 도울 것입니다."

"확신은 없지만 내 한 번 연락을 취해보리다."

양굉에게 후한 선물을 받고 그의 아첨에 기분이 한껏 고양된 양봉은 차마 부탁을 거절할 수 없어 이렇게 말했다.

"가후 선생은 지금도 이각에게 몸을 의탁하고 있어서 직접 연락을 취하기는 매우 어렵소. 음, 그럼 이렇게 합시다. 선생이 가후 선생에게 전할 편지를 써주면 내 서량의 군졸을 이각 군중에 잠입시켜 편지를 전하도록 해보겠소. 다만 성사 여부는 하늘만이 알 것이오."

양굉은 기쁨을 감추지 못하고 사례한 후 다시 양봉에게 말했다.

"제게 종이와 붓을 좀 빌려주시겠습니까? 이 편지는 장군에게 맡기겠습니다. 요행히 편지가 가후 선생에게 전달된다면 사례는 절대 잊지 않겠습니다."

양봉이 손짓을 하자 서황이 종이와 붓을 내왔다. 그런데 양굉이 붓을 들어 몇 자 써 내려가지 않았을 때, 양봉이 고개를 갸우뚱하며 서황에게 편지 한 통을 가져오라고 명했다.

그 편지와 양굉의 글씨를 비교하던 양봉은 깜짝 놀라고 말았다. 며칠 전 받은 익명의 편지와 필적이 똑같은 것 아닌가.

양굉은 멍한 얼굴로 자신을 응시하는 양봉을 보고 아차 싶은 생각이 들었다. 붓을 멈춘 양굉은 온몸이 파르르 떨리며 땀을 비 오듯 흘렸다.

양굉과 양봉은 서로 얼굴만 빤히 바라볼 뿐 무슨 말을 꺼내야 할지 몰랐다. 이때 곁에 있던 서황이 먼저 입을 열고 의혹 가득한 말투로 물었다.

"양굉 선생, 이 익명의 편지는 혹시 선생이 쓰신 것입니까? 선생은 조조군을 따라왔으면서 왜 우리 주공에게 이런 비밀을 알려준 것입니까?"

"그건……."

당황한 양굉은 말을 늘이다가 재빨리 기지를 발휘해 낮은 목소리로 속삭였다.

"양 거기, 공명 장군, 일이 이렇게 됐으니 솔직히 말씀드리겠습니다. 제가 조조군을 따라 서진하면서 그들의 기밀을 발설하려고 했던 것은 아닙니다. 그런데 행군하는 도중에 우연히 조조의 이번 서진의 진정한 목적을 알게 되었습니다. 이에 분을 참지 못하고 조조군의 기밀을 귀군에 알려 경계하게 한 것입니다. 본래는 장군의 사수관 사수를 도와 조적 놈의 사악한 야심을 막을 생각이었는데, 중간에 뜻하지 않은 일이 발생해 조조의 대군이 결국 사수관을 넘고 말았군요."

공명은 서황의 자다. 양봉이 반신반의한 표정으로 물었다.

"조조의 이번 서진의 진정한 목적이 대체 무엇이오?"

양굉은 좌우를 유심히 살피더니 양봉 가까이 다가가 조용히 말했다.

"참람하게도 어가를 탈취하는 것입니다. 천자를 겁박해 연주로 모셔가 조정 대권을 틀어쥐고서 천자를 끼고 제후를 호령할 생각입니다!"

"필부 놈이 대담하구나! 어디서 감히 나와 조맹덕 사이를 이간질하려는 것이냐!"

양봉은 발연대로하여 책상을 걷어차더니 이내 검을 뽑아 양굉의 목을 겨누며 노호했다.

"나와 조맹덕은 방금 전 맹약을 맺고 함께 어가를 호위하기로 약조했다. 서주 사신인 네놈이 조맹덕의 충심을 중상하는 저의가 대체 무엇이냐? 누구의 사주를 받고 이런 일을 꾸민 것이냐?"

하지만 양굉은 의외로 전혀 두려운 빛을 띠지 않았다. 그는 속으로 그대가 조조를 신임했다면 왜 사수관을 강점하고 조조의 길을 막았소이까 라고 반문한 뒤, 침착하게 대답했다.

"제 말을 정 믿지 못하시겠다면 한 가지만 묻겠습니다. 제가 장군에게 마음이 기울지 않았는데 왜 이런 기밀을 일면식도 없는 장군에게 알렸겠습니까?"

양봉은 기세등등하게 소리쳤다.

"그건 나와 조맹덕이 서로 싸우게 만들어 너희 서주가 어부지리를 취하려는 속셈이 아니더냐!"

양굉이 코웃음을 치며 대답했다.

"만약 이각, 곽사가 낙양으로 쳐들어온다는 소식을 듣지 못했다면 장군은 지금 조맹덕과 사수관에서 혈전을 벌이고 있지 않았을까요? 그 상황에서 굳이 이간질이 필요하겠습니까? 게다가 장군과 조맹덕이 싸우는데 서주가 무슨 어부지리를 취한단 말입니까?"

이 말에 양봉이 말문이 막혀 우물쭈물하자 곁에 있던 서황이 반신반의하는 표정으로 물었다.

"양 대인이 말한 벽력거를 우리가 보지 못했는데 어찌 사실로 믿을 수 있겠소? 춘추전국시대의 문헌에 발석거에 관한 기록이 있다 하나 그대의 말은 너무 과장된 것 아니오?"

"조조가 이미 벽력거 여러 대를 제작해 아직 해체하지 않았을 테니 두 분 장군은 직접 탐문해 보십시오. 만약 제 말이 거짓이라면 그 편지를 조조에게 건네도 좋습니다. 제 목이 달아난다 해도 두 분을 원망하지 않겠습니다."

양봉은 양굉의 목숨 줄이나 다름없는 편지가 자기 손에 있는데 그가 거짓말을 할 가능성은 거의 없음을 깨달았다. 이윽고 양봉이 마음을 가라앉힌 후 물었다.

"그럼 이 편지를 보낸 이유가 단지 사수관을 지키기 위해서란 말이오?"

양굉은 고개를 끄덕이고는 당당하게 대답했다.

"그렇습니다. 굉은 대대로 한실의 녹을 먹은 가문의 후손입니다. 지금 조적 놈이 어가를 탈취할 마음을 먹고, 또 장군이 천자를 불구덩이에서 구한 충신임을 알았는데 어찌 장군을 돕지 않고 조적을 돕겠습니까?"

"그럼 왜 이름을 밝히지 않고 익명으로 내게 편지를 전한 것이오?"

"거기장군, 제가 장군과 전에 한 번도 본 일도 없는데 제 이름으로 된 편지를 보낸다고 제 말을 믿겠습니까? 또 만일 편지가 조적 놈 손에 들어가기라도 하면 제가 어찌 장군을 몰래 도울 수 있겠습니까? 원래는 장군이 벽력거의 위력을 확인하고 편지 내용을 믿게 된 연후에 제 신분을 밝힐 생각이었습니다. 그런데 도중에 뜻하지 않은 변고가 발생한 관계로 일이 여기까지 이르게 된 것이지요."

양봉은 마침내 양굉에게 겨누었던 칼을 천천히 거두고 말했다.

"좋소이다. 내 잠시 그대를 믿기로 하겠소. 사람을 보내 벽력거 일을 알아보고 사실로 확인되면 감사의 뜻으로 최선을 다해 가후 선생과 연락을 취해 보리다. 하지만 이 말이 거짓이라면… 그때는……."

"이 굉의 충군지심은 일월에 비추어도 부끄럽지 않습니다. 원하신다면 샅샅이 조사해 보십시오."

양굉은 단호하게 대답했지만 마음속으로는 사실 큰 걱정이 앞섰다.

'큰일 났군. 벽력거 일이 거짓이 아니니 내 말이 사실로 증명되면 결국 난 양봉과 한 배를 타는 꼴이 되는 거잖아? 허, 주공은 조조와 함께 어가를 영접하라고 했는데 이러다간 양봉을 도와 조조와 싸우게 생겼어. 주공이 이를 알면 날 가만 놔둘 리 없을 텐데……'

다음 날 결국 일이 터지고 말았다. 양굉의 수종들이 한창 영채를 거두고 짐을 챙기고 있을 무렵, 조조가 호위병을 보내 양굉을 불렀다. 제 발 저린 양굉은 간이 콩알만 해져 호위병에게 끌려가다시피 해 이미 말에 올라 출발 준비 중이던 조조를 만났다.

조조는 냉소가 가득한 얼굴을 하고 양굉에게 말했다.

"양 장사가 어제 큰일을 했더구려. 우리 군중의 기밀을 양봉에게 얼마나 발설한 것인가?"

양굉은 조조의 사악한 웃음을 보자 섬뜩한 기분이 들며 그 자리에서 몸이 얼어붙고 입조차 떨어지지 않았다. 조조는 가는 삼각눈을 치켜뜨고 다그치듯 물었다.

"얼른 대답하지 못할까? 어젯밤에 양봉과 대체 무슨 이야기를 나눈 것이냐!"

양굉이 사시나무 떨 듯 몸을 떨며 입만 우물우물하자 조조가 참지 못하고 소리쳤다.

"잘 들어라. 오늘 이후로 양봉에게 아군의 군사기밀을 한마디라도 누설한다면 네놈의 목을 베고 말겠다! 꼴도 보기 싫으니 내 눈앞에서 썩 꺼져라!"

양광은 이 말이 떨어지자마자 혹시 조조의 마음이 바뀔까 두려워 걸음아 날 살려라 조조군 대영을 빠져나갔다.

양광의 겁약하기 이를 데 없는 뒷모습을 바라보고 코웃음을 친 만총이 조조에게 물었다.

"주공, 아군이 벽력거를 사용한 적이 없는데도 양봉이 직접 찾아와 이를 물어보고 우리에게 시연을 요구해 왔습니다. 이는 십중팔구 양광의 소행이 틀림없는데 왜 그를 처형하지 않고 놓아준 것입니까?"

조조 역시 꽁무니를 빼는 양광을 응시하며 대답했다.

"백녕(伯寧), 일을 좀 더 멀리 내다볼 필요가 있소. 이번에 아군이 순조롭게 어가를 영접해 연주로 돌아가게 되면 필시 원소의 시기를 사 최악의 경우 그와 사이가 틀어질 수도 있소. 내가 화를 꾹 참고 도응의 사신 파견을 수락한 이유는 사실 그를 공범으로 만들려 했기 때문이오. 그리되면 원소의 분노가 도응에게도 미칠 터이니 나로서는 원군을 얻는 셈이 아니겠소? 그래서 양광을 죽여서는 아니 되는 것이오."

백녕은 만총의 자다.

만총은 그제야 조조의 의중을 알아채고 고개를 끄덕이더니 다시 물었다.

"주공께 궁금한 점이 하나 더 있습니다. 양봉의 말대로라면 양굉이 술에 취해 그저 아군 진영에 벽력거가 있다고 말했을 뿐인데, 왜 벽력거의 존재를 부인하지 않고 양봉에게 직접 벽력거의 위력을 보여주려는 것입니까?"

조조는 환한 웃음을 지으며 대답했다.

"그거야 물론 양봉에게 아군의 군위를 보여주기 위함이오. 공인(公仁)이 며칠 전 내게 몰래 알려온 바에 따르면, 현재 낙양성에서는 양봉, 한섬, 장양, 동승이 서로 이권을 차지하기 위해 치열한 권력 다툼을 벌이는 중이라고 하오. 분열이 격화된 상황에서 나머지 셋은 그다지 큰 위협이 되지 않지만 양봉만은 군사력이 막강해 조심할 필요가 있소. 그래서 이번 기회에 그에게 우리의 군위를 보여준 후, 공인이 그를 꼬드긴다면 일이 훨씬 수월해질 것이오."

공인은 동소의 자다. 만총은 조조의 설명에 문득 크게 깨닫고 빈틈없는 주공의 지략에 찬탄해 마지않았다.

그런데 그날 오후, 양굉의 수종 하나가 다급히 조조를 찾아와 황하에 잠깐 바람을 쐬겠다며 나간 양굉이 아직까지 돌아오지 않는다고 보고했다.

그를 찾으려고 사방을 뒤졌지만 종적을 알 수 없어 조조에게 도움을 청하러 온 것이었다. 조조는 이 소식을 듣고 웃을 수도 울 수도 없었다. 이 겁쟁이가 자신에게 해를 당할까 두려워 내뺀 것이 분명했기 때문이다.

그렇다고 그를 찾지 않을 수도 없어 조조는 하후돈에게 명을 내렸다.

　"당장 척후 탐마를 보내 양굉을 찾아라. 그를 만나면 단지 술에 취해 실언한 것 때문에 몇 마디 꾸지람을 했을 뿐이지 해할 마음은 전혀 없었다고 일러라. 또 돌아오기만 하면 주연을 베풀어 위로하겠다고 전해라."

　하후돈은 명을 받자마자 즉시 사방으로 탐마를 보내 양굉을 찾아 나섰다.

　양봉 역시 양굉이 실종됐다는 소식을 듣고 대경실색했다. 양굉 실종의 원인을 곰곰이 따져 보던 양봉이 갑자기 소리를 질렀다.

　"아차, 설마 정보가 누설된 걸 안 조조가 입을 막으려 양굉을 죽이고서 실종됐다고 꾸미는 것은 아닐까?"

　곁에 있던 서황도 크게 의심이 일어 양봉의 말에 동의했다.

　"그럴 가능성이 다분합니다. 주공께서 오늘 아침 조조를 찾아가 벽력거를 보여 달라고 하자, 조조는 양굉에게 의심을 품고 살인멸구했을 수도 있습니다."

　양봉은 발연대로하며 노호했다.

　"정말 악독한 놈이로구나! 내 분명 양굉이 무의식중에 이 말을 내뱉어 호기심에 찾아왔다고 얘기했거늘, 아예 양굉을 죽여 버리다니! 이로써 양굉의 말은 모두 사실임이 밝혀졌다!"

"주공, 그래도 신중을 기할 필요가 있으니 탐마를 보내 양 굉의 행방을 찾아봐야 합니다. 양굉을 찾으면야 가장 좋겠지 만 혹여 그의 시신이라도 발견한다면 조조의 악랄함을 만천 하에 드러낼 수 있습니다."

"옳은 말이다. 당장 척후 탐마를 여럿 보내 양굉의 행방을 찾도록 하라. 살아 있다면 만날 것이요, 죽었다면 시체라도 찾 겠지."

서황이 명을 받고 나가자 양봉은 이를 악물고 혼잣말로 중 얼거렸다.

"양굉을 찾든 못 찾든 어서 한섬, 장양과 대책을 논의해야 겠어. 우리가 내분을 멈추고 단결한다면 조조의 야심을 막지 못하란 법도 없으니까."

양굉으로서는 자신의 도주가 이렇게 많은 연쇄반응을 일으 킬지 상상도 하지 못했다. 그의 머릿속에는 오직 도망쳐야 한 다는 일념뿐이었다.

양봉에게 조조의 군사 기밀을 누설한 상황에서 마지못해 양봉과 한 배를 탔다간 조조는 물론 주공도 자신을 가만두지 않을 것이 분명했다.

그렇다고 양봉에게서 발을 빼자니 양봉이 화가 나 익명의 편지를 조조에게 전달하는 순간, 자신의 목은 남아날 리가 없 었다.

이러지도 저러지도 못하게 되자 양굉은 최후의 수단으로 도주를 선택했다.

그는 황하에 바람을 쐬러 간다는 핑계로 군영을 빠져나와 강을 건너 하내태수 장양에게 잠시 몸을 의탁할 생각이었다.

물론 정보가 부족한 탓에 장양이 이미 낙양성에 와 있다는 사실을 모르고 있었다.

양굉이 운 좋게 황하를 건넜을 때는 이미 밤이 늦은 시각이었다. 그는 뱃사공으로부터 이곳의 지명은 진구(陳溝)이며, 북쪽으로 멀리 떨어지지 않은 청풍령(淸風嶺)에 인가가 있다는 얘기를 들었다.

양굉은 석양이 완전히 지기 전에 달리는 말에 채찍질을 가해 인가를 향해 달려갔다.

북쪽으로 수 리쯤 가자 어둠이 깔린 산허리에 불빛이 보였다. 양굉은 말을 끌고 산으로 올라가 허름한 초가집 문 앞에 다다랐다.

그런데 이런 궁벽한 마을 문 앞을 장정 20여 명이 서서 지키고 있는 것 아닌가. 이를 괴이하게 여긴 양굉이 가까이 다가가자 그중 사내 하나가 길을 막으며 소리쳤다.

"멈추시오. 그대는 무슨 일로 여길 찾아오셨소?"

양굉은 최대한 공손한 말투로 대답했다.

"지나가는 과객이온데 길을 잃고 날도 어두워져 하룻밤만 신세를 질까 합니다."

이 말에 난처한 표정을 짓던 그 사내가 양굉에게 잠시 기다리라고 이르고는 집 안으로 들어갔다가 다시 나와 양굉을 안으로 안내했다.

양굉이 집 안으로 들어서자 정원에는 온화한 표정의 중년 문사와 그를 수행하는 삐쩍 마른 청년이 보였다.

그 문사는 양굉에게 손짓을 하며 말했다.

"선생이 기왕 이곳에 오셨으니 누추하지만 안으로 드시지요."

양굉은 크게 기뻐 중년 문사에게 감사를 표한 후 전마를 문 앞에 매어놓고 초당 안으로 들어갔다.

초당 안에 등불을 밝히자 중년 문사의 모습이 똑똑히 보였다. 나이는 서른일고여덟에 허름한 갈건야복(葛巾野服) 차림이었지만 풍기는 외모는 전혀 속되지 않았고 풍채도 비범해 보였다. 또 그 중년 문사가 아의(阿懿)라고 부르는 청년은 나이 열일고여덟에 용모가 준수하고 화려한 의복을 입고 있었다.

자리에 앉자 중년 문사가 웃음을 띠며 먼저 말을 꺼냈다.

"대인의 고성대명은 모르겠으나 어쩌다 길을 잃고 여기까지 이른 것입니까?"

'대인이라고?'

양굉은 고개를 숙여 유생 복장에 방건을 쓴 자신의 차림을 보고 고개를 갸웃하며 물었다.

"선생은 어떻게 제가 관리임을 아셨습니까?"

"대인의 신발과 안장을 보고 알았습니다. 대인이 비록 서생 차림이지만 신발은 조정에서 신는 것이요, 안장은 관부에서 사용하는 것이더군요."

양꿩은 중년 문사의 안목에 깜짝 놀라 솔직하게 자신의 신분을 밝혔다.

"선생의 말씀처럼 사실 전 관직에 있는 관리입니다. 성은 양, 이름은 꿩이요, 자는 중명이라고 합니다."

양꿩의 소개에 중년 문사의 눈썹이 잠시 꿈틀거렸다.

"그럼 대인이 전에 양주 장사를 지내다가 지금은 서주 장사 직을 맡고 있는 양중명이란 말이오?"

"미천한 이름을 알아주시니 영광입니다."

"제가 비록 초야에 묻혀 있지만 장사의 대명은 익히 들었습니다. 양 장사가 배암투명(背暗投明)하여 도 사군 휘하에 들어간 건 서주의 큰 복이지요."

양꿩은 이 중년 문사가 보통 인물이 아님을 깨닫고 공손하게 그의 이름을 물었다.

중년 문사가 자신의 이름과 자를 대답하자 양꿩은 깜짝 놀라 그에게 길게 읍하며 흥분해서 말했다.

"선생께서 바로 명성이 자자한 자포(子布) 선생이셨군요. 꿩이 선생의 대명을 흠모해 온 지 오랜데 이렇게 존안을 뵙게 돼 영광스럽기 그지없습니다."

자가 자포인 이 중년 문사는 바로 장소(張昭)였다.

역사대로라면 그는 손책의 부름을 받아 훗날 손권이 대업을 달성하는 데 혁혁한 공을 세운다. 하지만 손책이 도응의 계략으로 이른 시기에 세상을 떠나면서 기회를 잃고 말았다.

곧은 선비로 이름을 날리던 그가 무슨 연유로 이런 궁벽한 땅에 이르게 된 것일까?

그는 양굉의 칭송에 과분하다며 겸사의 말을 전한 후 서주에서 겪었던 일을 담담하게 말했다.

"두 해 전에 서주를 들른 일이 있었습니다. 원래는 서주의 대유(大儒) 정현(鄭玄) 선생에게 가르침을 청할 생각이었는데, 뜻하지 않게 조조의 침략을 만나 서주성 안에 갇히고 말았지요. 이후 도 사군이 기름솥에 뛰어들어 서주의 군민을 구한 장거(壯擧)를 보고 서주의 미래가 밝다고 생각했습니다. 난리통에 이곳저곳을 떠돌다 보니 어쩌다 여기까지 이르게 되었군요."

대화 중에 시종이 음식을 내오자 양굉은 지금까지 아무것도 먹지 못했다는 생각에 갑자기 허기를 느껴, 게 눈 감추듯 그릇을 비웠다.

양굉이 식사를 마치자 장소가 미소를 지으며 물었다.

"대인은 정말 길을 잃은 것입니까? 혹시 위난을 피해 도망친 것은 아닌지요?"

양굉은 장소가 이를 어찌 알았을까 깜짝 놀라는 표정을 지으며 사실대로 말했다.

"선생의 말씀처럼 전 난리를 피해 이곳까지 이르렀습니다. 여기 잠시 머물다 하내태수 장양에게 투신할 생각입니다."

장소가 의아한 듯 다시 물었다.

"대인은 서주의 중신이니 어려움에 처했다면 당연히 도 사군에게 도움을 청해야지, 왜 장양에게 가려 하십니까?"

이에 양굉은 장소를 더는 속일 수 없다고 여겨 장양에게 써먹으려고 준비했던 대답을 그대로 늘어놓았다.

"사실 전 도 사군의 명으로 조조의 군대를 따라 천자를 알현하려 가는 중이었습니다. 그런데 도중에 조조가 어가를 겁탈하려 한다는 사실을 알고 이를 몰래 양봉에게 알렸습니다. 하지만 비밀이 들통 나는 통에 조조가 절 죽이려 사람을 보냈는데, 운 좋게 자객의 마수에서 벗어나 황하를 건널 수 있었습니다. 서주로 돌아가려 했지만 도중에 조조군을 만날까 두려워 부득이하게 잠시 장양에게 의지하려 했던 것입니다."

그러자 장소를 모시고 있던 아의가 불쑥 입을 열었다.

"죄송한 말씀입니다만 대인이 본 군에 투신하기는 어렵겠습니다. 본 군의 장 부군은 진즉 군사를 이끌고 낙양으로 가 아직까지 돌아오지 않았습니다."

이 말에 양굉은 앞길이 막막해 눈만 깜빡거릴 뿐이었다. 장소가 그 모습을 보고 친절하게 말했다.

"너무 걱정 마십시오. 불편하지 않다면 길을 떠날 때까지 이곳에 잠시 머물러도 좋습니다. 그리고 여기는 워낙 외진 곳이라 조조가 절대 찾아낼 수 없습니다. 설사 찾아낸다고 해도 제가 잘 숨겨 드리겠습니다."

갈 곳이 없었던 양굉은 크게 기뻐하며 장소에게 연신 감사를 표했다. 그러자 아의가 다급한 목소리로 말했다.

"스승님, 청풍령이 비록 궁벽하다고 하나 황하와 가까이 위치해 조조군이나 난군의 눈을 피하기는 어렵습니다. 그러니 잠시 소생의 집으로 피신하시는 것이 좋겠습니다."

그러고는 양굉에게도 몸을 돌려 함께 모시고 가겠다고 말했다. 양굉은 다시 한 번 다행이라 여기고 아의에게 감사의 뜻을 전했다.

그런데 장소는 단호히 고개를 내저으며 말했다.

"아의, 난 괜찮네. 이미 초야에서 사는 데 익숙해져 폐를 끼치고 싶지 않네."

다급해진 아의는 장소에게 다가가 무릎을 꿇고 간청했다.

"스승님, 무슨 그런 섭섭한 말씀을 하십니까? 스승님의 구명지은과 가르침을 전수해 주신 은혜는 이 몸이 가루가 돼도 다 갚기 어렵습니다. 그러니 잠시 제자를 따라 병화를 피하십시오. 동도의 전화가 그치면 그때 스승님을 다시 이곳으로 모시겠습니다."

아의가 머리를 조아리며 거듭 청했으나 장소는 여전히 거부의 뜻을 비친 후 온화한 어투로 말했다.

"아의, 자네의 뜻이 정 그렇다면 날 위해 한 가지 일 좀 도와주게나."

아의가 기쁜 마음에 무슨 분부든 내려 달라고 하자 장소가 다시 말했다.

"낙양에 가병 몇 명을 보내 그곳의 동정을 알아봐 주게. 내 예측이 틀리지 않는다면 낙양은 지금 큰 혼란에 빠졌을 걸세. 천자께서 불운한 운명에 처하셨으니 내 한의 신하된 자로 마땅히 천자를 안전한 곳으로 모실 생각이네."

아의는 즉각 이에 대답한 후 궁금한 생각이 들어 물었다.

"스승님께서는 줄곧 조정과 속세의 일에 관여하시지 않았는데, 왜 갑자기 천자의 안위에 관심을 가지시는 것인지요? 게다가 현재 관직이나 권력도 없는 상황에서 어떻게 천자를 편안한 곳으로 모신단 말입니까?"

장소는 호탕한 웃음을 터뜨리고 대답했다.

"하하, 그건 차차 알게 될 걸세. 밤이 이미 늦었으니 자네도 오늘 여기서 하룻밤 묵고 가게. 그리고 이 기회에 중명 선생에게 세상을 사는 방법에 대해서 좀 배우게나."

물론 장소는 전혀 비꼬는 투로 말하지 않았으나 제 발 저린 양꿩은 부끄러운 마음에 얼굴이 화끈 달아올랐다.

이때 아의는 스승의 분부를 성실히 이행하려는 듯, 양꿩에게 다가와 공수하고 공손하게 가르침을 청했다. 양꿩도 서둘러 답례한 후 화제도 돌릴 겸 아의에게 물었다.

"참, 바빠서 중요한 걸 묻지 못했군요. 공자의 성명은 무엇이고, 가택은 어디에 있습니까?"

"소인은 이곳 하내 온현(溫縣) 사람입니다. 미천한 학자 집안

출신으로 형장은 지금 관직에 있사온데, 제가 장소 선생께서 이곳에 은거하신다는 소문을 듣고 찾아와 가르침을 청했습니다. 다행히 선생께서 절 제자로 거두어주셨고, 또 우연한 일로 선생께 목숨을 빚지기도 했습지요. 그래서 전 스승님을 부모처럼 따르고 공경하고 있습니다. 그런데 얼마 전 낙양에 전화가 일어날 것 같다는 소문을 듣고 스승님이 걱정돼 저희 집으로 모시러 가려고 왔다가 이렇게 양 장사를 뵙게 된 것입니다."

이어 아의의 성명을 들은 양굉은 지금까지 들어본 적 없는 무명 잡배라는 생각에 한 귀로 듣고 한 귀로 흘려 버렸다.

이리하여 장소의 초가집에 머물게 된 양굉은 날마다 장소와 시사(詩詞)와 가부(歌賦)를 주고받으며 한가로이 유유자적하는 생활을 보냈다.

아의 역시 양굉을 스승처럼 따르며 기회가 있을 때마다 가르침을 청해 왔다.

오랜만에 여유로움을 만끽하던 양굉은 새삼 이런 삶이 싫지는 않다는 생각이 들기도 했다.

한편 이 기간 동안 조조와 양봉의 척후병들은 뱃사공들이 제공한 실마리를 통해 청풍령을 찾아냈다.

하지만 장소와 아의가 양굉을 미리 대숲에 숨겨준 탓에 이들은 아무 소득도 없이 헛걸음을 하고 돌아가야만 했다.

열흘여가 지난 어느 날 오전, 양굉이 초가집 뒤편에서 대나무를 감상하고 있을 때 아의가 달려와 장소가 급히 찾는다는 전갈을 전했다.

장소는 서둘러 아의를 따라 장소를 만나러 갔다.

양굉이 방 안으로 들어오자 깊이 사색에 잠겨 있던 장소가 미소를 띠며 말했다.

"조조가 사람을 보내 대인을 죽이려 한다는 건 아무래도 오해 같습니다. 그가 대인을 죽이려고 사방으로 사람을 보낸 것이 아니라는 말이지요."

"네?"

양굉은 깜짝 놀라 소리를 지르더니 다급히 물었다.

"그게 무슨 말입니까? 조조가 사람을 보내 저를 찾는 것이 저를 죽이려는 것이 아니라니요? 제가 양봉에게 기밀을 누설한 일이 조조 귀에 들어가지 않았단 말입니까?"

장소는 고개를 끄덕여 대답한 후 진지하게 말했다.

"아의가 낙양의 소식을 정탐하려고 보낸 가병이 이미 돌아왔습니다. 그의 말에 따르면, 서주자사부의 사절단이 천자를 알현하고 예물을 바치자 천자께서 크게 기뻐하시며 도 사군에게 정식으로 서주목이자 율양후, 안동장군의 직책을 계승하고, 또 좌장군에 임명한다는 조서를 내리셨습니다. 이밖에 도중에 실종된 양 대인까지 조시랑(曹侍郎) 겸 한룡정후(漢龍亭侯)로 봉했습니다."

양굉은 전혀 생각지도 못한 얘기에 어안이 벙벙해져 말조차 나오지 않았다. 장소가 계속 말을 이었다.

"또 한 가지 소식이 있습니다. 조맹덕이 양봉, 한섬과 연합해 곡성(谷城)에서 이각, 곽사의 군대를 맞이했는데, 뜻밖에도 그날 밤 양봉과 한섬이 조조군 진영을 급습하고 이각, 곽사까지 접응이 돼 사방에서 조조군을 공격했습니다. 게다가 장양과 동승마저 낙양성에서 나와 조조군의 배후를 기습하는 통에 조맹덕의 5만 대군은 참패를 당하고 현재 공현(鞏縣)으로 물러난 상태입니다."

"양봉과 한섬이 이각, 곽사와 손잡고 조조를 공파했다고요?"

양굉은 갑자기 비명에 가까운 소리를 지르더니 믿을 수 없다는 듯 고개를 가로저었다.

"양봉은 이각 휘하의 반장(叛將)인데 어찌 둘이 다시 손을 잡을 수 있단 말입니까?"

"권력 다툼을 벌이던 양봉, 한섬, 장양, 동승이 왜 내분을 멈추었고, 또 양봉이 이각과 손을 잡고 조조에게 대항했는지 아십니까?"

"왜입니까?"

그러자 장소가 갑자기 이를 드러내고 껄껄 웃으며 양굉을 가리켰다.

"바로 양 장사 때문입니다. 저들이 내분을 그치고 손을 잡은 것도 양 장사 때문이요, 조조가 양봉, 한섬의 기습에 당한 것도 바로 양 장사 때문입니다."

양굉이 어리둥절한 표정을 짓자 장소가 웃으며 대답했다.

"그 이유를 차근차근 설명해 드리지요. 제 예측이 틀리지 않는다면 모든 일의 시작은 바로 대인이 양봉에게 기밀을 알린 데에서 비롯되었습니다. 처음에 양봉은 반신반의했지만 대인이 갑자기 실종되자 조조가 틀림없이 살인멸구를 저질렀다고 여겨 대인의 말을 모두 믿게 된 것입니다. 이에 어가를 탈취하려는 조조의 야심을 막기 위해 한섬, 장양, 동승에게 이를 알려 내분을 멈추고, 또 비밀리에 이각, 곽사에게도 연락을 취해 함께 조조군을 공격하기로 약속한 것입니다."

한참 동안 말문이 막혀 그저 장소만 바라보고 있던 양굉이 떨리는 목소리로 겨우 입을 열었다.

"솔직히 전 믿기 어렵습니다. 이 모든 일이 선생의 예측대로라면, 제가 보낸 익명의 편지 한 통으로 인해 일이 이렇게 크게 번졌단 말 아닙니까?"

"익명의 편지라고요?"

장소는 무슨 소린지 몰라 한마디 툭 던진 후 말을 이었다.

"확신은 없지만 일의 진상은 이럴 가능성이 매우 높습니다."

그러더니 장소가 갑자기 미간을 찌푸리며 다시 말했다.

"방금 전 익명의 편지라고 하셨는데, 모든 일을 사실대로 말씀해 주십시오. 그래야 일이 어떻게 돌아간 것인지 확실히 알 수 있습니다."

잠시 주저하던 양굉은 일이 이렇게 된 마당에 더는 장소를 속이기 어렵다고 여겨 자초지종을 소상하게 밝혔다.

양굉의 말이 끝나기가 무섭게 장소는 앙천대소하며 말했다.

"하하, 원래 그렇게 된 일이었군요. 아무래도 하늘은 조맹덕의 편이 아닌가 봅니다."

양굉이 장소의 말을 이해하지 못해 고개를 갸웃하자 장소가 미소를 지으며 물었다.

"양 대인, 그대의 주공인 도 사군은 천자를 서주로 영접할 뜻이 있습니까?"

양굉은 고개를 내저으며 대답했다.

"그건 잘 모르겠습니다. 저에게는 단지 천자를 알현하고 조조를 도와 어가를 영접하라고 명했을 뿐입니다."

장소는 이 말을 듣고 잠시 고민에 잠겼다가 양굉을 응시하며 정색하고 말했다.

"양 대인, 지금 바로 낙양으로 출발하십시오. 낙양으로 가는 것이 대인에게 가장 안전할 뿐 아니라 대공을 세울 기회가 될 것입니다."

第四章

흔란에 빠진 낙양

 양굉은 아의 가병의 호위를 받아 평음(平陰)에 이른 후, 배를 타고 황하를 건너 남단으로 내려갔다.

 마침 그곳을 지키고 있던 양봉과 한섬의 군사에게 신분을 밝히자, 이들은 양굉에게 예를 갖춰 공수하고는 양굉을 낙양까지 안전하게 호위했다.

 양굉이 낙양 근처 곡수(谷水)에 다다랐을 때, 양봉, 한섬, 장양, 동승은 이미 다리까지 나와 양굉의 복귀를 열렬하게 환영했다. 그중 양봉은 양굉의 손을 잡고 감격에 겨운 목소리로 말했다.

 "양 대인, 이렇게 살아서 만날 줄은 꿈에도 몰랐소이다. 지

난번에 그대가 갑자기 실종된 후 조조의 손에 변을 당했다고
만 생각하고 있었소. 살아와 줘서 정말 고맙소. 전에 내가 그
대를 오해한 일은 용서해 주시오."

양굉은 얼떨결에 감사하다고 답례한 후, 자객에게 쫓기는
바람에 황하를 건너 몸을 숨겼다가 안전하다는 것을 확인하
고 다시 낙양으로 돌아왔다고 설명했다.

물론 이는 장소가 양봉을 만나면 대답하라고 일러준 답변
이었다. 이 말을 들은 양봉 등은 조조가 자객을 보낸 것이 틀
림없다며 분개를 터뜨리고, 목숨을 아끼지 않고 긴급 상황을
알린 양굉에게 감격해 마지않았다.

모든 일이 장소가 말한 대로 척척 들어맞자 양굉은 속으로
쾌재를 부르며 흐뭇한 미소를 지었다. 이어 양굉은 고랑을 위
시한 서주 사절단과도 눈물의 상봉을 했다.

고랑 등은 양굉 앞에 엎드려 안부를 묻고, 사지에서 살아
돌아온 것을 함께 축하했다.

일행과 해후를 나눈 양굉은 헌제를 배알하러 양봉 등을 따
라 낙양성 안으로 들어갔다. 그런데 낙양성 안의 상황을 보
고 양굉은 깜짝 놀라고 말았다.

예전 천하에서 가장 번화하던 낙양은 온데간데없이 사라지
고 사방이 온통 폐허로 변해 가시덤불과 잡초만이 자라고 있
었다.

아무리 둘러봐도 멀쩡한 가옥은 한 채도 보이지 않았다.

군사들은 전부 폐허 가운데 주둔하고 있었고, 천하의 황제 유협(劉協)조차 임시로 지은 초가집에 거하고 있는 것이 아닌가!

물론 이 광경에 마음 아파 할 양굉은 아니지만 처세에 능한 그는 올해 겨우 열다섯인 헌제 앞에 꿇어 엎드려 대성통곡하며 아뢰었다.

"미신(微臣) 양굉이 한실 천자를 배알합니다! 천자께서 이토록 고초를 겪고 계신데 좀 더 일찍 어가를 보위하지 못한 죄만 번 죽어 마땅합니다!"

양굉이 눈물을 뿌리며 바닥에 머리까지 찧자 좌우의 문무백관들도 따라서 통곡했고, 헌제 역시 감격의 눈물을 흘리며 직접 양굉을 일으켜 세우면서 말했다.

"한실이 불행히도 여러 차례 위난을 만나 만약 경 같은 충신이 없었다면 짐은 벌써 유골조차 찾지 못했을 것이오. 지난번에 경이 실종됐다는 얘길 듣고 짐도 걱정이 많았는데 다행히 하늘의 도움으로 짐 곁에 돌아왔으니, 이야말로 짐의 복이 아니겠소?"

그런데 이때 백관 대오 중에서 동소가 불쑥 앞으로 나와 의심스러운 어투로 헌제에게 아뢰었다.

"폐하, 양 경이 돌연 실종됐다가 낙양에 나타난 연유를 묻는 것이 순서일 듯합니다. 중간에 무슨 일을 겪었길래 이제야 폐하를 배알하러 왔는지 궁금합니다."

동소의 말에 헌제도 문득 호기심이 생겨 양굉에게 급히 그 이유를 물었다.

양굉은 잠시 동소를 의심의 눈초리로 바라본 후, 미리 준비한 대로 자객을 만나 도망치게 된 경위를 다시 한 번 설명했다.

호기심이 발동한 헌제가 자객이 누구인지 아느냐고 묻자 양굉은 그가 자신에게 얘기할 때 청주 말씨를 썼던 걸로 기억한다고 대답했다. 이 역시 장소가 안배한 답변으로, 조조의 병사 중에 청주병이 다수를 차지했기 때문이다.

이 사실을 알 리 없는 헌제는 일촉즉발의 위험에서 살아 돌아온 양굉을 거듭 위무할 뿐이었다.

하지만 동소는 일이 어떻게 돌아가는지 몰라 고개를 갸웃거렸다.

'청주 발음의 자객이라고? 그럼 설마 조맹덕이 손을 썼단 말인가? 아냐, 그건 불가능해. 처음부터 도응을 끌어들이려 한 조조가 서주 사자를 죽이려 했을 리 없어. 그럼 양굉이 거짓말을 늘어놓는 것일까? 그것도 불가능해. 도응은 조조가 어가를 영접할 때 한몫 챙기려 양굉을 보냈는데 굳이 조조를 중상 모략할 필요가 있을까?'

의심은 의심이고, 어쨌든 동소는 조회가 끝나자마자 곧바로 심복을 공현에 보내 이 사실을 조조에게 알렸다.

동소의 보고를 받은 조조는 욱신거리는 왼팔을 어루만지며 마찬가지로 무슨 영문인지 몰라 좌우의 모사에게 물었다.

"청주 말씨를 쓰는 자객이라니? 그런 자객이 있었단 말인가? 아니면 양굉이 비겁하게 도망친 추행을 감추기 위해 사실을 날조한 것이 아닌가?"

순유, 곽가, 정욱, 만총 등 조조의 뛰어난 모사들조차 서로 얼굴만 바라볼 뿐 누구도 조조의 물음에 입을 열지 못했다.

잠시 후 곽가가 앞으로 나와 말했다.

"주공, 양굉 놈 말의 진위 여부는 크게 신경 쓸 바가 못 됩니다. 다만 양굉이 도응의 명을 받아 양봉, 한섬 등을 꼬드겨 어가를 서주로 옮기는 일에는 반드시 대비해야 합니다."

"어가를 서주로 옮긴다고? 봉효, 농담이 심하네."

조조는 이번 낙양 전투에서 부상당한 팔을 주무르며 말을 이었다.

"서주에 어디 제왕의 기운이 흐른다고 천자가 서주로 어가를 옮긴단 말인가? 게다가 양봉, 한섬이 바보가 아닌 이상, 손에 들어온 천자를 순순히 내줄 리 있겠는가?"

이 말에 곽가가 정색한 표정을 하고 말했다.

"주공, 이는 다만 사실에 입각해 드리는 말씀입니다. 양봉, 한섬이 뻔뻔스럽게 아군을 배반하고 승리를 취했다지만 우리에게는 여전히 3만 5천 군사가 있어서 일전을 치르기에 충분합니다. 여기에 이각, 곽사도 곡성에서 철수하지 않아 낙양의 안위에 위협이 되고 있습니다. 만약 낙양의 상황이 급박해져 도응의 사주를 받은 양굉이 어가를 서주로 옮기자고 권한다면 저들도 마음이 움직일 수밖에 없습니다. 국구 동승이 홀로 이를 막아내기에는 역량이 부족해 양굉에게 설득되지 말라는 법이 없고, 또 장양은 우리를 뼛속 깊이 증오하는 자라 일부러 주공을 골탕 먹이려 도응에게 선심 쓰는 척할 수 있습니다."

조조는 가느다란 삼각눈을 깜빡거리더니 코웃음을 치며 말했다.

"흥, 도응 놈에게 그런 흉계가 있든 없든 간에 그의 주력군은 낙양에서 멀리 떨어진 회남에 있다. 양봉, 한섬이 서주로 어가를 옮기는 길에는 아군이 버티고 있으니, 두 도적놈이 대담하게 아군의 봉쇄를 돌파하려 한다면 본때를 보여주고 말 것이다!"

"주공, 양봉과 한섬은 아군의 봉쇄를 뚫는 모험을 할 필요가 없습니다. 영천과 여남의 길을 잊으셨습니까? 영천태수 개훈(蓋勛)이 죽은 뒤 이곳은 황건적과 지방 호족, 일부 관원들이 난립하여 양봉, 한섬에게 전혀 위협이 되지 않습니다. 여남의 상황은 이보다 더욱 심각할 정도로 엉망진창이라 여남을 뚫기는 여반장과 같습니다. 그들이 일단 회수에 있는 도응과

회합하면 우리는 그저 어가가 도응의 손에 들어가는 걸 눈
뜨고 지켜볼 수밖에 없습니다."

조조는 자리에서 벌떡 일어나 수하들에게 지도를 펼치라고
명한 후 지형을 자세히 살펴보더니 이를 악물고 욕을 퍼붓기
시작했다.

"도응 간적 놈아, 네놈이 정녕 이런 꿍꿍이를 꾸미고 있었
단 말이냐!"

그러자 곽가가 조조를 진정시키며 말했다.

"주공, 그렇다고 너무 걱정할 필요는 없습니다. 양봉, 한섬이
어가를 겁탈해 남하하려면 필시 양현(梁縣)을 거쳐야 합니다.
따라서 우리는 양현 길목에 일부 군사를 보내 물샐틈없이 지
키기만 하면 그만입니다. 또한 동소에게 명해 낙양성에 도응
이 양봉, 한섬을 꼬드겨 어가를 서주로 옮기려 한다는 유언비
어를 퍼뜨리게 하십시오. 양봉, 한섬은 지모가 모자란 무리들
이라 이 소문을 들으면 분명 양굉에게 의심을 품게 될 것입니
다."

조조는 원래 연주로 어가를 영접하면서 도응을 끌어들여
원소의 분노를 함께 받아내려 했지만 도응의 사악한 기도를
막기 위해 하는 수 없이 이를 악물고 명을 내렸다.

"좋다. 하후돈은 3천 정예병을 이끌고 양현으로 가 길목을
지키고, 동소에게는 유언비어를 퍼뜨리라는 편지를 보내도록
하라!"

그 시각, 곡성 교외의 이각 대영에서는 한동안 반목하던 이각, 곽사가 한자리에 모여 어떻게 하면 헌제를 다시 수중에 넣을 수 있을지 대책을 논의하고 있었다.

하지만 여러 세력이 얽히고 얽혀 다들 헌제를 호시탐탐 노리는 상황에서 자기들끼리 싸우느라 원기가 크게 상한 이각과 곽사는 무력으로 천자를 빼앗아 오기 어렵다는 생각이 들자 뾰족한 묘책이 없어 머리만 싸매고 있을 뿐이었다.

이때 마침 가후가 막사 안으로 들어와 웃으며 말했다.

"두 장군은 너무 심려 마십시오. 저에게 군사 하나 허비하지 않고 양봉과 한섬이 천자를 바치게 할 계책이 있습니다."

이각과 곽사는 찌푸렸던 얼굴이 활짝 펴지며 얼른 계책을 말해 달라고 다그쳤다. 이에 가후가 말했다.

"조조가 참패를 당하고도 왜 철군하지 않고 공현에 주둔하고 있는지 아십니까? 조조는 여전히 천자를 탐내면서 낙양성 안의 양봉 등의 갈등이 격화되길 기다리는 중입니다. 형세가 급박해지면 협력하고, 형세가 완화되면 다툼이 일어난다는 이치를 알기에 인내심을 가지고 기다렸다가 낙양에 내란이 일어나는 틈을 타 천자를 탈취할 생각인 것입니다."

이 말에 이각이 언짢은 투로 말했다.

"문화(文和), 우리가 언제 조조의 의도를 분석해 달라고 했나? 어떻게 하면 천자를 다시 찾아올 수 있는지 계책을 말해 보게나."

문화는 가후의 자다. 가후는 여전히 미소를 띤 채 대답했다.

"제 말을 끝까지 들어보십시오. 제가 조조의 의도를 분석한 이유는 조조처럼 두 장군도 인내심을 가지고 곡성에 주둔하며 강 건너 불구경하시란 말씀을 드리기 위해서입니다. 머지않아 낙양에 식량이 다하면 양봉과 한섬은 필시 살길을 찾기 마련입니다. 이들은 조조에게 중상을 입힌 탓에 감히 조조에게 투항하지 못하고 자연스럽게 우리에게 구원의 손길을 뻗게 돼 있습니다. 이때 두 장군이 마지못해 응하는 척만 해도 저들은 알아서 고개를 숙이고 천자를 바칠 것입니다."

이각과 곽사는 가후의 계책에 크게 기뻐하며 만면에 웃음을 띠었다. 그런데 이때 곽사가 고개를 갸웃하며 한 가지 의문을 제기했다.

"하지만 저들 진영에는 하내태수 장양이 있지 않은가? 하내는 낙양과 지척이라 양초 보급이 어렵지 않을 텐데……."

가후는 주저 없이 손가락을 세 개 펴며 단호하게 대답했다.

"하내의 식량이 절대 낙양으로 들어올 수 없는 세 가지 이유가 있습니다! 첫째, 올해 중원에는 큰 가뭄이 들어 하내 역시 식량난이 심각합니다. 따라서 장양은 얼마 되지 않는 식량을 낙양으로 옮기는 데 주저할 것입니다. 둘째, 설사 식량을 옮긴다 해도 하내는 이곳에서 가까워 아군이 저들의 보급로

를 쉽게 차단할 수 있습니다. 셋째, 먼 길을 달려온 조조로서
도 마냥 시간을 끌면 불리해지기 때문에 하내의 식량이 낙양
으로 들어오는 걸 결코 용납할 리 없습니다. 이런 이유로 낙
양에 대한 양초 보급은 전혀 걱정할 필요가 없습니다."

이각과 곽사는 가후의 설명을 듣고 큰소리로 웃음을 터뜨
리며 그의 신기묘산에 찬탄해 마지않았다. 이어 가후가 주의
를 환기시키며 말을 이었다.

"하지만 반드시 대비해야 할 일이 하나 있습니다. 양봉, 한
섬은 형세가 급박해지면 어가를 겁박해 형주(荊州)나 회남으
로 남하할 마음을 품을지도 모릅니다. 따라서 형주로 통하는
이궐관(伊闕關)에 군사를 보내 요해처를 틀어막으십시오."

이각은 여봐란 듯이 거들먹거리며 얘기했다.

"좋소. 이궐관 쪽은 내 조카인 이섬(李暹)과 이별(李別)을 보
내 봉쇄할 터이니, 하내 식량 차단 문제는 곽 장군이 맡아서
처리해주시오."

곽사는 주저 없이 고개를 끄덕이고 이에 응낙했다.

한편 양굉은 양봉, 한섬이 베푸는 연회에 참가하기 위해 옷
을 갈아입으러 자신의 막사로 돌아왔다.

하지만 그는 연회는 뒷전이고, 수종들에게 한나라 13주 지
도를 펼치라고 명한 후 깊은 고민에 잠겼다.

'장소 선생, 농담이 지나치시구려. 양봉, 한섬 등에게 어가

를 호위해 영천, 여남을 거쳐 주공에게 가라고 권유하라니요? 낙양에서 회남까지는 천 리 길이라 도중에 황건적이나 산적의 습격을 받는 것은 말할 것도 없고, 식량을 구할 길도 막막한데 저들이 과연 응하겠습니까? 게다가 설사 양봉, 한섬이 설득에 넘어간다 해도 호시탐탐 천자를 노리는 이각, 곽사와 조조라는 관문은 또 어떻게 넘으라는 말입니까? 허허.'

장고에 장고를 거듭하던 양굉은 도무지 좋은 생각이 떠오르지 않아 혼잣말로 중얼거렸다.

"그래, 이건 현실적으로 불가능한 일이야. 내 한 목숨 살아남으려면 무조건 다른 방법을 강구해야만 해."

며칠 후 이런저런 고민으로 밤잠을 설친 양굉이 아침 식사를 하고 있을 때, 양봉이 사람을 보내 의논할 일이 있다며 자신의 막사로 양굉을 청했다.

양굉은 서둘러 식사를 마친 뒤 사병 몇 명을 데리고 낙양성 동쪽에 자리한 양봉의 군영으로 향했다.

그런데 양봉의 막사로 들어서자 장양을 제외한 양봉, 한섬, 동승뿐 아니라 서황, 동소까지 자신을 기다리고 있는 것 아닌가.

예상 밖의 광경에 양굉은 살짝 몸이 움츠러들었다.

인사가 끝나자 양봉이 단도직입적으로 말했다.

"양 장사, 오늘 그대를 청한 이유는 한 가지 좋지 않은 소식이 있어서요. 장양의 운량 부대가 이성(李城) 일대에서 조조군 대장 장료와 이전에게 습격당했는데, 운량을 책임진 대장 양추(楊醜)가 조조에게 투항하는 바람에 식량 2만 휘가 모두 조조 손에 떨어지고 말았소."

"네? 하내의 양초가 급습을 당했다고요?"

양굉은 짐짓 놀라는 척하더니 이내 웃음을 지으며 속없는 사람처럼 대답했다.

"그깟 식량 2만 휘가 무에 대수라고요. 다음부터는 조심하면 되지 않습니까? 장 태수에게 다시 식량을 보내라고 청하십시오."

이 말에 양봉 등은 할 말을 잃고 헛웃음만 지을 뿐이었다. 저자는 순진한 것인가 아니면 멍청한 것인가? 중원에 대흉이 들어 겨우 그러모은 식량인데, 어디에 식량이 있어서 다시 이를 구한단 말인가?

동승이 고개를 절레절레 흔들며 말했다.

"이 2만 휘가 장양의 창고에 보관된 식량 전부였소. 이제 더 이상 식량이 나올 구멍이 없단 말이오."

양굉은 짐짓 믿을 수 없다는 표정을 지으며 대답했다.

"네? 하내 같은 중원 대군의 식량이 겨우 2만 휘가 다라고요? 우리 서주에는 가장 가난한 낭야군 창고에도 항상 식량이 15만 휘는 저장돼 있습니다!"

그러자 양굉이 천자를 서주로 모셔 가려 한다는 소문에 잔뜩 날이 서 있던 양봉이 양굉을 떠보기 위해 일부러 탄식을 내뱉으며 말했다.

"천자께서 불행히 재난을 당하시어 낙양성이 초토화되고 식량은 극히 부족한 데다 사방으로는 이곽, 곽사와 조조가 호시탐탐 기회를 노리고 있어서 우리는 이미 진퇴양난의 위기에 처하고 말았소. 낙양성을 지키나 지키지 않으나 죽음이 앞에 기다리고 있으니 어디에 천자를 다시 모신단 말이오?"

양봉이 이렇게까지 얘기하고 있으니 양굉이 이들에게 어가를 서주로 모시자고 설득하기란 손바닥 뒤집는 것보다 쉬웠다. 하지만 양굉은 앞서서 고민했던 여러 가지 이유로 이를 시행에 옮길 마음이 없었다.

양굉이 어두운 표정을 지으며 한참 동안 말이 없자 어떻게든 양굉의 죄행을 들춰내야 하는 동소가 참지 못하고 먼저 입을 열었다.

"양 장사, 일이 이 지경에 이르렀는데 눈앞에 닥친 위기를 해결할 방법이 좀 없겠습니까?"

양굉은 동소의 물음에 어찌 대답해야 좋을지 몰라 일부러 못 들은 척 머리만 싸매고 있었다. 그런데 잠시 후 안절부절 못하던 양굉이 갑자기 고개를 들고 소리쳤다.

"잠깐만요! 제게 한 가지 방법이 있습니다."

초조하게 기다리던 양봉 등의 시선이 일제히 양굉을 향했다. 동시에 동소의 입가에는 엷은 미소가 번졌다.

양굉은 잠시 숨을 고르고 말을 이었다.

"거기장군, 제가 생각한 이 계책이면 현재의 위기가 저절로 풀리고 천자까지 안전하게 모실 수 있습니다. 조조와 이각, 곽사 무리 역시 감히 어가를 넘볼 수도 없고 말입니다."

"무슨 계책이오?"

양봉은 재빨리 양굉에게 물으며 만약 서주로 어가를 옮기자고 한다면 그 자리에서 저자의 목을 베겠다고 마음먹었다.

드디어 올 것이 왔다고 여긴 동소가 눈을 가늘게 뜨고 덫을 놓듯 물었다.

"서주는 부유한 땅이니 양 장사가 도 사군에게 연락을 취해 식량을 좀 빌려주면 어떻겠소?"

"서주에는 식량이 풍족하여 양초 10만 휘쯤 보내는 것은 아무 문제도 아닙니다. 다만 멀리 있는 물로는 당장의 갈증을 풀 수 없는 법. 길이 너무 멀어 서주의 식량을 운반하기는 어렵겠습니다."

그러고는 양굉이 또다시 아무 말 없이 고심하는 표정을 짓자 양봉 등은 서로 얼굴만 바라보며 눈만 깜빡거릴 뿐이었다.

한참이 지나도 양굉이 입을 열지 않자 동소가 조심스럽게 물었다.

"양 장사, 그게 끝이오?"

양굉은 더 이상 주저하다가는 분위기가 어색해질 것 같아 에라 모르겠다는 심정으로 자신의 생각을 그대로 털어 놓았다.

"천자의 어가를… 기주로 옮기는 것입니다!"

전혀 예상치 못한 양굉의 말에 다들 어안이 벙벙해져 막사 안은 순간 정적에 휩싸였다. 양굉은 이 틈을 놓치지 않고 재빨리 말을 이었다.

"맞습니다. 원소에게 투항하자는 말입니다. 원소는 군사력이 막강하고 양식이 풍족하여 천자를 안전하게 모실 수 있을 뿐 아니라 장군들도 원소의 비호를 받게 돼 조조 등이 감히 건드리기 어려워집니다. 게다가 기주는 장양의 영지인 하내군과 인접하여 어가를 호위하는 데도 큰 어려움이 없습니다."

이 말에 동소는 대경실색해 얼굴이 하얗게 질렸지만 양봉과 한섬은 마음속으로 쾌재를 불렀다.

천하에서 무력이 가장 막강한 원소라면 천자의 안전 보장은 물론 자신들까지 부귀영화를 누릴 수 있지 않은가.

그런데 이때 동승이 펄쩍 뛰며 소리를 질렀다.

"불가하오! 원소가 비록 군사력이 막강하고 양초가 충족하다고 하나 일찍이 유우를 황제로 옹립해 신하의 본분을 망각한 일이 있소. 이번에 천자를 모시고 그에게 의탁하면 천자를 위험에 빠뜨릴뿐더러 그가 우리를 꼭 받아준다는 보장도 없소."

양굉이 고개를 저으며 동승의 말을 반박했다.

"국구의 말씀은 틀렸소이다. 원소가 유우를 옹립한 건 동탁이 천자를 협박해 대권을 멋대로 휘두른 데 대한 반감에서 비롯된 것입니다. 후에 원소는 이 일을 크게 후회했습니다. 이번에 천자께서 자발적으로 그를 찾아가신다면 원소는 분명 이전의 죄를 만회하기 위해 맨발로 어가를 영접하고 기주에 도읍과 황궁을 세워 한의 기업 재건을 도울 것입니다."

다급해진 동소도 손을 내저으며 양광을 만류했다.

"내 일찍이 원소의 부하로 있어서 그가 얼마나 오만불손한지 잘 알고 있소. 천자를 불경하는 그에게 가면 반드시 화가 미칠 것이오. 일전에 저수가 원소에게 천자를 영접해 업성에 도읍을 세우라고 건의한 적이 있었소. 하지만 원소는 천자가 기주로 오면 번거로운 일만 늘어난다는 곽도, 순우경(淳于瓊)의 말을 듣고 저수의 제의를 물리쳤소. 천자께서 이런 난신적자에게 가신다면 어찌 굴욕을 자초하는 꼴이 아니겠소?"

그러자 양광은 가슴을 두드리며 크게 흰소리를 쳤다.

"원소가 어가를 영접하는 일은 이 굉이 반드시 책임지겠습니다! 전에 기주에 사신으로 갔을 때, 원소는 친히 절 맞아 주었습니다. 또한 제 권유를 듣고 적대 관계였던 우리 주공과 화친을 맺은 것은 물론 도 사군을 사위로 받아들이기까지 했습니다. 제 편지 한 통이면 원소는 두말없이 천자를 영접할 테니, 두고 보십시오."

"양 장사, 정말 자신이 있는 것이오?"

동승도 양광의 말에 마침내 마음이 움직였다.

"이 굉을 한 번 믿어 주십시오."

양굉은 주먹을 꼭 쥐며 이렇게 대답했지만 머릿속은 뒤죽박죽이 돼 자신이 도대체 무슨 말을 하고 있는지 몰랐다.

이때 마음을 진정시킨 동소가 양굉에게 날카로운 질문을 던졌다.

"그대는 서주의 신하이면서 왜 어가를 기주로 옮기자고 권하는 것이오? 어가를 서주로 옮기자고 해야 맞는 것 아니오?"

하지만 양굉은 전혀 당황하지 않고 장황하게 대답을 늘어놓았다.

"공인 선생의 말은 완전히 틀렸소. 이 굉은 서주의 신하이기 이전에 한실의 신하요. 천자께서 재난을 당하셨으니 목숨을 걸고 천자를 안전한 곳으로 모시는 것이 신하의 당연한 도리 아니겠소? 기주는 낙양에서 가장 가깝고 길도 안전한 반면, 서주로 가려면 천신만고를 겪어야 하오. 서주로 가다가 천자께 변고라도 생긴다면 이 굉은 만 번 죽어도 속죄할 길이 없어집니다."

동소가 말문이 막혀 아무 대답도 못하자 동승이 양봉과 한섬을 돌아보며 말했다.

"양 장사의 말은 실행에 옮겨볼 만합니다. 양 장사가 원소에게 편지를 보내 어가를 영접할 뜻이 있다고 확인되면 우리로서는 이보다 더 좋은 선택이 없습니다."

"지금 당장 편지를 보내겠습니다!"

양굉의 반응에 양봉과 한섬은 자신들이 양굉을 오해했다고 생각하며 미안한 마음과 더불어 한실을 우선하는 양굉의 마음에 흐뭇한 미소를 지었다.

양굉은 양봉과 한섬의 반응을 기다리지도 않고 바로 앞으로 나섰다.

"제가 먼저 원소에게 어가를 영접하러 출병하라고 권유해 보겠습니다. 원소가 만약 이에 응하면 장군들은 어가를 호위해 기주로 북상하면 되고, 원소가 이를 거부한다면 그때 다른 대책을 마련해야겠지요."

양봉은 낮은 목소리로 한섬과 몇 마디 의견을 주고받은 후 고개를 끄덕이며 말했다.

"이 일은 마땅히 천자께 먼저 아뢰고 동의를 구해야 하지만 상황이 상황인 만큼 양 장사는 일단 원소에게 줄 편지를 쓰도록 하시오. 천자께서 어가를 기주로 옮기는 데 동의하신다면 즉시 원소에게 연락을 취하도록 합시다."

얘기가 얼추 끝나자 이들은 어가를 기주로 옮기기 위한 작업에 돌입했다.

하지만 정신이 혼미해진 동소는 막사를 나와 즉각 이 소식을 공현의 조조에게 알렸다.

조조는 이 소식을 듣자마자 주먹으로 책상을 내려치며 미친 듯이 노호했다.

"양굉, 네놈이 감히… 내 이놈을 맹세코 갈기갈기 찢어죽이고 말리다! 원본초가 이놈의 편지를 보고 어가 탈취에 마음이 동하기라도 하면 어쩐단 말인가? 그 주인에 그 신하라더니, 결국 일을 저지르고 마는구나!"

이때 순유가 조조를 진정시키며 대책을 건의했다.

"주공, 지금 당장 하내에 군사를 보내 이들과 원소의 접촉을 막아야 합니다. 원본초가 우유부단하고 식견이 낮다고 하나 그의 휘하에는 지모가 뛰어난 모사들이 많습니다. 특히 저수와 전풍은 양굉의 편지를 보고 원소에게 출병해 어가를 맞이하라고 극력 권할 것이 분명합니다. 가만 앉아서 이득을 얻는 이런 일을 그들이 마다할 리 있겠습니까? 하여 반드시 하내로 출동해 저들의 길을 끊으십시오!"

조조는 이를 악물고 순유의 건의에 고개를 끄덕였다.

*　　　　　*　　　　　*

막다른 지경에 몰린 헌제로서는 기주로 어가를 옮기자는 장인 동승의 권유를 받아들일 수밖에 없었다.

이에 헌제는 원소에게 군사를 이끌고 어가를 영접하라는 조서를 내렸다.

헌제가 어가를 기주로 옮기는 데 동의하자 이미 마음의 준비를 하고 있던 양봉과 한섬은 주저 없이 천자의 명의로 기주에 사신을 보내 원소와 연락을 취했다.

그리고 혹여 원소가 어지를 받들지 않을까 우려해 원소와 '교분이 두텁다'는 양괭의 친필 서신까지 함께 사신에게 딸려 보냈다.

이와 동시에 하내태수 장양은 이각, 곽사와 조조의 습격에 대비하고, 또 헌제가 기주로 가는 길을 닦기 위해 먼저 군사를 이끌고 하내로 돌아갔다.

양봉 일당이 어가를 기주로 옮기기 위해 일사불란하게 움직이자 낙양에서 조조의 첩자 역할을 하던 동소는 크게 당황해 재빨리 심복을 공현으로 파견했다.

조조는 이 소식을 듣고 발연대로하여 당장 모사들을 소집해 헌제의 기주행을 막을 대책 논의에 들어갔다.

가장 먼저 순유가 앞으로 나와 말했다.

"주공, 우리에게 주어진 시간은 그리 많지 않습니다. 원소가 일단 출병해 어가를 맞이하게 되면 대사를 그르치고 마니 서둘러 어가를 탈취할 방법을 찾아야 합니다."

조조는 고개를 끄덕이면서도 침울한 목소리로 대답했다.

"그걸 모르는 바 아니지만 지금으로서는 뾰족한 방법이 없구려. 강공을 퍼붓는다고 단시일 내에 낙양성을 취할 수 있을지 의문인 데다 괜히 헛심만 쓰고 주변에서 호시탐탐 기회만 엿보는 이각, 곽사 무리에게 어부지리를 안겨줄까 걱정이오."

그러자 순유가 주저주저하다가 입을 열었다.

"저에게 한 가지 계책이 있는데, 어쩌면 가능할 수도 있습니다. 주공께서는 왜 이각, 곽사에게 사람을 보내 강화를 청하지 않는 것입니까? 그때 슬그머니 천자가 곧 있으면 기주로 간다는 사실을 흘리는 것입니다. 저들이 이 얘기를 듣고, 또 아군이 장양을 치기 위해 하내로 출병한 것을 두 눈으로 확인한다면 불같이 노해 어가를 빼앗으려 선수를 칠지도 모릅니다. 아군은 저들과 양봉, 한섬 무리가 양패구상하길 기다리기만 하면 중간에서 어부지리를 취할 수 있습니다."

그런데 조조는 순유의 태도가 전과 많이 다른 것을 보고 고개를 갸웃하며 물었다.

"공달의 이 계책이 자못 절묘해 지모가 없고 성격이 조급한 이각, 곽사라면 이 소식을 듣고 필시 낙양성 공격에 나설 터인데, 왜 그리 자신이 없는 것이오?"

"이각, 곽사를 속이기는 결코 어려운 일이 아닙니다. 다만 저들 진영에 절대 속일 수 없는 눈이 하나 있습니다. 지난번 이각, 곽사가 배신자인 양봉, 한섬과 손잡고 아군을 공격한 것도 다 이자의 머리에서 나온 계책입니다. 이자가 있다면 이 계책은 솔직히 성공 확률이 높지 않습니다."

조조는 그제야 알았다는 듯 이마를 치며 소리쳤다.

"가후! 가문화 말이구려!"

이때 곽가가 앞으로 나와 빙그레 웃으며 얘기했다.

"저에게 좋은 생각이 있습니다. 주공께서는 먼저 가후가 아군과 내통하는 글로 가득 적힌 편지 한 통을 쓰십시오. 그런 다음 사람을 시켜 곡성의 가후에게 가는 척하다가 일부러 이 편지가 이각, 곽사의 척후병 손에 들어가게 하십시오. 이각, 곽사는 지모가 없는 자들이라 편지를 보면 필시 크게 노해 가후를 가두거나 척살할 터이니, 이때 공달의 계책대로 시행한다면 일이 순조로울 것입니다."

이 말에 잠시 동안 미간을 찌푸리던 조조가 입을 앙다물고 말했다.

"내 문화 선생의 재주를 아낀 지 오래라 그를 꼭 내 막하에 두려는 마음이 간절했소. 하지만 일이 이 지경에 이르러 이것저것 돌볼 겨를이 없으니 그리하기로 합시다. 그리고 하후돈에게도 속히 전령을 보내 양현 방어를 포기하고 공현으로 돌아오라고 이르시오!"

일반 백성으로 변장한 전령은 조조의 명에 따라 위조된 편지를 가지고 군영을 나갔다.

그는 곡성으로 향하던 도중에 이각의 척후병이 눈에 띄자 짐짓 놀라는 체하며 편지를 버리고 그대로 달아났다. 이를 수상히 여긴 이각의 척후병은 즉시 편지를 가지고 대영으로 돌아왔다.

그런데 마침 이각은 곽사를 만나러 출타 중이어서 척후병은 가후에게 자초지종을 설명하고 편지를 바쳤다.

가후는 무심코 편지를 받아 읽어 내려가다가 그만 얼굴이 흙빛으로 변하고 말았다. 그는 척후병으로부터 누구도 이 편지를 보지 않았다는 사실을 확인하고 당장 편지를 불살라 버리기로 마음먹었다.

하지만 이때 곽사의 종제인 곽문(郭文)이 영채를 순시하다가 가후가 놀라는 것을 보고 다가와 이유를 물었다. 가후는 곽문이 까막눈인 것을 알고 태연자약하게 말했다.

"순라병이 정찰을 돌다가 조조의 밀서를 얻은 모양입니다. 편지가 여기 있으니 장군이 한 번 보시지요."

그러고는 가후가 곽문에게 편지를 건네자 곽문은 쓴웃음을 지으며 대답했다.

"문화 선생, 장난이 지나치십니다. 일자무식인 말장이 편지 내용을 어찌 알겠습니까? 이 편지는 선생이 대장군과 거기장군에게 전해 주시지요."

"거기장군이 제게 맡길 일이 있어서 영채를 잠시 나가야 하니 이 편지는 장군이 대신 전해 주십시오."

가후는 얼굴색 하나 변하지 않고 대답한 후 곽문에게 미소를 지으며 말했다.

"참, 거기장군의 명으로 급히 처리해야 하는 일인지라 전마를 잠시 빌려 쓰겠습니다. 곧 돌아와 돌려 드리지요."

곽문은 아무 의심 없이 가후에게 전마를 내주고 편지를 건네받았다. 그리고 가후는 단기로 쏜살같이 영채를 빠져나갔다.

　　　　*　　　　　*　　　　　*

　"문화 선생! 문화 선생! 소생이 전부터 선생의 대명을 익히 들어왔는데, 다행히 오늘 뵙게 돼 영광스럽기 그지없습니다. 선생이 도적놈을 버리고 한실 조정에 귀의한 것은 천자의 홍복이자 창생의 복입니다!"

　가후가 왔다는 소식을 듣고 허겁지겁 양봉군 대영으로 달려온 양광은 양봉에게 예를 갖추는 것도 잊은 채 곧장 가후에게 달려가 예의 아부를 늘어놓았다.

　양광의 아첨에 부담을 느낀 가후는 한 발짝 뒤로 물러나며 공손히 답례한 후, 고개를 돌려 양봉에게 물었다.

　"거기장군, 이분은……."

　양봉은 이런 양광의 모습에 이미 익숙해졌는지 너털웃음을 짓고 대답했다.

　"양광, 양중명으로 서주의 장사요. 지난번 편지에서 언급했던 바로 그 서주 사자라오."

　"아, 선생이 바로 양중명이로군요. 선생의 대명은 귀에 따갑게 들었습니다."

　가후가 다시 예를 갖춰 인사하자 양광은 겸사의 말을 건넨 후 호기심 가득한 어투로 물었다.

　"이각, 곽사의 추격병이 낙양성 아래까지 쫓아왔다고 들었습니다. 이각, 곽사가 선생을 매우 존경한다고 알고 있었는데, 왜 갑자기 사이가 틀어져 원수지간이 된 것입니까?"

"조적 놈이 이간계를 이용해 이각, 곽사의 손을 빌려 절 죽이려 했기 때문입니다."

이어 가후는 저간의 사정을 양굉에게 대략적으로 설명한 후 탄식하며 말했다.

"저는 조조의 거짓 편지를 보자마자 이각, 곽사가 절대 절 살려둘 리 없음을 알고 부득불 영채를 빠져나와 낙양성으로 도망친 것입니다. 곽문이 일자무식이었기 망정이지, 그렇지 않았다면 제 목은 이미 땅에 떨어졌을 것입니다."

가후의 얘기를 말없이 듣고 있던 양봉이 입을 열었다.

"내 이미 천자께 사람을 보내 아뢰었으니 곧 있으면 선생을 부르는 어지가 내려올 것이오. 천자께서는 장안에 계실 때 문화 선생의 비호가 아니었다면 이각, 곽사 두 도적놈에게 해를 당해도 벌써 당했을 것이라고 자주 말씀하셨소. 이런 연유로 선생을 항상 그리워하셨소."

양봉의 말이 끝나기가 무섭게 국구 동승이 장중으로 들어와 가후를 만나 보겠다는 헌제의 어지를 전하고 친히 길을 안내했다.

가후는 무릎을 꿇고 어지를 받은 다음 천자를 배알하러 서둘러 동승의 뒤를 따랐고, 양굉도 이들과 동행했다.

가후가 헌제를 알현하고 자신이 낙양으로 오게 된 이유를 설명하자 헌제는 호기심 가득한 눈으로 가후에게 물었다.

"경은 조조와 무슨 깊은 원한을 맺었길래 조조가 경을 모해하려 한 것이오? 경처럼 선량한 사람이 다른 사람과 이유 없이 원한을 맺었을 리가 없지 않소?"

"그건……."

가후는 잠시 주저하더니 사실대로 대답했다.

"폐하의 말씀처럼 신은 본디 조조와 원한을 맺은 일이 없습니다. 그런데도 조조가 신을 해하려 한 이유는 이각, 곽사를 꼬드겨 낙양을 공격하게 하려는 계략이 신에게 들통 날까 두려워 먼저 신을 제거하기 위함입니다."

이 말에 헌제는 대경실색하며 소리를 질렀다.

"정말 그런 일이 있었소?"

"거의 틀림없습니다. 낙양성 공격이 어렵지 않음에도 조조와 이각, 곽사 누구도 선뜻 강공에 나서지 않은 이유는 상대방이 앉아서 어부지리를 취할까 염려했기 때문입니다. 이에 조조는 이각, 곽사를 꾀어 낙양을 선공하게 한 연후에 이들과 폐하의 호위 부대가 싸움에 지친 틈을 타 일거에 격퇴하려는 계책을 세웠습니다. 이각, 곽사는 탐욕스럽고 무지하여 조조가 그들을 속이기 어렵지 않았지만 오직 신에게 미천한 재주가 있어 걸림돌이 될까 두려워 한 탓에 신을 먼저 제거한 뒤 손을 쓰려고 했던 것입니다."

한마디도 틀리지 않는 가후의 분석에 동소는 그만 얼굴이 잿빛으로 변하고 말았다. 헌제와 동승, 양봉 등도 깜짝 놀라기는 마찬가지였다. 이어 헌제가 자기도 모르게 크게 소리를 질렀다.

"조조의 계책이 성공해 이각, 곽사가 낙양을 공격했다면 어찌할 뻔했는가? 짐이 기주에 사신을 보낸 지 며칠 안 돼 소식이 오려면 아직 멀었는데 말이야!"

"기주라고요?"

순간 가후는 가는 눈을 번뜩이더니 턱을 괴고 깊은 생각에 잠겼다.

'조조가 낙양 공격을 서두른 데는 다 이유가 있었군. 빨리 손을 쓰지 않으면 영원히 기회가 사라질 테니까 말이지… 가만, 사자가 출발한 지 며칠 되지 않았다고? 그런데 조조가 어떻게 이리도 빨리 소식을 들은 거지? 설마… 낙양성 안에 조조의 첩자가 있단 말인가?'

잠시 후 동승이 잔뜩 기대하는 투로 가후에게 물었다.

"문화 선생, 발등에 불이 떨어진 이 위기를 타개할 좋은 묘책이 좀 없겠소이까?"

좌우 문무 관원을 쭉 둘러보던 가후가 동승에게 공수하고 대답했다.

"제가 낙양성에 방금 도착해 이쪽 상황을 잘 모르다 보니 좀 더 세밀한 조사가 필요할 것 같습니다."

"그런 거라면 아무 문제없습니다. 우리 쪽 군중 문서는 얼마든지 살펴보십시오."

"저와 한 장군의 군중 문서도 보실 수 있도록 당장 대령하겠습니다."

양봉도 재빨리 이에 호응하고 수하를 시켜 당장 군중 문서를 모두 가져오라고 명했다.

하지만 동소는 상황이 심상치 않게 돌아가는 것을 보고 불안한 마음에 안절부절못하며 속으로 몰래 중얼거렸다.

'귀찮게 됐군. 조조 공은 어쩌다 저런 사악한 놈을 낙양성 안으로 들여보냈단 말인가!'

*　　　　　*　　　　　*

양굉이 막사에서 휴식을 취하고 있을 때, 고랑이 들어와 쭈뼛거리면서 물었다.

"대인, 양 거기 쪽에서는 정말 낙양에서 철수하려는 것입니까?"

"뭐? 낙양에서 철수한다고?"

양굉이 깜짝 놀라며 자리에서 벌떡 일어나자 고랑은 고개를 갸웃거리며 말했다.

"우리 수행 병사들이 방금 전 낙양성 안에 들어갔는데, 양 장군과 한 장군 대오가 치중을 수레에 싣고 있다고 하더군요.

천자 쪽에서도 전적(典籍)과 어용 물품들을 수레에 싣기 시작했고요. 사졸들은 저들이 낙양을 떠나려는 것 같다며 소인에게 좀 물어봐 달라고 청했는데, 아직 소식을 못 들으신 건가요? 사졸들은 하루 빨리 서주로 돌아가고 싶어 합니다……"

고랑의 말이 채 끝나기도 전에 양굉은 허겁지겁 막사를 나가 양봉의 대영으로 향했다. 양봉 군중에서는 군사들이 치중을 수레에 싣고 있는 것이 정말 낙양에서 철수하려는 모양이었다. 그런데도 자신에게 아무런 언질이 없었다는 데 양굉은 화가 치밀었다. 양굉이 분노를 삭이며 양봉의 막사로 들어가자 거기에는 양봉과 한섬, 동승은 물론 가후까지 모여 있었다.

양봉은 양굉을 반갑게 맞이하며 말했다.

"사람을 보내 부를 참이었는데 마침 잘 오셨소. 양 장사도 얼른 채비를 서두르시오. 낙양의 형세가 급박해 내일 아침 일찍 하내로 출발했다가 원소의 소식이 들어오는 대로 기주로 향할 것이오. 방금 전에 내린 결정이라 양 장사에게 아직 알리지 못한 것이니 너무 나무라진 마시오."

그제야 양굉은 자신이 양봉을 오해했다는 생각에 마음이 누그러지며 궁금한 듯 물었다.

"그런데 무슨 연유로 갑자기 철군 결정을 내린 것입니까?"

양봉은 힘없이 고개를 저으며 대답했다.

"아군 척후병이 알려온 소식에 의하면, 조조가 이미 양현의 군대를 철수시켰고, 주력 부대도 황하를 건너기 시작했다고 하오. 문화 선생은 이 조치들을 보고 조조가 이각, 곽사와 밀약을 맺고 저들에게 낙양을 공격하게 하려는 의도가 틀림없다고 말했소. 이때 아군이 서둘러 낙양을 빠져나가지 못해 이각, 곽사와 일전을 벌이고 조조에게 하내로 통하는 도로를 봉쇄당하면 어가를 기주로 옮기는 것은 말할 것도 없고 낙양에 꼼짝 못 하고 갇히는 신세가 되고 말 것이오."

양굉은 이 지긋지긋한 낙양을 떠나 원소에게 갈 수 있다는 희망에 절로 미소가 지어졌다. 하지만 또 한 가지 의문이 들어 양봉에게 다시 물었다.

"그런데 곡성은 낙양과 지척으로 가까워 우리가 철수할 때 이각, 곽사가 추격해 오면 어찌합니까? 이 많은 군사가 황하를 건너다간 틀림없이 저들에게 따라잡히고 말 텐데요."

"그건 염려 마시오. 문화 선생이 이미 계책을 다 짜 두었소. 오늘밤 이각, 곽사는 우리에게 호되게 당해 추격은 엄두도 내지 못할 것이오."

양굉은 겉으로는 실실거리며 웃었지만 도웅은 물론이고 헌제를 비롯해 문무 관원들이 모두 가후를 떠받드는 데 눈꼴이 시려 입에서 나오는 대로 말을 내뱉었다.

"오늘밤 이각, 곽사를 혼내준다고요? 얼마 되지 않는 군사로 대군에게 큰 타격을 입히는 것이 가능하답니까? 장담컨대, 천자까지 호위해야 하는 우리는 진군 속도가 더딜 수밖에 없는데 괜히 타초경사하여 무고한 군사들만 죽음으로 내몰게 됐소이다그려."

이 말에 양봉은 큰소리로 웃음을 터뜨리며 양굉에게 말했다.

"하하, 양 장사는 아직 문화 선생의 능력을 보지 못해서 그리 말하는 것이오. 내 장담하리다. 문화 선생만 믿으면 우린 안전하게 기주까지 갈 수 있소이다!"

여전히 속으로 불만이 가득했던 양굉은 의심의 눈초리로 몰래 가후를 훔쳐보았다. 그런데 가후는 아주 편안한 표정으로 그저 미소만 짓고 있을 뿐이었다.

양굉은 자기도 모르게 마음속으로 중얼거렸다.

'헐, 저 거만하고 제정신이 아닌 듯한 표정은 도응과 꼭 닮았잖아!'

가후가 세운 작전은 바로 기습 공격이었다.

이각, 곽사는 틀림없이 양봉 등이 감히 성을 나와 싸우지 못할 것이라고 여기고 있는 데다 조조와 정전 협상을 맺은 후 마음이 풀어졌을 것이므로 돌연 그들의 영채를 기습한다면 큰 타격을 입히는 것이 가능했다.

동시에 이각, 곽사의 포진 상황을 잘 알고 있는 가후는 먼저 저들의 결사대 영지를 급습하라고 건의했다.

이들은 말이 결사대지, 전부 홍농(弘農)에서 차출한 민병으로 전투력이 가장 약하고 전투 경험도 전무하다시피 했다.

승리 가능성이 높은 이들 부대를 먼저 친다면 적의 사기를 떨어뜨리는 데도 상당한 효과가 있었다.

가후의 판단은 일단 한 치의 오차도 없이 그대로 들어맞았다.

그날 밤 양봉과 한섬이 정예병을 보내 영채를 급습했을 때, 이제 막 조조와 정전 밀약을 맺은 이각, 곽사는 한시름 덜었다는 생각에 영채 방비를 소홀히 하고 있었다.

서황과 호재(胡才)가 이끄는 부대는 아무 저항 없이 결사대 영지로 돌격해 들어갔다.

병사들은 큰 혼란에 빠져 젖 먹던 힘을 다해 사방으로 달아나기 바빴다. 서황과 호재는 신바람이 나 적을 베고 영채에 불을 놓았다.

허둥대며 적을 막기 위해 나온 곽문은 서황의 도끼질 한 방에 말에서 떨어져 그대로 즉사하고 말았다.

결국 이각, 곽사가 군사를 이끌고 출전하고 나서야 궤멸적인 패배를 막을 수 있었다. 하지만 서황과 호재가 군대를 거두어 낙양성으로 돌아갔을 때, 이각, 곽사의 군사는 난리를 틈타 이미 절반 가까이 도망쳐 버린 상태였다.

이각, 곽사가 패배 뒤처리로 정신이 없는 틈을 타, 다음 날 아침 양봉과 한섬은 헌제를 호위해 낙양성을 빠져나가기 시작했다.

한섬이 선봉에 서서 길을 열고, 동승은 어가를 호위했으며, 양봉은 친히 후군을 맡아 적의 추격에 대비했다. 총 8천여 명에 이르는 군대는 황하를 건너기 위해 빠른 속도로 평음을 향해 달려갔다.

이각, 곽사는 양봉 등이 승리를 거두고 곧장 낙양성을 탈출하리라 전혀 예상하지 못했던 탓에 제대로 수습하지도 못한 병사 1만 5천 명을 이끌고 즉각 추격에 나섰다.

이들은 맹진(孟津) 일대에 이르러 양봉의 후군을 따라잡을 수 있었다. 이를 본 양봉도 전혀 주저 없이 말 머리를 돌려 필사적으로 이들을 막아섰다.

이 틈을 타 전방의 한섬과 동승은 마중 나온 장양 부대의 도움으로 황하를 건너기 시작했다.

양광도 수행 사병의 보호를 받으며 재빨리 부교를 건너 황하 북쪽 기슭을 향해 달려가고 있었다. 그런데 이때 어쨌든 병력이 우세했던 이각, 곽사는 양봉과 치열하게 싸우는 한편으로 일부 군마를 따로 떼어 달아나는 적을 추격하라고 명했다.

미처 다리를 건너지 못한 사병과 관원들은 양봉 군대의 방어를 피해 달려오는 적을 보고 깜짝 놀라 앞다퉈 부교를 건너려다가 서로 밟고 밟히며 잇달아 물속으로 떨어졌다.

추격병이 부교 턱밑까지 다가오자 가후는 다급하게 큰소리로 외쳤다.

"부교를 절단하라! 절대 적병이 다리를 건너게 해서는 안 된다!"

가후는 치밀하게 작전을 구상했지만 적군의 병력이 의외로 훨씬 많았다는 것과 황제를 호위함에 따라 진군 속도가 늦어질 수밖에 없다는 것을 계산에 넣지 못하는 실수를 범했다.

이에 그는 안타깝지만 어쩔 수 없이 극단적인 명을 내릴 수밖에 없었다. 가후는 곁에 있는 헌제에게 공수하고 말했다.

"폐하, 마음이 아프지만 즉시 다리를 끊으라고 명을 내려 주십시오. 적군이 추격해 오면 만사가 물거품으로 돌아가고 맙니다. 그리고 양 거기는 걱정하지 않으셔도 됩니다. 적을 당해내지 못하면 강을 따라 하류인 평현(平縣)으로 이동해 아군이 몰래 준비해 놓은 배를 타고 강을 건널 것입니다."

헌제는 가후의 말에 깜짝 놀라 고개를 끄덕이며 다리를 끊는 데 동의했다. 이에 명을 받은 병사들이 도끼로 다리 기둥을 내려치자 부교는 호선을 그리며 그대로 강으로 떨어졌다.

부교 위에 있던 병사와 관원들은 처절한 비명을 지르며 황하로 추락했고, 미처 다리를 건너지 못한 이들은 적군의 칼 아래 무참히 살해되었다.

헌제는 물론 조정 문무 관원들은 이 광경을 보고 슬픔에 잠겨 눈물을 흘렸다. 양굉 역시 안타까운 심정으로 이를 바라보며 한숨을 내쉴 때, 누군가 자신의 어깨를 툭 치는 느낌이 들었다.

이에 고개를 돌려보니 자신의 뒤에는 가후가 서 있었다.

가후는 양굉을 바라보며 극진히 예를 갖추고 말했다.

"중명 선생, 제가 선생의 말을 듣지 않았다가 병사들을 죽음으로 몰았소이다. 이 점 깊이 사과드립니다. 그래서 말씀인데, 이제 우리는 어디로 가야 되겠소이까? 중명 선생이라면 아군 진영 내에 조조의 첩자가 숨어 있어서 우리가 황하를 건넌다는 소식이 이미 조조 귀에 들어갔음을 잘 알고 있을 테지요. 예측이 틀리지 않다면 조조군은 필시 우리가 반드시 거쳐야 하는 길목에 매복해 있을 텐데, 그곳이 어디인지 말씀해 주십시오."

이 말에 양굉은 깜짝 놀랐지만 짐짓 태연한 표정을 지으며 아무 말도 하지 않았다.

그러자 가후가 양굉을 재촉하며 말했다.

"말을 너무 아끼지 마십시오. 천자께서 기주에 사신을 보내기로 결정하셨을 때, 조조는 곧바로 병력을 차출해 장양을 토벌한다는 구실로 아군의 북상 길을 끊었습니다. 첩자가 미리 이를 알려주지 않았다면 조조가 어찌 이렇게 신속히 조치를 취했겠습니까?"

양굉은 이 말에 마치 꿈속에서 깨어난 것처럼 크게 깨닫는 바가 있어 그동안 꺼림칙했던 일들이 순간적으로 뇌리를 스쳐 지나갔다.

이어 양굉은 조금도 주저 없이 고개를 돌려 백관 중에 서 있던 한 사람을 똑바로 응시했다.

양굉이 눈빛을 반짝이며 바라본 자는 바로 의랑 동소였다. 가후 역시 고개를 끄덕이며 낮은 목소리로 말했다.

"선생도 저와 생각이 같으시군요. 양 거기와 동 국구에게 조조와 휴전하라고 극력 권한 자가 바로 동소라는 얘길 듣고 의심을 품었습니다. 하지만 지금 이 사실을 밝혀선 안 됩니다. 저자는……."

가후의 말이 채 끝나기도 전에 양굉은 동소를 가리키며 크게 소리쳤다.

"고랑, 당장 반적 동소를 잡아들여라!"

가후가 깜짝 놀라 양굉을 만류하려 했지만 이미 때가 늦었다. 고랑이 동소를 끌어내 바닥에 무릎을 꿇리자 동소는 대경실색해 발버둥을 치며 고래고래 소리를 질렀다.

행군 도중에 소란이 일어나자 앞서가던 한섬이 급히 달려와 무슨 일인지 물었다.

양굉은 망설임 없이 동소를 가리키며 소리를 질렀다.

"네놈이 우리를 잘도 속였겠다! 낙양성 안의 상황을 조조가 어떻게 그리도 빨리 알 수 있었을까? 그건 네놈이 가장 잘 알 것 같은데 말이지."

양굉의 말에 일이 발각됐다고 여긴 동소는 그 자리에서 몸이 얼어붙었다.

헌제와 한섬 등은 깜짝 놀라 양굉에게 대체 무슨 영문이냐고 묻자 양굉은 동소를 가리키며 벼락같이 노호했다.

"저자에게 물어보십시오. 조조에게 아군 기밀을 얼마나 팔아먹었는지. 문화 선생이 일깨워 주지 않았다면 우리는 앞에서 기다리고 있는 조조군에게 몰살을 당했을지도 모릅니다!"

동소가 사색이 돼 감히 아무 말도 못하고 벌벌 떨고만 있자, 성미가 급한 한섬은 분노가 폭발해 단칼에 동소의 목을 베어버렸다.

"문화 선생, 첩자가 이미 처결됐으니 이제 어찌해야 합니까?"

양굉은 희희낙락한 표정으로 가후에게 물었다. 가후는 어쩔 수 없다는 표정으로 양굉을 바라보고는 대답했다.

"원래 계획에 따라 천자를 지현으로 모시고 가야지요. 거기서 양 거기와 합류한 후 다음 방법을 논의해 봅시다."

가후는 이렇게 말하고 아무도 들리지 않게 혼잣말로 중얼거렸다.

"저자는 내가 조조에게도 마음이 있다는 걸 눈치챈 걸까? 그래서 일부러 날 동소를 죽이는 데 끌어들여 조조에게 투항하려는 여지를 아예 차단해 버린 것인지도 모르겠군. 정말 대단해. 그런데 왜 기를 쓰고 어가를 기주로 옮기려는 것이지? 이는 서주의 이익과 전혀 부합하지 않는 데 말이야. 설마 처음부터 조조와 이각, 곽사의 손을 빌려 천자 호위 세력을 약화시킨 다음 천자가 갈 곳이 없어지면 다시 천자를 부추겨서……? 정말 그렇다면 저자는 소름 끼치게 무시무시한 자란 말인데……."

第五章

금선탈각

양봉과 서황의 후위 부대는 이각, 곽사 대부대의 공세를 당해내지 못하고 하는 수 없이 황하를 따라 퇴각해 평현에서 배를 타고 황하를 건넜다.

이들은 한섬 등과 합류하기 위해 곧장 지현으로 달려갔다. 한편 이각, 곽사는 신속히 대오를 정리하고 헌제를 쫓기 위해 부교 건설에 박차를 가했다.

양봉의 합류로 헌제 등이 안도의 한숨을 내쉴 때, 지현으로 또 한 가지 기쁜 소식이 전해졌다. 야왕(野王)에 주둔 중인 장양이 사람을 보내 헌제 대오가 우성에 이르면 당장 급한 불을 끌 수 있도록 양초를 보내 주겠다는 것이었다. 이 소식에 다들 기뻐하며 머지않아 기주로 갈 희망에 부풀어 있는데, 오직 가후만이 침울한 표정을 지으며 깊은 고민에 잠겨 있었다.

양봉과 한섬이 다가와 이유를 묻자 가후는 걱정스런 투로 말했다.

"동소가 죽는 바람에 이 간적 놈이 조조에게 기주로 가는 진군 노선을 발설했는지 전혀 알 수가 없어졌습니다. 게다가 조조군이 이미 우리가 반드시 거쳐야 할 길에 매복해 있는지도 모르는 상황이고요."

"문화 선생의 말이 옳소. 이에 대한 대비를 철저히 해야만 하오."

양봉은 이렇게 말하면서 동소를 죽인 한섬을 원망하는 눈빛으로 바라보았다. 한섬도 이를 눈치챘는지 헛기침을 하며 얘기했다.

"흠, 동소가 조조에게 이를 발설했는지는 아무 상관없소. 우리가 노선을 변경하면 그만 아니오?"

고개를 젓는 가후의 얼굴에는 수심이 더욱 깊어졌다.

"그건 불가능합니다. 우리는 전마가 부족하고 노약한 문관이 다수인 데다 조정의 전적과 어용 물품이 많아 대로를 버리고 지름길을 취한다면 행군 속도가 더욱 느려져 이각, 곽사의 추격군에게 따라잡힐 수 있습니다."

이 말에 양봉과 한섬은 인상을 찌푸리며 입을 닫았지만 양 굉은 전혀 개의치 않는다는 듯 득의양양하게 말했다.

"그럼 먼저 파현(波縣)을 거쳐 야왕으로 가 야왕에서 양초를 보충한 다음 우성으로 북상하면 어떻겠습니까? 장양이 버티고 있는 야왕에 도착하면 안전은 보장될 테니, 그때 가서 북상이 가능하면 북상하고, 불가능하면 야왕을 굳게 지키며 원군이 오길 기다리면 그만입니다. 원소의 구원군이 당도하기만 하면 이각, 곽사나 조조쯤은 상대가 되겠습니까?"

양굉의 건의에 양봉과 한섬은 만족한 미소를 지으며 크게 고개를 끄덕였다. 야왕에는 양초도 있고 성지도 있으니, 성을 굳게 지키며 원군을 기다리면 그만 아닌가.

이에 양봉과 한섬은 가후에게 의견도 묻지 않은 채 야왕으로 가기로 결정한 후, 즉각 전령을 야왕에 보내 장양에게 어가를 맞이하라고 통지했다.

가후는 이 상황에서 반대 의견을 내놓는다고 통할 리 없음을 잘 알고 있었다. 그는 입을 꾹 다문 채 무표정한 얼굴로 양굉을 힐끔 쳐다보다니 속으로 중얼거렸다.

'역시 보통 머리가 아니군. 장양에게 모든 부담을 떠넘기려는 멋진 생각이야. 하지만 그렇게 녹록하지가 않다네. 장양이 한실에 충성하는 신하도 아닌데, 과연 우리 뜻대로 움직여 줄지 의문이라고.'

이튿날, 양봉 등은 양굉의 계책에 따라 우성으로 가길 포기하고 야왕으로 향했다.

오후쯤에 전란으로 이미 폐허가 된 파현에 다다른 후 연수(沈水)를 건너려는데, 장양이 보낸 전령이 도착했다.

그는 전령을 통해 조조의 주력군이 황하를 건너 하내군 치소인 회현으로 들이닥치는 통에 자신은 군사와 식량을 모두 대동해 구원을 가야 하니, 빈 성이나 다름없는 야왕으로 오지 말고 수하를 보내 식량 5만 휘를 저장해 둔 우성을 거쳐 기주로 가라고 권했다.

이 소식이 전해지자 계책을 내놓은 양굉은 물론 양봉, 한섬, 동승도 발만 동동 구르며 장양에게 한껏 욕을 퍼부었다. 오직 가후만이 이를 예상했다는 듯 아무 말 없이 태연자약한 표정을 지었다.

장양이 이미 식량과 군사를 모두 가지고 빠져나간 마당에 야왕으로 가는 의미가 없자, 양봉 등은 하는 수 없이 계획을 수정해 다시 우성으로 가기로 결정했다. 북쪽으로 10리 정도 갔을 때, 마침 날이 어두워져 이들은 폐허가 된 심수성(沈水城) 밖에 영채를 차리고 휴식을 취했다.

날이 어두컴컴해져 사방에 정적만이 흐르고 있는 가운데, 걱정이 태산인 가후는 막사에 홀로 앉아 잠을 이루지 못하고 있었다.

"문화 선생, 계십니까? 저 양굉입니다."

이때 막사 밖에서 낯익은 목소리가 들려왔다. 가후는 마침내 올 것이 왔다는 생각에 슬며시 미소를 짓고 대답했다.

"예. 중명 선생은 안으로 드시지요."

발이 걷히자 만면에 희색을 띤 양굉이 모습을 드러냈다. 그는 가후에게 공수하며 말했다.

"너무 늦은 시간에 찾아와 죄송합니다. 이경이 훌쩍 지났는데 아직 주무시지 않았군요."

가후는 양굉을 자리로 안내하며 미소를 짓고 대답했다.

"잠이 오질 않습니다. 잠이 오질 않아요. 이렇게 찾아오신 걸 보니 중명 선생도 소식을 들으셨나 보군요."

양굉은 가후가 무슨 말을 하는지 몰라 어리둥절한 표정을 지으며 물었다.

"소식이요? 무슨 소식 말입니까?"

"계속 절 속이실 생각입니까? 얼른 내놓으시지요. 이 후가 오랫동안 기다렸습니다."

"뭘 말입니까?"

가후는 다 알면서도 모르는 척하는 양굉의 태도에 짜증이 나 퉁명스런 투로 말했다.

"도 사군이 제게 보낸 편지 말입니다. 이각, 곽사의 전군이 오늘 황하를 건너 전력으로 우릴 추격해 오고 있다는 소식을 듣고서 도 사군의 편지를 건네러 온 것 아닙니까?"

"헉! 문화 선생은 이를 어떻게 아셨습니까?"

"당연히 양 거기에게 들었습죠. 중명 선생이 도 사군의 편지를 손에 꼭 쥐고 저에게 주지 않은 건 지금처럼 형세가 매우 위급한 때를 기다렸기 때문 아닙니까? 제가 비록 어리석지만 중명 선생의 깊은 뜻쯤은 잘 알고 있습니다."

'양봉, 이 수다쟁이 같으니라고. 쓸데없는 말을 했구면.'

사실 양굉은 진즉 원소에게 가기로 마음을 굳힌 관계로 도응이 가후에게 전하라고 한 편지를 까맣게 잊고 있었다.

그런데 갑자기 가후가 편지 얘기를 꺼내자 당황해하는 빛이 역력했다. 하지만 그는 이내 냉정을 되찾고 품에서 편지를 찾는 척하더니 난감한 표정으로 말했다.

"죄송합니다. 제가 옷을 갈아입고 오느라 편지를 침상에 두고 온 모양입니다. 잠시만 기다리십시오. 곧 사람을 시켜 가려오라고 하겠습니다."

"지자천려, 필유일실이라더니 이를 두고 이르는 말이군요. 허허."

양굉은 급히 밖으로 나가 고랑에게 상황을 설명한 후 영채로 돌아가 도응의 편지와 예물을 가져오라고 명했다.

고랑이 대답하고 자리를 뜨자 양굉은 막사로 다시 들어와 가후와 대면했다.

가후에게 어색한 웃음을 지어 보인 양굉은 마치 무언가 결심한 듯 고개를 끄덕이더니 낮은 목소리로 말했다.

"죄송하게 됐습니다. 저는 사실 친분이 없는 사람에게 속마음을 잘 털어놓지 못하는 성격입니다. 하지만 형세가 이미 이

지경에 이르렀으니 선생에게 솔직히 말씀드리리다."

양굉이 줄곧 꿍꿍이를 감추고 있다고 여긴 가후는 기쁜 표정으로 귀를 기울였다.

"문화 선생, 현재 우리 앞에는 조조가 길을 가로막고 있고, 뒤에서는 이각, 곽사가 바짝 추격해 오고 있습니다. 하여 천자를 모시고 아무 탈 없이 기주로 가기란 불가능하다고 여겨지는데, 선생은 어찌 생각하십니까?"

"맞습니다. 거의 가능성이 없다고 봐야지요. 제 예측이 틀리지 않는다면 늦어도 내일 밤 안에 이각, 곽사는 우리를 따라잡을 것입니다. 양봉 등이 사력을 다해 이들을 막는다 해도 물리치길 바라기란 사실상 어렵습니다. 설사 요행히 저들의 추격에서 벗어난다 한들 앞에는 조조의 대군이 기다리고 있으니, 기적이 일어나지 않는다면 우리가 어디로 가겠습니까?"

그러더니 가후는 양굉을 넌지시 떠보듯 물었다.

"그래서 말인데, 이런 곤경에서 벗어날 묘계가 있다면 허심탄회하게 가르침을 주십시오."

양굉은 가후를 똑바로 바라보며 소리를 낮춰 대답했다.

"묘계라기엔 부끄럽고, 저에게 천자를 모시고 조조 등의 포위에서 벗어나 하내를 빠져나갈 작은 꾀 하나가 있습니다."

"얼른 말씀해 보시지요."

"바로 금선탈각(金蟬脫殼) 계책입니다. 천자를 일반 백성으로 분장시켜 일부 정예병의 호위하에 몰래 부대를 이탈하게 하는 것입니다. 양 장군과 한 장군은 대오를 거느리고 계속 기주로 북상하여 적들의 이목이 쏠린 틈을 타 천자께서는 몰래 지름길을 통해 기주로 가시는 것이죠. 그런 다음 양 장군 등이 일부러 불을 내 천자와 유사한 시체 한 구를 남겨놓아 적들에게 천자께서 붕어하신 것처럼 꾸밉니다. 이리하면 천자라는 명분이 사라진 적들의 추격이 느슨해진 틈을 타 천자를 안전하게 기주로 모시고, 양봉 등도 수월하게 하내를 빠져나올 수 있습니다."

이미 이 계책을 고려하고 있던 가후는 속으로 양굉의 말에 찬탄해 마지않으며 이렇게 생각했다.

'오, 대단하구나! 진정한 실력자는 쉽게 진면목을 드러내지 않는다더니, 과연 보통은 넘는 자가 틀림없어. 하지만… 이건 너무 순진한 생각이란 말이지.'

그러더니 가후가 탄식을 내뱉으며 말했다.

"중명 선생의 금선탈각 계책은 실로 뛰어나지만 양봉, 한섬이 절대 이를 따를 리가 없다는 것이 문제입니다. 입장 바꿔 생각해 보면 금방 답이 나옵니다. 저들이 품에 들어온 천자를 과연 놓아줄까요?"

가후의 말에 양굉은 갑자기 낙담한 표정을 지으며 자신이 너무 순진했음을 깨달았다.

이에 양굉이 멋쩍은 듯 자조할 때, 가후가 마치 도웅과 똑같은 말투로 툭 하고 한마디를 내뱉었다.

"아니지? 내가 너무 한 가지 생각에만 매달려 있었잖아? 이
계책은 충분히 실행 가능한걸."

"가능하다고요?"

이 말에 양꾕은 한편으로는 놀라면서도 한편으로는 기쁜
표정으로 물었다.

"문화 선생이 양 장군과 한 장군을 설득할 자신이 있단 말
입니까? 오늘밤 선생을 만나고서야 제 능력의 한계를 깨달았
습니다. 부디 선생께서 천자와 저들을 설득해 주십시오."

하지만 가후는 고개를 가로젓고 미소를 지으며 말했다.

"저 역시 양 장군과 한 장군을 설득할 능력이 없습니다. 다
만 한 사람, 그에게 이 계책을 실행에 옮기도록 설득해 볼 자
신은 있습니다. 그에게 이 계책을 실행할 능력이 있고, 또 기
회가 주어진다면 이각, 곽사나 조조는 물론 심지어 양봉과 한
섬까지 속이고 천자를 안전하게 위험에서 구해낼 수 있습니
다."

"그게 누굽니까?"

"정말 몰라서 물으십니까?"

가후는 실눈을 뜨고 양꾕을 노려보더니 잠시 뜸을 들인 후
대답했다.

"중명 선생은 돌아가서 조용히 희소식을 기다리십시오. 제
가 동 국구를 만나 자초지종을 설명하고 이를 실행에 옮기도
록 설득해 보겠습니다. 그리고 귀찮은 일이 벌어질 수도 있으

니 이 계책을 절대 입 밖에 내서는 안 됩니다."

양굉이 고개를 끄덕이고 대답할 때, 마침 고랑이 가후에게 주는 도응의 편지와 예물을 가지고 왔다.

도응의 친필 편지는 우여곡절을 거쳐 마침내 주인인 가후 손에 들어갔다. 양굉이 기주로 갔다면 이 편지는 분명 소각될 운명에 처해졌을 것이다.

도응은 편지에서 일면식도 없는 가후에게 노골적으로 초빙 의사를 밝히지 않고, 다만 미사여구를 써가며 경의를 표하는 것 외에 조심스럽게 시간이 되면 서주를 한 번 방문해 달라고 청했다.

물론 은근히 내비친 이런 초빙 의사를 가후가 모를 리 없었다.

가후는 도응의 편지를 자세히 읽고 나서 양굉에게 말했다.

"도 사군의 호의와 선물은 감사히 받겠습니다. 이번 일의 성패를 확신할 순 없지만 어쨌든 최선을 다한 후 운명을 하늘에 맡겨야겠죠. 일이 잘 풀리면 선생의 바람대로 어가를 남쪽으로 옮길 수 있을 겁니다."

어가를 남쪽으로 옮긴다는 말에 양굉은 속으로 뜨끔했지만 오매불망 기주로 가고 싶은 의중을 드러낼 수 없어 그저 가후에게 답례한 후 막사를 나왔다.

*　　　　*　　　　*

날이 어둑어둑해질 무렵, 주린 배를 움켜쥐고 피곤에 지친 헌제 대오가 마침내 우성에 도착했다.

이곳은 말이 성이지 실제로는 작은 촌락에 불과했다. 마을에는 다 쓰러져 가는 초가집 몇 채만 듬성듬성 자리하고 있었고, 장양이 헌제에게 보낸 식량 5백 휘가 쌓인 창고를 병사 백여 명이 지키고 있었다.

양봉과 한섬 등은 장양이 그나마 약속을 지켰다는 데에 안도의 한숨을 내쉬고, 서둘러 각 부대에 식량을 배급하라고 명했다.

식량이라고 해봤자 허기를 달래는 정도에 그쳤지만 연일 멀건 죽으로 끼니를 해결했던 이들에게는 진수성찬과 다를 바 없었다.

양굉 역시 식량을 배급받아 자신의 영지로 돌아오는데, 뒤에서 서황이 다급한 목소리로 양굉을 불러 세웠다.

서황은 주위를 살피더니 소리를 낮춰 말했다.

"우리 주공께서 긴히 전하라는 말씀이 있었습니다. 지금 돌아가 밥을 지어 먹는 김에 건량을 마련해 두고, 또 밤에는 자지 말고 깨어 있으면서 언제든지 철수할 준비를 하십시오. 밤에 혹시 뜻밖의 사태가 발생하면 대오를 이탈하지 말고 꼭 아군 진영으로 합류하십시오. 밖으로 나갔다간 이각, 곽사에게 무고하게 희생될 수 있습니다."

"네? 지금 이각, 곽사가 추격해 오는 중입니까?"

양꿍이 대경실색해 묻자 서황은 천천히 고개를 끄덕여 대답한 후 서둘러 양봉 곁으로 돌아갔다.

서황의 엄숙한 표정에서 사태의 심각성을 깨달은 양꿍은 총총히 영지로 돌아와 밥을 지어 먹고 건량을 만들어놓는 한편, 관복 속에 백성의 의복을 입어 언제든지 도망칠 준비를 했다.

이때 가후가 다급히 서주 영지로 달려와 양꿍에게 낮은 목소리로 당부했다.

"오늘밤 적병이 들이닥쳐도 절대 영지를 떠나지 마십시오. 동 국구가 천자를 이리로 모셔올 겁니다. 가짜 천자가 어가를 타고 부대를 탈출해 이각, 곽사는 물론 양봉, 한섬의 주의를 끄는 틈을 타 동 국구와 함께 천자를 모시고 도망치십시오. 무슨 일이 있어도 꼭 영지에 있어야 합니다. 그렇지 않으면 천자께서 선생을 찾지 못하십니다."

"네? 영지에 남아 있으라고요?"

양꿍은 어안이 벙벙한 표정을 짓더니 쓴웃음을 보이며 말했다.

"문화 선생은 영지에 남으라고 하고, 양 거기는 자신의 영채로 오라고 하니 전 대체 어느 장단에 맞춰야 하는 건가요?"

이 말을 들은 가후가 깜짝 놀라며 소리쳤다.

"뭐라고요? 양 거기가 선생에게 자신의 영채로 합류하라고

했다고요? 정말입니까?"

양굉이 고개를 끄덕이자 가후는 돌연 얼굴색이 변해 잠시 생각에 잠기고는 이를 악물고 말했다.

"이런, 양봉이 난리를 틈타 어가를 겁탈할 생각이구나!"

이 말에 양굉이 깜짝 놀란 표정을 짓자 가후가 고개를 내저으며 탄식했다.

"아, 양봉은 한섬과 동승을 버려두고 홀로 천자를 겁탈해 도망칠 생각인 게 확실합니다. 이 와중에 선생을 자신의 대오로 부른 건 다 이유가 있어서입니다. 원소 쪽에서 아직까지 소식이 없는 데 불안감을 느낀 양봉이 선생을 원소와 교섭하는 데 이용하려는 생각인 것이죠."

"이런 쳐 죽일 놈!"

양굉이 쉬지 않고 양봉에게 욕을 퍼붓는 와중에도 가후는 조용히 눈을 감고 대책을 강구하고 있었다.

그런데 이때 예상치 못한 사태가 발생했다. 서남쪽 관도에서 갑자기 하늘을 진동하는 함성 소리가 울려 퍼지며 횃불을 든 군사들이 무수히 쏟아져 나온 것이다.

이 광경을 본 양굉은 그 자리에서 몸이 얼어붙고 말았다. 하지만 가후는 주저 없이 결단을 내리고 양굉의 팔을 잡아끌며 소리쳤다.

"계획을 변경해야겠소. 선생은 속히 휘하를 이끌고 나와 함께 천자를 뵈러 갑시다. 시간이 없습니다!"

이각, 곽사의 군대가 삽시간에 들이닥쳐 영채를 큰 혼란에 빠뜨리자, 얼이 빠져 있는 양굉을 대신해 가후가 서주 대오에게 즉각 천자의 난여(鸞輿)와 합류하라고 명을 내렸다.

단양병으로 구성된 서주 대오는 수십 명에 불과했지만 전쟁 경험이 풍부한지라 주저 없이 가후와 양굉을 보호해 헌제의 난여를 향해 달려갔다.

이들이 바람 같은 속도로 헌제의 영지에 거의 다다랐을 때, 동승은 이미 종집(種輯) 등 몇몇 심복과 함께 군사를 이끌고 헌제의 마차 주변을 지키고 있었다.

그런데 이때 양봉이 친위 부대를 거느리고 나타나 헌제와 복황후(伏皇后)가 탄 마차의 주렴을 젖히더니 아무 말 없이 수하들에게 손짓으로 마차를 끌고 가라고 명했다.

이 광경을 본 동승이 대경실색해 외쳤다.

"양 거기, 지금 뭐하는 짓이오?"

"형세가 급박해 내 먼저 천자를 모시고 갈 터이니 그대들은 후위를 맡으시오!"

양봉은 칼을 휘두르며 크게 소리친 후 병사들에게 어가를 모시고 빨리 출발하라고 재촉했다. 동승 등이 대로해 양봉의 길을 막으려 하자 양봉은 칼을 겨누며 소리쳤다.

"나를 막는 자는 이 자리에서 죽이겠다! 너희들은 후위를 맡아라. 만약 전장에서 흩어지게 되면 기주에서 회합하기로 한다!"

이어 양봉은 뻔뻔스럽게도 헌제의 마차를 이끌고 영지를 나와 동북쪽을 향해 내달렸다. 동승의 부대는 병력이 적어 누구 하나 감히 앞길을 막으러 나서지 못했다.

뒤에서 이 광경을 지켜보던 양광이 다급한 마음에 양봉에게 자신도 데려가 달라고 말하려는데, 가후가 그의 소매를 잡아당기며 미소를 짓고 말했다.

"중명 선생, 안심하십시오. 수레에 탄 사람은 가짜 황제와 황후입니다. 만약을 위해서 제가 미리 동 국구와 몰래 계획을 짜 두었습니다. 위험이 닥치면 천자를 걸어서 가시게 하고, 수레에는 가짜를 앉히기로 말입니다. 이각, 곽사에게 쓰려고 준비한 계책인데, 뜻밖에 양봉이 먼저 넘어갔군요."

한편 이런 내막을 모르는 한섬은 신속히 영채를 나와 이각, 곽사의 군대와 교전을 벌였지만 중과부적으로 인해 점점 뒤로 밀리기 시작했다. 동승은 급히 종집에게 한섬을 도우라고 명하고, 자신은 가후를 만나 눈짓으로 일이 순조롭게 진행되고 있음을 알렸다.

가후도 고개를 끄덕여 대답한 후 낮은 목소리로 당부했다.

"얼른 사람들을 시켜 양봉이 어가를 겁탈해 기주로 가고 있으니 백관에게 속히 천자의 뒤를 따르라고 알리십시오. 그리하면 이각, 곽사의 이목까지 그쪽으로 쏠리게 할 수 있습니다."

이 말에 동승은 즉각 친병 무리를 시켜 전군에 소문을 퍼뜨리라고 명했다.

이 소문을 들은 조정 관원들은 너 나 할 것 없이 천자의 뒤를 따르기 위해 북쪽으로 발걸음을 옮겼다.

가후와 양굉은 이 소문이 얼른 이각, 곽사의 귀에도 들어가길 기대하며 동승의 부대와 함께 포위를 뚫고 남쪽으로 달아났다.

이때 양굉은 헌제가 일반 사병으로 변장하여 동승의 친병대에 섞여 있는 것은 물론, 복황후도 남장을 입고 오라비인 복덕(伏德) 등에 업혀 있는 것을 발견했다. 이를 본 양굉은 속으로 쾌재를 부르며 중얼거렸다.

"옳지, 천자와 황후만 모시고 원소에게 간다면 틀림없이 일등공신 대우를 받을 수 있어. 흐흐, 이제 부귀영화는 내 손에 들어온 것이나 다름없다고!"

하지만 상황은 양굉이 생각한 것처럼 순조롭게 돌아가지 않았다.

동승의 부대와 서주 사병이 사력을 다해 적군의 포위를 뚫고 남쪽으로 10여 리를 달아났을 때, 전방에 파도가 넘실대는 강물이 나타났다. 일찌감치 지도를 보고 이 일대 지형을 미리 숙지하고 있던 가후가 안도의 한숨을 내쉬며 말했다.

"마침내 심수(沁水)에 도착했군요. 이 강만 건너면 이각, 곽사가 불시에 기습해 올 걱정은 없으니 안전은 보장된 것이나 마찬가지입니다."

그러자 동승이 가쁜 숨을 몰아쉬고 이마의 땀을 닦으며 물었다.

"하지만 우리가 심수를 건너면 어떻게 기주로 간단 말입니까?"

"국구도 답답합니다그려. 지금 기주로 가는 것이 중요합니까, 아니면 천자를 이각, 곽사 두 도적놈에게서 안전하게 모시는 것이 중요합니까?"

가후의 대답에 동승이 머쓱한 표정을 짓자 이각, 곽사라면 치가 떨렸던 헌제가 다급히 어명을 내렸다.

"빨리, 빨리 강을 건너시오. 기주로 가는 문제는 심수를 건넌 후에 다시 의논하기로 합시다."

그런데 바로 이때 북쪽에서 갑자기 함성 소리가 울려 퍼지며 일지 군마가 횃불을 들고 천자 무리를 향해 달려오고 있었다. 혼비백산이 된 천자 일행이 서둘러 강을 건너려고 하는데, 뒤에서 익숙한 목소리가 들려왔다.

"중명 선생! 달아나지 마십시오. 저, 서황입니다! 서공명이라고요!"

"뭐? 서공명이라고?"

이 말을 듣자마자 양굉은 마치 사지에서 천군만마를 만난 양 뛸 듯이 기뻐했다. 그는 언제 강을 건너려 했느냐는 듯 당장 서황에게 달려갔다. 서황도 횃불을 든 군사 이백여 명을 이끌고 앞으로 달려와 양굉에게 공수하고 말했다.

"중명 선생, 거기장군께서 선생이 아군에 합류하지 않은 것을 보고 혹시 적군에게 해를 당한 것은 아닐까 염려해 말장에게 2백 군사를 이끌고 선생을 찾아보라고 명했습니다. 방금 전 다행히 한 도망병으로부터 선생의 행방을 듣고 여기까지 찾아온 것입니다. 선생은 속히 저를 따르십시오. 말장이 목숨을 걸고 선생을 거기장군과 천자께 안내하겠습니다."

양굉은 기쁜 마음에 당장 서황을 따라나서려다가 문득 무슨 생각이 들었는지 손을 내저으며 소리쳤다.

"가기 싫소! 나는 가지 않은 것이오! 양 거기의 뒤에서는 이각, 곽사가 전력으로 추격해 들어오고, 조조도 언제든지 군영을 기습해 올 가능성이 있소. 이런 상황에서 내가 양 거기와 회합했다간 제 발로 사지로 걸어 들어가는 것 아니오?"

"그건 너무 염려하지 마십시오. 아군의 형세가 위급하다고 하나 병마가 자못 많아 조조와 이각, 곽사의 공격쯤은 거뜬히 물리치고 선생을 기주까지 안전하게 호송할 수 있습니다. 게다가 천자께서 지금 우리 군중에 계신데, 선생은 한실의 신하로서 어찌 어가를 호위하는 의무를 저버리려 하십니까?"

"누가 천자께서 양봉 군중에 계시다고 합니까? 천자는……."

무의식중에 양굉은 하마터면 헌제가 자신의 대오에 있다는 말을 내뱉을 뻔했다.

양굉이 급히 이를 깨닫고 입을 닫았지만 이미 엎질러진 물.

서황도 이 말을 똑똑히 듣고 말았다.

"네? 천자께서 우리 군중에 계시지 않는다고요? 그럼 어디에 계시다는 말입니까?"

서황은 양굉이 대체 무슨 말을 하는지 몰라 어리둥절한 표정을 지으며 물었다. 뒤에 있던 헌제와 복황후 등은 깜짝 놀라 얼굴이 창백해지며 슬그머니 군사들 뒤로 몸을 숨겼다.

"그게… 그러니까……."

양굉은 서황에게 어찌 대답해야 좋을지 몰라 이마에서 땀이 비 오듯 쏟아지고 다리가 후들후들 떨릴 뿐이었다.

서황의 추궁에 연신 땀만 훔치며 머뭇머뭇하던 양굉은 문득 좋은 생각이 났는지 고랑을 향해 소리쳤다.

"고랑, 가져와라!"

"뭘… 말씀입니까요?"

고랑이 무슨 영문인지 몰라 얼떨떨한 표정을 짓자 양굉은 아무 말 없이 고랑에게 다가가 그의 등짐을 낚아챘다.

등짐을 열자 안에서는 휘황찬란한 보석이 나타났다.

양굉은 크게 숨을 한 번 고른 후 떨리는 목소리로 서황에게 조심스럽게 물었다.

"공명 장군, 이게 무엇입니까?"

"보석 아니오?"

서황은 양굉이 대체 무슨 꿍꿍이로 보석을 내놓는지 몰라 의심의 눈초리를 보냈다.

"그런데 이 보석을 꺼내 보인 이유가 대체 무엇이오?"

그러자 양굉은 방금 전과 완전히 다른 사람이 된 것처럼 정색한 표정을 짓고 소리쳤다.

"이는 우리 주공 도 사군이 장군에게 경의의 뜻으로 보내신 예물입니다. 우리 주공은 공명 장군의 명성을 오래전부터 흠모해 왔습니다. 그래서 이번에 천자를 알현할 때, 저를 통해 장군께 예물을 전하라고 명했습니다. 전에 장군이 항상 양 거기장군을 수행하여 괜한 오해를 살까 염려해 드리지 못했었는데, 이번에 이렇게 둘만 마주할 기회를 얻었으니 장군은 사양치 마시고 우리 주공의 성의를 받아주십시오!"

서황은 믿기 어렵다는 표정으로 물었다.

"도 사군이 어떻게 하동(河東)의 이 서공명을 안단 말입니까?"

"장군의 대명을 천하에 모르는 이가 어디 있겠습니까?"

양굉은 서황을 한껏 띄워준 후 장황하게 말을 늘어놓았다.

"우리 주공이 비록 멀리 서주에 있다지만 장군이 하동에서 황건적을 대파했다는 소식을 이미 들었습니다. 또한 장군은 무용이 무쌍하고 한실에 대한 충심이 깊어 양봉을 바른길로 인도해 이각, 곽사의 반군을 물리치고 천자를 동도로 호위했습니다. 이에 우리 주공은 장군의 얘기가 나올 때마다 찬탄해 마지않으며 휘하 장수들의 무능함과 무덕함을 심히 원망했습니다. 그러니 변변찮은 예물이지만 꼭 거두어 주시기를 바랍니다."

양굉의 말이 여전히 믿기 어려웠지만 구구절절 듣기 좋은 말만 하는 통에 서황도 말투가 상당히 누그러졌다.

"중명 선생, 도 사군의 과분한 칭찬에 이 황이 몸 둘 바를 모르겠습니다. 하지만 지금은 이런 얘기를 나누고 있을 때가 아닙니다. 천자께서 거기장군 곁에 계시고, 거기장군도 악전고투 중이라 즉각 그쪽으로 돌아가 장군을 도와야 합니다. 선생은 예물을 거두고 당장 저를 따르십시오. 현재 원본초가 천자와 아군을 받아들일지 불명한 상황이라 선생의 도움이 꼭 필요합니다."

양굉은 속으로 서황이 드디어 자신의 말에 말려들었다며 쾌재를 불렀다. 하지만 겉으로는 눈살을 찌푸리며 대답했다.

"공명 장군은 대체 어디까지 잘못된 길을 가려고 하십니까? 양봉이 천자의 난여를 겁탈한 것은 삼족을 멸할 중죄입니다! 장군 같은 의인이 어찌 난신적자를 도와 천자께 해를 입힌단 말입니까?"

이 말에 서황 뒤에 있던 병사들이 모두 대로해 양굉에게 달려들려는 자세를 취했다. 하지만 서황이 병사들을 만류하며 얼굴에 부끄러운 빛을 가득 띠고서 말했다.

"중명 선생의 말처럼 오늘 우리 주공의 행동은 도가 지나쳤습니다. 그러나 이 모든 것은 천자의 안위를 걱정한 데서 비롯된 것입니다. 앞에서는 조조가 길을 막고 있고, 뒤에서는 이각, 곽사가 바짝 추격해 들어오는데 소를 희생하는 결단이 없다면 난적들로부터 어찌 천자를 보호할 수 있겠습니까? 따라서 이는 피치 못해 내린 선택이니 양해해 주십시오."

"천자를 지키려는 목적이 혹시 양봉 자신의 공명과 부귀영화를 지키지 위함 아닙니까?"

임기응변에 능한 양광은 서황의 얼굴에 부끄러워하는 빛이 나타나는 걸 보고 더욱 세차게 그를 몰아쳤다.

"천자가 누구십니까? 바로 천하의 군주이자 천하의 주인입니다. 양봉이 천자를 손에 넣기만 하면 공명과 관록(官祿)을 원하는 대로 얻을 수 있습니다. 설사 천자를 손에 넣을 힘이 없다 해도 천자를 이용해 제후들에게서 부귀영화를 얻어낼 수 있습니다. 공명 장군은 양봉의 심복이니 가슴에 손을 얹고 자문해 보십시오. 양봉이 어가를 겁탈한 진짜 목적이 한실 강산을 위해서입니까 아니면 양봉 자신을 위해서입니까?"

서황은 심히 부끄러운 마음에 아무 대답도 하지 못하고 고개를 떨구었다. 잠시 후 그는 손을 저으며 풀이 죽은 목소리로 말했다.

"중명 선생, 그만하시오. 한실에 대한 그대의 충정에 이 황도 감복했소이다. 굳이 날 따르라고 강요하지 않겠소."

서황이 자신을 놓아준다는 말에 양광이 기쁨의 한숨을 내쉴 때, 갑자기 뒤에 숨어 있던 가후가 앞으로 나와 큰소리로 말했다.

"공명 장군, 그대처럼 정의로운 사람이라면 중명 선생을 놓아줄 것이 아니라 그를 따라 현명한 주군에게 가서야만 하오."

가후가 사람들 무리에서 나오는 것을 보고 서황은 깜짝 놀라 소리쳤다.

"문화 선생? 그대가 어째서 여기 있는 것이오?"

"지금 그건 중요하지 않습니다. 장군처럼 뛰어난 용략(勇略)을 가진 분이 어찌 양봉 무리에게 몸을 굽힌단 말입니까? 중명 선생의 주공인 도 사군은 당세의 영웅으로 인재를 갈구하기로 이름이 높습니다. 보셨다시피 낙양과 서주는 천 리나 떨어져 있는데도 장군의 재주를 사모한 도 사군은 중명 선생을 보내 장군에게 깊은 경의를 표하지 않았습니까? 그러니 하늘이 준 이 기회를 놓치지 말고 중명 선생과 저를 따라 서주로 가 도 사군 막하에서 천하를 도모하심이 어떻겠습니까?"

서황은 침묵을 지키며 도끼만 어루만지고 있다가 결심을 굳힌 듯 고개를 가로저으며 말했다.

"두 분과 도 사군의 호의는 마음으로만 받겠습니다. 저 역시 양봉이 대업을 이룰 자가 아님을 잘 알고 있습니다. 하지만 그를 따른 지 이미 오래되어 차마 그를 버릴 수가 없습니다. 게다가 주공은 지금 어가를 호위하며 악전고투를 벌이고 있는데, 만약 이때 그를 버린다면 불의와 불충을 한꺼번에 저

지르게 됩니다."

"장군은 진정한 의인이십니다!"

가후는 한층 목소리를 높여 서황을 칭찬한 후 큰소리로 말했다.

"하지만 장군, 영리한 새는 나무를 가려 둥지를 틀고, 현명한 사람은 주군을 가려 섬긴다는 말을 듣지 못했습니까? 섬길 만한 주군을 만났는데도 따르지 않는다면 장부가 아닙니다. 게다가—!"

여기까지 얘기한 가후는 서황의 표정에서 이미 마음이 흔들리고 있음을 알고 만면에 미소를 띠며 말했다.

"게다가 지금 장군이 양봉을 버리고 도 사군을 따른다면 불의가 아닐 뿐 아니라 큰 충성이 됩니다. 장군은 그 어가에 앉아 있는 사람이 정말 한실의 천자라고 생각하십니까?"

서황은 이 말에 대경실색해 하마터면 말에서 떨어질 뻔했다.

"네? 어가에 앉아 계신 분이 천자가 아니라고요?"

"장군, 여기 이분이 누구신지 잘 한 번 보십시오."

가후는 마침내 헌제를 앞으로 모셔와 횃불을 들고 서황에게 잘 보이도록 비추었다. 서황은 이분이 헌제가 확실한 것을 확인하고 깜짝 놀랐다.

그는 급히 말에서 내려 무릎을 꿇고 절을 올렸고, 서황의 수하들도 잇달아 무릎을 꿇고 이구동성으로 폐하를 외쳤다.

가후가 이 틈을 타 서황을 다그쳤다.

"사태가 여기까지 이르렀는데 무엇을 주저하십니까? 양봉을 따라 명분 없는 죽음을 택할지, 아니면 우리와 함께 천자를 안전한 곳으로 모셔 불세출의 공을 세울지 장군이 결정하십시오."

서황은 자신에게 더 이상 선택의 여지가 없음을 알고 헌제 앞에 엎드려 머리를 세 번 조아린 후 큰소리로 외쳤다.

"폐하, 미신이 견마지로(犬馬之勞)를 다해 어가를 안전한 곳으로 모셔 지난 죄를 속죄하겠습니다. 뼈가 가루가 되고 몸이 부서진다 해도 끝까지 폐하를 지키겠나이다!"

서황은 양굉과 가후에게도 공수하고 감사의 말을 전했다.

"잘못된 길에 빠진 절 바로잡아 주셔서 감사합니다. 황이 비록 재주 없지만 두 분 선생을 따라 도 사군에게 투신하겠습니다."

이어 그는 양굉에게서 보물을 건네받아 휘하 장사들에게 나눠주며 말했다.

"너희들은 이 보물을 공평하게 나눠 가져라. 그리고 함께 어가를 호위해 대공을 세우고자 하는 자는 나를 따르고, 원하지 않는 자는 보물을 가지고 각자 갈 길을 떠나라!"

이 말에 수하들이 모두 감정이 격앙돼 서황을 따르겠다고 하자, 서황은 만족한 듯 고개를 끄덕이고는 양굉과 가후에게 물었다.

"이제 우리는 어디로 가야 됩니까?"

"강을 건너 남하합시다!"

양평과 가후는 이구동성으로 대답하고 서둘러 길을 재촉했다.

*   *   *

기주의 치소인 고읍성에서는 원상이 서신 한 통을 받고 짜증 섞인 목소리로 불만을 터뜨렸다.

"양중명이 사람을 참 귀찮게 하는구나!"

그는 사신으로 온 태복(太僕) 한융(韓融)에게 편지를 집어던지며 코웃음을 쳤다.

"일전에 부친께서 천자를 기주로 맞이하면 번거로운 일만 생긴다고 어가를 영접하지 않기로 결정했는데, 양중명이 다시 부친을 부추기는 이유가 뭐란 말이냐? 괜한 일로 형님에게 분란을 일으킬 기회를 주고 싶진 않다. 흥, 이 일은 설사 매부의 뜻이라도 절대 받아들일 수 없다!"

"서주 장사가 공자께 보낸 편지의 내용이 그렇단 말입니까?"

얼마 전 유주 전선에서 돌아온 봉기(逢紀)는 원상이 내던진 편지를 집어 들고 자세히 읽은 후 흥분된 목소리로 말했다.

"이 생각이 누구 머리에서 나왔든 간에, 이는 공자께서 개세의 대공을 세울 절호의 기회입니다! 이는 도 사군이 전에 선물한 적토마보다 훨씬 더 귀중한 선물입니다!"

원상은 봉기가 대체 무슨 말을 하는지 몰라 고개를 갸웃하며 물었다.

"원도(元圖) 선생, 전에 저수가 어가를 맞이하라고 권했을 때, 부친께서 곽도, 순우경의 제안을 채납한 일을 잊었소?"

원도는 봉기의 자다. 봉기가 단호히 손을 내저으며 말했다.

"그건 주공께서 잠시 참소에 속으셨기 때문입니다. 공자, 잘 생각해 보십시오. 천자께서 기주에 계시다면 날마다 조회해야 하는 번거로움은 있지만 그보다 훨씬 큰 이점이 있지 않습니까? 바로 천자를 끼고 제후를 호령할 수 있다는 점입니다. 천자만 손에 넣으면 주공은 언제든지 천자의 명의로 제후에게 명을 내려 공물을 바치게 하거나 서로 공벌하게 하여 중간에서 무궁한 이익을 취할 수가 있습니다. 이는 진문공(晉文公)이 주양왕(周襄王)을 복위시키자 제후들이 복종하고, 한고조가 의제(義帝)를 위해 발상(發喪)하자 천하의 민심이 돌아온 것과 같습니다. 그러니 몽진하는 천자를 기주로 영접한다면 주공께서는 만세불역(萬世不易)의 기업을 세울 수 있습니다!"

여기까지 말한 봉기는 목소리를 낮춰 조심스럽게 입을 열었다.

"또 한 가지는, 주공께서 천자를 손에 넣고 중원을 재패한 다음 요순(堯舜)의 선양(禪讓)을 본받게 하는 것입니다, 그럼 주공의 뒤를 이어……."

"듣고 보니 천자를 기주로 맞이하는 건 확실히 좋은 점이 많구려."

그제야 원상은 마음이 동해 자리에서 벌떡 일어났다. 방 안을 빙빙 돌며 한참 동안 고민하던 그가 심배를 돌아보며 물었다.

"정남 선생의 의중은 어떻소?"

심배 역시 고개를 끄덕이며 대답했다.

"이런 천재일우의 기회를 절대 놓쳐서는 안 됩니다. 제 예측이 틀리지 않는다면, 도 사군은 천자가 조조의 손에 들어갈까 염려해 양꿍을 통해서 천자를 기주로 보내려 하는 것이 분명합니다."

원상은 무릎을 치며 함박웃음을 짓고 말했다.

"오, 내가 매부 하나는 잘 두었구려! 그럼 당장 부친께 달려가 어가를 기주로 맞이하라는 어지를 반포하라고 설득해 보도록 합시다."

"불가합니다!"

봉기와 심배는 이구동성으로 원상의 말에 반대를 표한 후 건의했다.

"공자가 지금 주공께 어가를 맞이하라고 아뢰면 대공자가 필시 이를 반대하고 나설 것입니다. 따라서 대공자가 아직 천자의 사신이 도착한지 모르는 틈을 타 오늘밤 몰래 주공을 설득하십시오."

원상은 만면에 웃음을 띠고 고개를 끄덕였다.

"알겠소. 그럼 두 분 선생이 오늘밤 나와 함께 부친을 뵙고 개세의 공을 세우러 갑시다!"

第六章
진로를 변경하다

　원담이 아직 내막을 몰라 훼방을 놓지 못하는 상황에서 원상의 계획은 순조롭게 착착 진행됐다.

　원체 귀가 얇은 원소는 원상은 물론 심배, 봉기까지 나서서 어가를 영접하면 좋은 점에 대해 달콤한 말로 설득하자 기존의 생각을 바꾸기로 결정했다.

　원상에게 더욱 호재가 된 건 다음 날 한융이 정식으로 어지를 반포한 후 전풍, 저수는 물론 순심(荀諶)에 허유(許攸)까지 원상 편에 서서 어가를 맞이하라고 극력 권했다는 점이다.

　대부분의 주요 모사들이 원상을 지지하자 원소도 마음이 크게 동해 당장 어가를 영접하라는 명을 내렸다.

이에 원담의 심복인 곽도, 신평 등은 형세가 심상치 않음을 깨닫고 어가를 영접하기로 방향을 전환한 후, 장자인 원담에게 이 임무를 맡겨달라고 건의했다.

하지만 애석하게도 원상이 선수를 쳐 자진해서 나선 데다 배후에서 유부인이 베갯머리송사를 벌인 탓에 원소는 셋째인 원상을 하내로 보내기로 결정했다.

원상은 장합과 안량을 각각 선봉과 부장으로 삼아 3만 대군을 이끌고 업현을 거쳐 하내로 진격했다.

양굉과 가후는 함께 서황을 설득한 후 심수를 건너 어가를 비교적 안전한 남쪽으로 옮겼다. 무작정 따라가기만 하던 서황은 천자 일행이 어디로 가는지 몰라 곁에 있는 가후에게 물었다.

"문화 선생, 서주까지는 어느 노선으로 갈 계획입니까?"

가후는 미리 지도를 봐뒀던 기억을 더듬으며 대답했다.

"심수 정남쪽에 온현이 있습니다. 길이 험난해 가기는 어렵지만 인적이 거의 없고 50~60리 길밖에 되지 않아 우리의 보행 속도라면 이틀 안에 당도할 수 있습니다."

귀를 쫑긋 세우고 가후의 말을 듣고 있던 양굉은 '온현'이라는 말에 무릎을 치며 소리쳤다.

"그래, 온현으로 가자! 거기에는 내 제자인 아의가 있었지? 그의 집안은 세가 대족이라 가산이 분명 풍부할 거야. 그리로 가면 어쨌든 배불리 먹고, 기주로 북상할 양식도 얻을 수 있어."

양굉의 외침에 허기가 지고 기력이 쇠진했던 헌제와 동승 등은 금방 기운을 차리고 모두 온현으로 가는 데 찬성했다.

이에 천자 일행은 밥 한 끼라도 배불리 먹겠다는 일념 하에 야음을 틈타 계속 남쪽으로 내려갔다. 험한 길을 가는데 양식이 바닥이 나 끼니를 죽으로 해결해야 하는 탓에 행군 속도는 더디기 짝이 없었지만 다행히 적군의 추격을 받지는 않았다. 아마도 양봉이 호위하는 가짜 천자에게 모든 적군의 주의가 쏠렸기 때문이리라.

이튿날 오후, 이들은 순조롭게 제수(濟水)를 건너 마침내 온현성 근처에 이르렀다. 그런데 이각, 곽사와 조조의 대오가 근간 군량 보급을 위해 강을 건너 약탈을 감행한 관계로 성안의 군민은 경궁지조(驚弓之鳥)처럼 대낮인데도 성문을 꽁꽁 걸어 잠그고 누구도 열어주려 하지 않았다.

양굉이 군사들을 이끌고 성 앞으로 가 애원해 봤지만 돌아온 것은 저들의 화살뿐이었다. 그렇다고 헌제의 신분을 밝힐 수도 없는 데다 대오 안에 공교롭게도 하내 현지 관원이나 사병이 하나도 없어 저들을 설득하기는 불가능했다.

방법이 없자 양굉은 서주 사병들을 이끌고 서남쪽으로 가 자신의 제자 아의를 찾아 나섰다.

양굉은 아의의 집에 가본 적은 없었지만 그의 집이 온현에서 서남쪽으로 20리 떨어져 있고, 성보가 있는 방대한 장원이라는 말을 기억하고 있었기에 찾기는 어렵지 않다고 생각했다. 게다가 서주 사병이 난군을 피해 숲속에 몸을 숨기고 있던 현지 백성을 발견한 덕에 손쉽게 아의의 성보가 있는 곳을 알아냈다.

사흘째 되는 날 정오에 양굉 일행은 마침내 아의의 장원과 성보에 당도했다.

그런데 눈앞에 펼쳐진 광경에 양굉은 그만 깜짝 놀라고 말았다. 아의의 장원은 온통 초토로 변했고, 사방에는 시체와 핏자국이 널려 있어 약탈을 당한 흔적이 역력했다. 심지어 논밭의 채소까지 다 뽑혀 버렸고, 여자들은 옷이 모두 벗겨져 전란의 참혹함을 여실히 드러냈다.

아의의 가족이 거주하는 성보는 불에 모두 타 시커먼 잿더미만 남아 있었다.

넋이 나간 양굉은 그 자리에 털썩 주저앉았다. 제자를 잃었다는 슬픔과 식량을 얻기 글렀다는 허탈감에 저도 모르게 굵은 눈물이 뚝뚝 떨어졌다.

이때 폐허가 된 성보를 둘러보던 서주 사병이 뭔가를 발견하고 양굉을 향해 크게 소리쳤다.

"양 대인, 양 대인, 빨리 와 보십시오. 여기, 여기 사람이 살아 있습니다!"

"뭐? 사람이 살아 있다고?"

양굉은 다시 한 가닥 희망이 생겨나 고랑과 함께 재빨리 병사들이 소리치는 쪽으로 달려갔다. 폐허로 변한 성보의 공터 한쪽에는 정말 시체 더미 속에서 뭔가가 꿈틀거리고 있었다. 양굉은 당장 병사들에게 그 사람을 구하라고 명했다. 병사들이 부축해 온 사람은 옷이 다 찢어지고 얼굴이 숯검정이 된 청년이었다. 그의 용모를 자세히 살펴보던 양굉은 그만 소스라치게 놀라 소리를 질렀다.

"아의! 살아 있었구나, 살아 있었어! 난 네가 죽은 줄 알고 얼마나 걱정했는지 아느냐!"

아의는 양굉의 목소리에 정신을 차린 듯 고개를 들고 힘겹게 입을 열었다.

"물… 물 좀……."

양굉은 아의를 안고 물을 먹이며 이게 대체 무슨 날벼락이냐며 자초지종을 물었다. 그러자 물을 마시고 숨을 돌린 아의가 갑자기 미친 듯이 울부짖었다.

"대체, 대체 저들이 왜 이런 짓을 저질렀단 말입니까! 저는 분명 신분패를 꺼내 보여주며 우리 집안은 관리의 후손이며, 제 형장이 조조 밑에서 당양령(黨陽令)을 지내고 있다고 말했습니다. 그런데 저들 하후돈의 부대는 제 말을 들은 체도 하지 않고 제 가솔들을 모두 죽이고, 동생들까지 무참히 살해했습니다. 왜? 왜 저들이… 스승님, 말씀해 주십시오, 왜……."

양굉은 그저 그의 등을 어루만지며 통곡할 뿐 아무 대답도

하지 못했다. 이때 아의가 벌떡 일어나 두 주먹을 불끈 쥐고 눈물을 뿌리며 포효했다.

"조조! 하후돈! 이 원한을 갚지 않는다면 내 정녕 사람이 아니다! 나 사마의(司馬懿)가 맹세코 네놈들의 뼈와 살을 갈기갈기 찢어발겨 억울하게 죽은 원혼을 위로하고 말 것이다!"

고통의 피눈물을 흩뿌린 아의는 서 있을 힘조차 없어 양굉의 품에 그대로 쓰러졌다.

날이 어둑어둑해질 무렵, 폐허나 다름없는 사마가 성보에서 노숙하는 헌제 일행은 모닥불 앞에 둘러앉아 침묵에 잠겨 있었다.

양식은 어젯밤에 이미 바다나 백여 명에 이르는 대오가 지금까지 아무것도 먹지 못한 채 주린 배를 움켜쥐고 모닥불만 멍하니 바라보았다.

마침 일부 병사가 캐온 나물과 풀뿌리로 죽을 끓이고 있을 때, 가후가 천천히 고개를 들고 헌제 등에게 말했다.

"이제 어디로 갈지 결정해야 할 때입니다."

양굉과 서황 등이 침묵을 지키는 가운데 동승이 무기력한 목소리로 말을 받았다.

"일단 식량을 구할 방법을 찾아야 합니다. 우리들이야 상관없지만 아직 나이 어린 폐하와 황후께서는 이 상태로 거동이 힘드십니다."

가후가 하늘을 바라보며 탄식하고 대답했다.

"허, 조조 대오가 수단을 가리지 않고 이 일대를 깡그리 약탈한 게 분명한데, 어디서 식량을 구한단 말입니까? 온현성 안에 식량이 있겠지만 들어갈 방법이 없으니 그것도 무용지물이외다."

그러자 이번에는 서황이 입을 열었다.

"일단 여기 오래 머물러서는 안 됩니다. 시간이 이렇게 지난 만큼 이각, 곽사나 양봉, 조조도 천자가 가짜임을 알아채고 사방으로 척후마를 보내 천자의 행방을 찾고 있을 것입니다. 이곳은 우성과 불과 수십 리밖에 떨어지지 않아 적군이 언제 들이닥칠지 모릅니다."

가후는 고개를 끄덕인 후 종내 아무 말이 없는 양괴에게 물었다.

"중명 선생의 생각은 어떻습니까?"

별 방법이 없었던 양괴도 한숨을 내쉬고 대답했다.

"제 생각도 동 국구나 공명 장군과 비슷합니다. 먼저 식량을 구할 방법을 찾아 급한 불부터 끈 다음 속히 이곳을 떠 기주로 어가를 호송할 방법을 찾아봅시다. 참, 문화 선생은 지도를 보고 이 일대 지리를 꿰고 있을 테니, 우리가 어디로 가면 안전할지 말씀해 보십시오."

하지만 가후는 고개를 가로저으며 말했다.

"적의 눈을 피할 길이 어디 있겠습니까? 천자께서 실종된 것을 안 적군이 기주로 통하는 주요 길목을 차단하고, 장양이 있는 회현에 대량의 병력을 보내 감시한다면 안전을 보장하기 어렵습니다."

이 말을 들고 헌제는 크게 낙심해 소리 내 울며 탄식했다.

"기주로 갈 수도 없고, 회현으로 갈 수도 없다면 짐은 이곳에게 굶어죽어야 한단 말인가? 한실의 강산은 이렇게 패망하는 것인가?"

헌제의 탄식을 들은 복황후도 소리를 죽여 흐느껴 울기 시작했다. 이에 가후가 헌제를 위로하며 말했다.

"폐하, 너무 상심 마십시오. 우리에게 전혀 길이 없는 것은 아닙니다. 폐하께서 곤경에서 벗어날 길이 한 가지 있습니다."

"그것이 무엇이오?"

헌제가 다급히 묻자 가후는 이를 악물고 대답했다.

"남쪽으로 내려가는 것입니다! 황하를 건너 남하한 연후에 영천과 여남을 거쳐 회남으로 가십시오. 도 사군이 현재 회남 일대에서 역적 원술을 토벌하는 중이니, 도 사군의 군대와 회합하기만 하면 어떤 어려움도 저절로 풀릴 수 있습니다. 이각, 곽사와 양봉, 조조가 아무리 교활하다 해도 천자께서 갑자기 진로를 변경해 황하를 건너 남하하리라고는 꿈에도 생각지 못할 것입니다."

이 말에 헌제는 두 눈이 반짝거리며 흥분해서 말했다.

"오, 그거 정말 좋은 생각이오! 짐은 일찍이 서주가 13주 가운데 부유하기로는 손에 꼽는다고 들었소. 게다가 양 경과 그의 수하들은 형세가 아무리 위급해도 절대 짐을 버리지 않을 만큼 충심이 깊었소. 이런 수하들의 주인이라면 절대 짐에 대한 충심이 뒤지지 않을 것이 분명하오. 그럼 이렇게 합시다. 먼저 황하를 건너 남하해 반적의 추격에서 벗어난 연후에 영천과 여남을 거쳐 도 경에게 가는 것이오!"

서황과 동승은 손뼉을 치며 헌제의 말에 찬동했다. 그들로서도 겹겹이 봉쇄된 기주로 가는 것보다 길은 멀지만 비교적 위험이 적은 남방 노선이 낫다고 생각했다. 게다가 서주 군대가 접응이 되어 준다면 헌제의 안전은 완전하게 보장할 수가 있었다.

"서주로 돌아간다고? 천자께서 우리를 데리고 서주로 돌아가신대!"

멀리서 헌제의 말을 들은 서주 사병들은 마침내 서주로 돌아갈 수 있다는 희망에 잇달아 환호성을 터뜨렸다. 두 달 넘게 타지를 헤매며 이리 치이고 저리 치였던 서주 사병에게는 이보다 더 기쁜 소식이 없었다.

그런데 이때 이런 분위기와 전혀 어울리지 않는 고함 소리가 양굉의 입에서 터져 나왔다.

"서주로 가서는 안 됩니다! 아니, 절대 우리는 서주로 갈 수가 없습니다!"

"서주로 갈 수 없다니, 그게 대체 무슨 말이오?"

제후 휘하의 신하가 천자를 그 주공의 영지로 모시는 데 반대하는 경우가 어디 있단 말인가? 헌제 등은 어안이 벙벙해져 양굉을 멍하니 바라보았다.

'도응이 날 보낼 땐 그저 조조를 도와 어가를 맞이하고 관직과 충군애국의 명성이나 얻어오라고 했는데, 지금 오히려 내 손으로 천자를 모시게 됐단 말이다! 조조의 첩자를 죽인 것은 물론, 기주의 원소까지 끌어들였으니 서주로 돌아갔다가 조조와 도응이 반목한다면 도응이 날 가만 놔두겠냐고!'

사람들 앞에서 이런 답답한 속내를 털어놓을 수 없었던 양굉은 머리를 쥐어짜 이유를 생각해내고 우물쭈물해하며 말했다.

"이유는 여러 가지입니다. 첫째… 첫째로는 당연히 식량 문제입니다. 지금 우리에겐 양식이 한 톨로 없는데, 영천과 여남을 거치는 천 리 길을 어찌 행군한단 말입니까? 주린 배를 움켜쥐고 그 먼 길을 가기란 불가능합니다."

"스승님, 식량 문제라면 제가 해결할 수 있습니다."

이때 마침 혼절에서 깨어난 아의가 양굉의 말을 듣고 비틀거리며 다가와 말했다.

"저의 집 성보 후원 우물 옆에 작은 동굴이 하나 있는데, 그 안에 좁쌀 30휘를 저장해 두었습니다. 소금과 절인 고기, 금은보화도 조금 있으니 얼른 사람을 보내 가져오라고 하십시오. 그 정도면 보름치 양식은 충분할 겁니다."

"정말이냐?"

양굉이 크게 기뻐 반색하며 묻자 아의는 고개를 끄덕이고 대답했다.

"예. 만일의 사태에 대비해 비축해 둔 것인데 쓸모가 생겼군요."

서주 사졸에게 이를 취해오라고 명한 양굉은 괜히 헛기침을 몇 번 한 뒤 말을 이었다.

"식량 문제가 해결됐다지만 서주로 갈 수 없는 또 다른 이유가 있습니다. 천자께서 원소에게 어가를 맞이하라고 보낸 조서가 진즉 기주에 당도했을 것입니다. 이때 원소가 이미 출병했는데 천자께서 기주가 아니라 서주로 가신다면 원소에게 해명할 길이 없어집니다."

그러자 동승이 벌떡 일어나 말했다.

"중명 선생의 말은 틀렸소. 어가의 행차는 천자 스스로 결정하실 일인데, 어찌 신하가 왈가왈부할 수 있단 말이오? 게다가 기주로 가는 길이 반적에게 모두 막혀 부득이하게 서주로 가는 것이니 원소도 이해해 주리라 생각되오."

"하지만……."

양굉은 말문이 막혀 잠시 말을 얼버무리다가 인상을 찌푸리고 말했다.

"어쨌든 서주로 가기는 어렵습니다. 영천과 여남을 거쳐 회남으로 가는 길에는 도적들이 횡행하고 있습니다. 저들은 무슨 짓도 서슴지 않는 인면수심의 무리라 폐하께 만에 하나 변고라도 생긴다면 그 죄를 어찌 감당하려 하십니까?"

그러자 이번에는 고랑이 앞으로 나와 당당하게 말했다.

"대인, 그 점은 염려하지 않으셔도 됩니다. 우리가 황건적으로 분장하고 길을 가면 되니까요. 제 자랑이 아니라 여남 일대의 황건적 상황을 소인보다 잘 아는 사람은 없습니다. 전에 주공께서도 제 말에 따라 황건적으로 분장하고 여남 깊숙이 들어가 하의, 황소 등을 소탕하셨습니다. 우리가 황건적 차림으로 행군한다면 길은 소인이 책임지겠습니다!"

양굉은 눈치 없이 끼어드는 고랑을 매섭게 노려보더니 큰소리로 꾸짖었다.

"여기가 어느 안전이라고 네놈이 함부로 끼어드느냐! 그리고 천자께 황건적 복장을 입으시라니, 그런 무례한 말이 어디 있단 말이냐!"

양굉의 꾸지람에 고랑이 머쓱한 표정으로 물러나자 헌제가 양굉을 진정시키며 말했다.

"양 경은 그만 화를 거두시오. 고 장군의 말도 일리가 없진 않소. 짐은 미복 차림으로 길을 나설 터이니 얼른 남하할 채비를 서두르도록 하시오."

이어 동승이 헌제에게 건의했다.

"폐하, 그렇다면 도 사군에게 여남으로 군대를 보내 어가를 호위하라는 조서를 내리심이 좋겠습니다. 또한 전에 한섬, 호재를 복종시킬 때 썼던 방법대로 영천과 여남의 도적들에게도 잘못을 뉘우친다면 죄를 사면해 주고 어가를 보호하도록 명하시면 됩니다."

풀이 죽어 자리로 돌아갔던 고랑은 이 말에 크게 흥분해 앞으로 나와 외쳤다.

"그 일이라면 소인에게 맡겨 주십시오. 소인이 대다수 여남의 대왕들과 친분이 있어서 폐하를 위해 그들을 설득……"

고랑의 말이 채 끝나기도 전에 양굉은 그의 옷깃을 힘껏 잡아당긴 후, 헌제에게 예를 갖추고 조심스럽게 말했다.

"폐하, 회남으로 남하하는 것과 도 사군을 만나는 일은 심사숙고해야만 합니다. 신은 기주로 북상하는 것을 재고해 보심이 어떨까……"

"양 경은 대체 서주 관원이오, 아니면 기주 관원이오?"

더 이상 참다못한 헌제가 양굉의 말을 가로채며 이상하다는 듯 물었다.

"서주 관원이 서주로 어가를 옮기는 것을 환영하기는커녕 되레 세 차례나 반대하고 기주로 가라고 하니 무슨 영문인지 모르겠소."

할 말이 없었던 양굉은 땀을 비 오듯 쏟으며 말을 더듬기 시작했다.

"그건 오해입니다. 신은 당연히 서주 관원입니다. 다만… 신은 걱정이… 돼서… 서주에 제왕의 기운이 없어 만금 같은 폐하의 옥체를 거둘 땅이 아닐까 걱정입니다."

"그건 터무니없는 소리요. 서주에 제왕의 기운이 없다고 누가 그럽니까? 짐의 선조인 고조께서도 서주와 이웃한 패현(沛縣) 분이셨소. 게다가 짐의 기억이 맞는다면 패국군은 현재도 경이 다스리고 있으니, 선조께서 흥업한 땅으로 돌아가는 것이 어찌 불가하단 말이오?"

양굉의 머릿속이 뒤죽박죽이 돼 아무 생각도 하지 못하고 있을 때, 헌제의 추상같은 명이 떨어졌다.

"짐은 이미 서주로 가기로 결정했소. 먼저 황하를 건넌 후 영천과 여남을 거쳐 회남으로 가 도응 경과 회합할 것이오. 양 경은 속히 회남에 서신을 보내 도 경에게 짐의 결정을 알리고 어가를 맞이하라고 이르시오."

"신… 명을 받들겠나이다."

더 이상 방법이 없었던 양굉은 미간을 찌푸린 채 머리를 조아리고 어지를 받들었다.

헌제 일행이 가까스로 배를 구해 황하를 건너 빈 성이나 다름없는 낙양에 이르렀을 때, 조조군은 하내군 급현(汲縣) 서쪽 인근에 주둔하고 있었다.

양봉이 호위하던 천자가 가짜임을 확인한 조조는 중요한 단서가 될 양봉이 태항산(太行山)으로 숨어버리자 머리를 싸매고 대책에 골몰하는 중이었다.

이때 밖에서 군사 하나가 나는 듯이 달려 들어와 조조에게 보고했다.

"주공, 이각과 곽사의 적군이 이미 아군 대영 30리 안까지 들어와 천자를 내놓으라고 요구하고 있습니다. 요구에 응하지 않으면 무력으로 강탈하겠다고 합니다!"

"천자의 행방도 모르는데 버러지 같은 놈들이 감히 날 협박해?"

조조는 발연대로해 욕을 퍼붓더니 잠시 후 미소를 짓고 말했다.

"보아 하니 저놈들도 아직 천자를 찾지 못한 것이 분명해. 그럼 내게도 희망이 있단 말이지. 여봐라, 얼른 병마를 점검하고 출격을 준비……."

"급보입니다─!"

조조의 말이 채 끝나기도 전에 전령 하나가 쏜살같이 안으로 들어와 가쁜 숨을 몰아쉬며 아뢰었다.

"주공, 기주 대장 장합이 정예병 3천을 이끌고 남하해 현재 조가(朝歌)에 당도했습니다. 천자의 명으로 어가를 영접하러 왔다고 떠벌리며 아군에게 즉각 천자를 넘기라고 요구하고 있습니다. 만약 이를 거절한다면 뒤따르는 원상 주력 부대와 함께 무력으로 천자를 빼앗겠다고 합니다!"

조조는 얼굴이 철색으로 굳어 소리를 질렀다.

"이제는 원상 놈까지 날 협박한단 말이냐! 무력으로 천자를 빼앗겠다고? 흥, 올 테면 와라. 내 얼마든지 상대해 주겠다!"

조조가 흥분한 모습을 보고 순유가 걱정이 돼 권유했다.

"원상은 원소가 아끼는 아들이라 전투가 여기서 끝나지 않을까 우려됩니다. 아무래도 원상에게 사신을 보내 평화적으로 일을 해결하는 것이 순리라고 여겨집니다."

이 말에 조조는 더욱 흥분해 펄쩍펄쩍 뛰며 소리쳤다.

"그걸 지금 말이라고 하시오? 천자가 있는 곳을 알아야 일을 해결하든 말든 할 것 아니오?"

그런데 이때 조조는 무슨 생각이 났는지 갑자기 화를 가라앉히고 차근차근 따져보기 시작했다.

"가만, 천자가 분명 기주로 향했을 텐데 원소의 부대가 이를 발견하지 못했다면 아직 멀리 가지 못했다는 얘기가 되는데… 여봐라, 당장 하후돈에게 3천 군사를 이끌고 요로를 뒤져 천자를 찾으라고 명해라. 무조건 원상보다 먼저 천자를 찾아내야 한다!"

*   *   *

"형님, 농담이 심하십니다. 아부밖에 늘어놓을 줄 모르는 소인배 놈이 어떻게… 천자의 어가를 호위해 이리로 남하한단 말입니까? 이것이 정말 사실입니까?"

이튿날 아침 출발 준비를 마치고 나서야 군자군이 출동하게 된 진짜 이유를 듣게 된 도기는 믿을 수 없다는 표정을 지었다.

전마의 상태를 점검하고 있던 도응은 담담한 표정으로 대답했다.

"처음에는 나도 믿기 어려웠다. 하지만 양굉의 편지에는 천자의 친필 조서까지 동봉돼 있었다. 게다가 양굉이 보낸 단양병을 추궁해 보니 천자는 지금 확실히 양굉과 같이 계시고, 여수(汝水)를 따라 남하하는 중이라고 한다. 느낌상 이 일은 절대 거짓이 아니다."

도기가 여전히 멍한 표정으로 도응의 전마 점검을 바라보고 있자, 도응 역시 갑갑한 듯 말을 이었다.

"솔직히 내가 너보다 더 머릿속이 혼란스럽다. 양굉을 낙양에 보낸 이유는 그 특유의 아부 능력으로 천자의 비위를 맞춰 관직이나 좀 얻고, 가후와 연락을 취하기 위해서였다. 가후는 우리에게 꼭 필요한 인물이다. 그런데 이놈이 일을 이 지경으로 만들어놓을지 누가 알았겠느냐? 천자를 서주로 모셔오는 것은 물론, 가후와 서황까지 얻어 회남으로 오고 있다니. 중간에 무슨 일이 있었는지 그 단양병에게 물어봤지만 그도 연유를 모른다더구나."

도기가 하도 기가 막혀 무슨 말을 해야 좋을지 모르고 있을 때, 노숙과 장패, 허저 등이 도응 앞으로 걸어와 출정 준비를 모두 마쳤다고 보고했다. 이어 노숙이 도응에게 말했다.

"주공, 천자께서 타실 마차와 음식들은 이미 다 준비해 두었습니다. 언제든지 출발하시면 됩니다."

도응은 고개를 끄덕인 후 노숙과 장패에게 분부했다.

"수고 많았소. 자경과 선고 형이 나를 대신해 수춘과 서곡양을 잘 지켜주시오. 그리고 공로를 탐해 함부로 적을 공격해서는 아니 되오. 원술이 달아났다고 하나 남쪽 전선에는 상당한 병력이 있으니 절대 방심하지 마십시오."

노숙과 장패는 공수하고 도응의 명을 받들었다. 그런데 이때 노숙이 미간을 찌푸리며 조심스럽게 입을 열었다.

"주공, 확실히 결심을 군히신 겁니까? 천자를 서주로 영접하면 상당한 우위를 확립할 수 있습니다만……."

"내 결심은 확고하오!"

도응은 노숙의 말을 끊고 엄숙하게 말했다.

"나 역시 천자를 서주로 맞이한 후 야기하게 될 위험에 대해 잘 알고 있소. 하지만 방법이 없잖소? 천자께서 불원천리하여 아군에게 옥체를 의탁하시는데 만약 이를 본체만체한다면 그로써 초래하게 될 결과가 더욱 위험해지오. 그러니 우리에겐 달리 선택의 여지가 없소. 이후에 벌어질 사태는 일단 어가를 맞이한 후 논의하기로 합시다."

노숙도 도응의 말이 일리가 있음을 알기에 더는 입을 열지 않았다.

이어 도응은 말에 올라 도기, 허저와 함께 1천 5백 군자군을 이끌고 출발하기에 앞서 칼로 서북쪽을 가리키며 크게 외쳤다.

"군자군은 잘 들어라. 국은(國恩)을 입은 나 웅은 이에 보답코자 조서를 받들어 북으로 천자를 모시러 갈 것이다! 근왕의 부대는 지금 여남으로 출격한다!"

군자군은 우레와 같은 목소리로 화답한 후, 선두에 선 도웅을 따라 군자군 대기와 인의예지신, 온량공검양의 부기(副旗)를 펄럭이며 호호탕탕하게 회하를 향해 달려갔다.

한편 회남에서 원술과 도웅의 공격을 받아 1만여 군사는 물론 유벽, 공도까지 잃은 유비는 가까스로 회하를 건너 여남으로 돌아왔다.

이때 그를 따르는 군사는 5백 명도 채 되지 않았다. 처참한 패배에 속이 쓰려 방성대곡하던 유비는 아우들의 위로로 겨우 마음을 추스를 수 있었다.

어쨌든 넋 놓고 신세 한탄만 할 수는 없는 일. 유비는 전투 중에 헤어졌던 손건, 간옹과 다시 회합해 도적 떼 천여 명을 그러모았다.

재기를 노리던 유비 일행은 이곳저곳을 떠돌다가 마침 여수 안성(安城) 부근에 유벽의 옛 장수 진성(陳星)이 도사리고 있다는 소식을 듣고 그에게 몸을 의탁하기로 결정했다.

그런데 진성은 유비의 요구를 단칼에 거절하고 오히려 장비가 타고 있는 멋진 전마를 빼앗으려고 했다. 하지만 발연대로 한 장비의 창에 단 일 합만에 말에서 고꾸라지고 말았다. 이에 유비는 여수 동쪽 기슭에 자리한 진성의 산채와 그의 휘하들을 접수하고 어렵사리 임시 근거지를 마련했다.

진성의 산채를 빼앗은 다음 날, 형세가 어느 정도 안정되자 유비는 술과 고기를 마련해 그동안 고생한 군사들을 배불리 먹였다.

수하들과 함께한 주연 자리에서 흥이 한창 올랐을 때, 유비는 갑자기 모든 것을 잃은 자신의 신세가 처량하다는 생각이 들어 오열하며 말했다.

"그대들은 모두 왕좌(王佐)의 재목인데 불행히 이 유비를 만나 곤궁한 처지에 빠졌구려. 지금도 늦지 않았으니 이 비를 버리고 현명한 주군을 만나 뜻을 맘껏 펼치도록 하시오!"

유비의 말에 수하들의 눈에도 눈물이 맺히며 비분강개한 표정을 지었다. 이어 관우가 유비를 달래며 말했다.

"형님의 말씀은 틀렸습니다. 옛날 고조께서도 항우와 천하를 다툴 때 연전연패했지만 구리산(九里山) 전투의 승리 한 번으로 4백 년 기업을 닦으셨습니다. 승패는 병가의 상사인데 형님은 어찌 작은 실패로 인해 뜻을 접으려 하십니까?"

손건도 눈물을 닦으며 관우의 말에 찬동했다.

"관 장군의 말씀이 백번 옳습니다. 참, 주공. 작은 산채에 오래 거하기는 어려우니 조조에게 다시 투신하는 건 어떻겠습니까? 조조는 본디 주공을 존경했고, 도응과도 불공대천의 원수이므로 사정을 설명한다면 필시 우릴 거두어줄 것입니다. 훗날 병마를 재정돈해 복수에 나서도 늦지 않습니다."

유비는 오열을 멈추고 손건의 제안을 곰곰이 생각해 보기 시작했다. 하지만 조조에게 다시 간다면 그에게 몸이 매일 수밖에 없었기 때문에 쉽사리 결정을 내리지 못했다.

유비가 주저하고 있을 때, 밖에서 진성의 사졸 하나가 급히 안으로 흥분된 목소리로 소리쳤다.

"주공, 주공, 기뻐하십시오! 먹잇감이 이리로 오고 있습니다! 북쪽에서 한 무리가 강을 따라 남하하는데, 대부분 좋은 무기에 전마도 네 필이나 됩니다요. 빨리 약탈 명령을 내려 주십시오!"

하지만 유비는 고개를 가로저으며 대답했다.

"그냥 길을 가게 내버려 두어라. 길을 막고 약탈하는 건 도적들이나 하는 짓이다."

도적질로 먹고살았던 진성의 사졸은 아까운 생각이 들어 다시 한 번 강조했다.

"하지만 그냥 보내기에는… 저들은 약 80명 정도로 대오 안에 늙은이부터 어린애, 남자, 여자도 섞여 있어서 약탈은 식은 죽 먹기입니다. 차림은 추레해도 귀한 전마가 네 필이나 된다고요."

유비가 귀찮다는 표정으로 그를 꾸짖어 물리치려고 하는데 관우가 끼어들며 말했다.

"형님, 저 병졸의 말을 들어보니 이 일행은 피난 온 세족이 아닐까 여겨집니다. 형님이 한 번 그들을 만나보는 건 어떨까요? 저들이 만약 낙양에서 피난해 온 것이라면 북쪽의 형세나 조조의 소식을 들을 수도 있잖습니까?"

유비는 관우의 설명에 마음이 움직였다. 밑져야 본전이라고 생각한 유비는 간옹과 손건을 산채에 남겨두고, 관우, 장비와 함께 1천 군사를 대동하여 그들을 만나보러 출동했다.

그런데 유비는 전혀 생각지 못한 반응에 깜짝 놀랐다.

이 대오에 전쟁 경험이 풍부한 자가 있었는지 이미 척후병을 보내 자신의 행동을 감지한 듯, 대오 전체가 여수 강가의 삼면이 물로 둘러싸인 험요한 석산으로 물러나 방어 태세를 취하고 있었다.

게다가 석산에 우뚝 서 있는 장수는 비록 얼굴이 누렇게 뜨고 옷은 너덜너덜했지만 풍모만큼은 삼군의 대장에 전혀 부끄럽지 않아 보였다.

의외의 사태에 놀란 유비는 석산 아래에 신중하게 진세를 펼친 후 관우, 장비를 이끌고 앞으로 나아갔다. 이때 이 부대에서 병사 하나가 튀어나와 만면에 웃음을 띠고 큰 목소리로 외쳤다.

"그대들은 진성 대왕의 부대가 아닙니까? 소인의 이름은 고랑으로 진성 대왕과 친분이 있습니다. 수고스럽겠지만 진 대왕에게 제가 왔다고 전해 주십시오."

그러자 장비가 장팔사모를 휘두르며 큰소리로 대답했다.

"갖은 악행을 저지르던 진성은 어젯밤 내 칼에 목이 달아났다!"

이 말에 고랑은 낯빛이 크게 변해 놀라 외쳤다.

"진 대왕이 죽었다고요? 장군들은 관군입니까?"

이때 유비가 기다렸다는 듯 미소를 지으며 대답했다.

"맞다. 내가 바로 예주자사 유현덕이다. 진성 역적 놈이 도적질을 일삼는단 얘길 듣고 내 군사를 이끌고 와 그를 토벌했다. 한데 너희들은 어디서 오는 무리인가?"

유비의 예주자사 직은 일전에 도겸이 이각, 곽사에게 청해 봉한 것이다. 유비의 말이 떨어지기 무섭게 고랑은 물론 석산의 많은 사람들이 놀란 표정으로 웅성거리기 시작했다.

또한 정중앙에 앉은 소년이 입을 열려고 하자 곁에 있던 한 중년 문사가 다급히 그의 말을 가로막았다. 이 광경을 지켜보던 유비는 의아한 생각이 들어 고개를 갸웃하며 물었다.

"너희들은 대체 누구냐? 내 이름을 들은 후 왜 그런 괴이한 반응을 보이는 것이냐?"

성격 급한 장비도 참지 못하고 벽력같이 소리를 질렀다.

"얼른 대답하지 못할까! 우리 형님은 중산정왕(中山靖王)의 후예이자 한실 종친으로 함부로 사람을 죽이거나 약탈하는 분이 아니시다! 단지 몇 마디 묻는 것뿐이다!"

고랑이 급히 자기 자리로 돌아가고, 잠시 후 한 중년 문사가 앞으로 나왔다.

유비는 그가 소년의 말을 막은 자란 걸 한눈에 알아챘다. 그는 허리를 굽혀 유비에게 예를 행한 후 웃는 낯빛으로 입을 열었다.

"제 이름은 마현(馬峴)이고, 자는 자용(子容)이라고 합니다. 예주 유 사군을 뵙게 돼 영광입니다."

유비는 마현의 말투와 행색에서 그가 관료가 틀림없다고 생각했다. 이어 그에게 큰소리로 물었다.

"마현 선생은 어디서 오는 길이오? 또 지금 어디로 가는 것이오?"

마현은 조마조마한 말투로 대답했다.

"저는 양주 여강 사람으로 하내 일대에서 장사를 업으로 삼았습니다. 그런데 이각, 곽사가 사례(司隸)를 침범해 하내까지 전화가 미쳤고, 연주의 조조도 하내로 출병해 이각, 곽사와 쉬지 않고 교전을 벌이는 통에 백성은 도탄에 빠졌습니다. 소인의 상점과 장원도 전쟁 통에 모두 불타버렸습죠. 그래서 하는 수 없이 전란을 피해 가솔과 하인들을 이끌고 여강으로 돌아가는 중입니다. 청컨대 사군께서 저희들에게 살길을 열어 주십시오."

하지만 이런 거짓말로 유비를 속일 수는 없는 법. 사람 보는 데 일가견이 있는 유비는 마현이 거짓말을 하고 있음을 직감했다.

마현은 관료가 분명한 데다 그 뒤에 있는 대오도 일반 점원이나 가병이 아니라 관부의 사병이 틀림없었다. 이에 유비는 주저 없이 큰소리로 마현을 다그쳤다.

"어디서 감히 본관을 속이려 드는 것이냐! 너는 관리가 틀림없고, 네 뒤의 부대도 관군이 아니더냐! 너희들은 대체 누군지 솔직히 말해라!"

마현은 당황해 얼굴이 굳었지만 이내 손을 내저으며 자신은 상인이 맞다고 해명했다. 그러자 유비가 살짝 미소를 흘리며 마현 뒤의 대오를 가리키며 소리쳤다.

"가병과 점원이라는 자들이 어떻게 관군이 사용하는 고리형 철도를 가지고 있는 것이냐? 또 백성에게 사용이 금지된 연발 강노는 어디서 났단 말이냐? 이것들은 주운 것이냐 아니면 훔친 것이냐?"

마현의 얼굴이 흙빛으로 변하자 유비는 득의양양한 표정으로 그를 노려보더니 갑자기 목소리를 높였다.

"말해라! 너는 대체 누구냐? 또 한 번 거짓을 고한다면 너희들을 즉시 관가로 끌고 가 문초하겠다!"

이 말에 마현 뒤의 부대에서는 다시 한 번 큰 소동이 벌어졌고, 건장한 장수 하나는 도끼를 들고 말에 올라 유비에게 달려들 태세를 취했다.

그런데 바로 이때 마현이 큰소리로 웃음을 터뜨리며 방금 전과 완전히 딴사람이 된 것처럼 당당한 목소리로 입을 열었다.

"하하, 유 공은 과연 명불허전이외다. 예리한 눈과 관찰력에 탄복했소이다. 맞소. 난 관리이고, 내 뒤의 대오는 관군이 틀림없소."

마현의 범상치 않은 기개에 유비는 살짝 위축된 목소리로 물었다.

"아, 그러시군요. 감히 대인의 존성대명과 관직을 물어도 되겠습니까?"

마현은 유비에게 다시 한 번 공수하고 차분한 목소리로 말했다.

"사군을 속인 점 사과드립니다. 제 이름은 사실 신평이고, 자는 중치입니다. 기주, 유주, 병주 3주목이자 기향후인 원소 공의 관원입니다. 전에는 원소 공의 장자인 원담 군중에서 좨주(祭酒)로 있다가 공자의 추천으로 주공께 발탁돼 현재는 기주 치중에 종사하고 있습니다."

적잖이 놀란 유비는 급히 말에서 내려 예를 행하고 공손하게 대답했다.

"아, 대인은 중치 선생이셨군요! 오래전부터 선생의 대명을 경앙해 왔는데 오늘 뵙게 돼 영광입니다. 무례를 용서하십시오."

"과찬이십니다."

신평은 답례한 후 정색한 표정을 짓고 물었다.

"그런데 세월이 수상하여 가짜가 판을 치고 있습니다. 실례지만 사군은 조정에서 하사한 관인을 좀 보여주실 수 있습니까?"

"그게……."

유비는 말을 얼버무리다가 쓴웃음을 지으며 대답했다.

"죄송합니다. 제가 오랫동안 전장에서 살다시피 해 그만 실수로 관인을 유실했습니다."

"실수로 잃어버렸다고요? 그럼 증명할 방법이 없단 말인데……."

신평은 의심의 눈초리로 유비를 바라보며 속으로 음흉한 웃음을 지었다.

"뭐, 상관없습니다. 저도 그대와 같은 형편이니, 이것이야말로 동병상련 아니겠습니까? 하하!"

그런데 이때 갑자기 장비가 발연대로하여 장팔사모를 치켜들고 포효했다.

"무슨 증거가 없단 말이냐? 내 장팔사모와 둘째 형님의 청룡언월도, 큰형님의 쌍고검(雙股劍)을 천하에 모르는 자가 어디 있느냐? 네놈이 감히 도원의 삼형제를 못 알아보는 것이냐?"

장비의 노한 모습에 뒤에 있던 관우도 앞으로 나와 청룡언월도를 번뜩이며 오연(傲然)하게 신평을 노려보았다.

이에 신평은 화들짝 놀라며 저도 모르게 몇 발자국 뒷걸음질을 쳤다.

유비는 아우들의 돌출 행동에 당황해 급히 이들을 저지하고 신평에게 사과했다.

이에 관우와 장비가 하는 수 없이 씩씩거리며 물러나자, 놀란 가슴을 쓸어내린 신평은 얼른 이곳을 빠져나가는 것이 급선무라고 생각했다.

"천하의 유 사군과 맹장을 누가 몰라보겠습니까? 제가 잠시 실언을 했습니다. 이제 길을 재촉해도 되겠습니까? 제가 수춘에 용무가 좀 있어서요. 제 주공의 얼굴을 봐서라도 길을 막지 말아 주십시오."

"물론입니다."

유비는 미소를 짓고 병사들에게 길을 열어 주라고 명하는 한편 의심을 완전히 거두지 못해 몇 가지 질문을 던졌다.

"그런데 중치 선생은 원소 공의 신하이면서 왜 산적들이 횡행하는 여남 내지까지 오게 된 것입니까? 또 무슨 일 때문에, 어디로 가는 중이었습니까?"

신평은 꼬치꼬치 캐묻는 유비가 귀찮았다. 하지만 겉으로 내색할 수는 없어서 미소를 띠고 유비를 바라보며 어떤 대답을 지어낼까 생각에 잠겼다. 그러고는 잠시 후 대답했다.

"그럼 솔직히 말씀드리리다. 사실 난 가솔을 이끌고 문중 대사를 처리하러 영천 양적의 고향으로 가는 길이었소. 영천으로 가는 길이 평탄치 않아 원담 공자가 정예병 2백 명을 호위로 붙여 주었소이다."

신평은 숨을 고르고 다시 말을 이었다.

"그런데 도중에 뜻하지 않게 이각, 곽사의 군대를 만나 전투를 치르는 통에 병사를 절반 넘게 꺾이고 말았소. 적병이 바싹 뒤쫓아 오는 상황인지라 부득이하게 고향을 지나쳐 여남까지 도망치게 된 것이오. 그리고 기왕 여기까지 온 김에 회남으로 공무를 처리하러 가는 중이었소."

그러자 유비의 눈썹이 살짝 실룩이며 재빨리 다그치듯 물었다.

"그렇습니까? 방금 전에는 단지 문중의 일을 처리하러 고향에 왔다더니, 지금은 회남에 공무가 있어서 간다고요? 어쩌 말에 좀 어폐가 있습니다."

"하하, 유 공은 참으로 예리하십니다그려."

신평은 큰소리로 웃음을 터뜨리고 고개를 끄덕인 후 대답했다.

"유 공과 도 사군은 불공대천의 원수라고 들었습니다. 사실이번에 수춘으로 가는 건 주공께서 맡기신 임무 때문이 아니라 원담 대공자를 위해 후장군 원술과 연락을 취해기 위해서입니다. 아시는 바대로, 우리 대공자는 삼공자와 달리 도 사군을 몹시 증오하고 있습니다."

원담이 도응에게 몰래 손을 쓰려 한다는 말에 유비는 크게 기뻐하며 다시 물었다.

"그럼 어떤 일을 의논하려는지 말씀해 주실 수 있습니까?"

그러자 신평은 탐탁지 않은 표정을 지으며 정색하고 말했다.

"이는 우리 대공자와 후장군 사이의 집안일이오. 거기까지 묻는 건 너무 무례하지 않소?"

"예, 예. 제가 너무 경솔했습니다."

유비는 황급히 공수하고 자신의 잘못을 인정했다. 어쨌든 원담이 도응을 증오해 손을 쓰려 한다는 걸 확인했으니 우군을 확보한 셈이고, 여차하면 그에게 투신하는 것도 가능하지 않겠는가!

신평은 괜찮다는 듯 고개를 끄덕이고 말했다.

"더 물어보실 것이 없다면 이제 길을 좀 비켜주시지 않겠습니까?"

유비는 즉각 병사들에게 뒤로 백 보 물러나라고 명한 후, 이런 귀한 손님을 그냥 보낼 수 없어 작은 성의로 술과 고기를 대접하겠다고 말했다.

술과 고기라는 말에 수십 일을 죽으로 연명하며 길을 나섰던 신평은 하마터면 그러겠다는 대답이 입 밖으로 튀어나올 뻔했다.

하지만 그는 이내 정신을 차리고 유비의 초대를 거절하며 말했다.

"회남의 전쟁이 급박해 한시라도 빨리 후장군을 뵈러 가야 합니다. 주연은 다음 기회로 미루지요. 언제 시간이 나면 기주에 한 번 놀러 오시오. 오늘 길을 열어준 은혜는 배로 갚겠소이다. 그 김에 대공자를 소개해 드리지요. 대공자도 유 공을 만나보고 싶어 하십니다."

원담을 소개해 준다는 말에 유비는 기뻐 어쩔 줄 몰라 신평에게 길게 읍하며 감사를 표시했다.

이어 유비와 신평은 웃는 낯으로 다음에 만날 날을 기약하며 아쉬운 작별 인사를 고했다.

그런데 이때 신평의 무리를 바라보던 유비는 그들 중 몇몇 사람은 낯이 익다는 느낌이 들었다. 어디서 본 것은 확실한데, 거기가 어딘지 좀처럼 생각나지 않았다.

도무지 기억이 떠오르지 않아 답답해하던 유비는 이내 고개를 젓고 산채로 돌아오며 중얼거렸다.

"그래, 생각나지 않으면 말라지. 괜히 알아보려다 긁어 부스럼만 만들게 돼. 원담 심복의 기분을 상하게 할 필요는 없으니까."

유비의 대오가 따라올세라 줄행랑을 치던 헌제 일행은 유비군이 보이지 않자 그제야 안도의 한숨을 내쉬었다.

헌제와 가후가 양굉 곁에 다가갔을 때, 양굉은 온몸을 바르르 떨며 그 자리에 털썩 주저앉고 말았다. 헌제와 동승 등은 양굉의 용기 있는 행동에 탄복해 마지않았고, 가후는 직접 양굉을 일으켜 주며 탄식했다.

"중명 선생의 기민한 임기응변이 아니었다면 우리는 모두 여기에 뼈를 묻었을 것입니다!"

한편 헌제는 석산에 있을 때 양굉이 왜 자신의 말을 막았는지 궁금해서 물었다.

"전에 경이 유비는 서주의 적이라고 얘기했는데, 짐이 신분을 드러내지 못할 만큼 위험한 적이란 말이오?"

"폐하, 유비는 서주의 단순한 적이 아닙니다. 바로 불공대천의 원수입니다. 유현에서 소패, 낭야에서 연주까지 유비는 우리 서주와 얼마나 많은 원한을 맺었는지 모릅니다. 만약 그에게 우리가 서주 대오인 것이 탄로 났다면 한 명도 살아서 이곳을 빠져나가지 못했을 것입니다. 다행히 유비가 신을 본 적이 없어서 이런 꾀를 생각해 낸 것이고요."

이 말에 동승이 대오를 재촉했다.

"유비가 이토록 위험한 존재라면 언제 들이닥칠지 모를 일이니 빨리 길을 서두릅시다."

가후와 양굉도 즉시 고개를 끄덕인 후 대오를 이끌고 여수를 따라 남하를 서둘렀다.

유비가 전군을 거느리고 산채로 철수하자 마중 나온 간옹과 손건이 사건의 경과를 물었다. 이들은 유비가 신평을 통해 원담과 교분을 맺을 수 있게 됐다는 얘길 듣고 크게 기뻐했다.

이어 손건이 유비에게 말했다.

"주공, 이 기회에 신평 선생을 왜 산채로 청하지 않았습니까? 그와 관계를 돈독히 해두면 궁벽한 이 땅에서 하루라도 빨리 벗어날 수 있을 텐데요."

유비가 쓴웃음을 지으며 대답했다.

"내 어찌 청해 보지 않았겠나? 그런데 신평 선생은 피골이 상접한 몰골로도 내 청을 거절하더구려. 원술에게 가야 하는 급한 공무라기에 강제로 청하기도 어려워 그냥 보낼 수밖에 없었네."

"피골이 상접할 정도였다고요?"

손건은 잠시 눈을 굴리더니 급히 건의했다.

"신평 선생의 대오에 이토록 식량이 모자라다면 우리가 양식을 좀 보태 주는 것이 좋겠습니다. 다급할 때 도움을 줘야 우리의 은혜에 더 감사할 테니까요."

유비는 손건의 말을 옳다 여기고, 즉시 식량 5휘를 가지고 가 신평 일행에게 전하라고 명했다.

손건은 족히 한 시진 후에야 산채로 돌아왔다. 그는 유비 등이 술자리를 벌이고 있는 대당으로 들어와 헛웃음을 지으며 말했다.

"신평 선생이 우리를 왜 그토록 경계하는지 모르겠습니다. 양식을 전달한데도 모른 척하며 길을 가는 통에 3리나 추격해서야 겨우 따라잡았습니다. 휴, 우리에게 정말 악의가 있었다면 그 전에 살려두었겠느냐는 말입니다."

장비가 경멸하는 투로 말을 내뱉었다.

"쥐새끼처럼 겁이 많긴! 방금 전 신평이란 놈 보셨소? 무서운지 계속 다리를 벌벌 떨고 있더구려."

유비가 호탕하게 웃으며 대답했다.

"하하, 아우의 호랑이 같은 위엄에 제대로 서 있을 문사가 몇이나 되겠는가? 참, 공우, 신평 선생이 식량을 받은 후 뭐라고 하던가?"

"연신 고맙다고 말하더니, 여기……."

이어 손건은 품에서 뭔가를 꺼내더니 유비에게 건넸다.

"아군에게 소개 편지 한 통을 써주더군요. 주공께서 이 편지를 가지고 언제든지 원담을 찾아가면 반갑게 맞아줄 거라면서요."

"식량 5휘로 이 편지를 얻었단 말인가? 허, 꽤 짭짤한 장사로구먼."

유비가 크게 기뻐하며 편지를 펼쳐 보니, 안에는 원담에게 자신을 칭찬하는 낯간지러운 말이 가득했다. 유비가 편지를 보며 큰소리로 웃음을 터뜨릴 때, 손건이 미간을 찌푸리며 말했다.

"그런데 한 가지 괴이한 일이 있었습니다. 신평 선생의 수종 가운데 어디선가 본 것 같은 얼굴이 있더라고요."

이 말에 유비는 손뼉을 치며 공감을 표시했다.

"공우도 그랬는가? 사실 나도 조금 전에 그런 느낌을 받았다네. 그런데 어디서 봤는지 도통 기억이 나질 않으니……."

"어디서 봤더라? 신평 선생의 수종이라면 틀림없이 기주 사람이 대부분일 텐데, 내가 기주에는 가본 적이 없고… 청주? 회남? 연주? 예주? 서주……."

"서주다!"

손건과 유비는 이구동성으로 크게 소리쳤다. 그들이 어디선가 본 듯한 얼굴은 바로 서주의 수종이었던 것이다!

기억을 더듬던 유비의 입에서는 외마디 비명이 터져 나왔다.

"아, 이제 생각났다! 단양병, 단양병이야! 신평의 수종은 내가 서주에 있을 때 봤던 단양병이라고!"

간옹이 크게 놀란 표정을 지으며 물었다.

"신평의 대오 안에 어떻게 서주의 단양병이 섞여 있는 걸까요?"

"이건 계략이다! 그 신평이란 자는 가짜가 틀림없어! 그리고 그들은 기주 대오가 아니라 서주 부대야! 관우, 장비는 당장 저들을 추격해 한 놈도 남김없이 모조리 죽여 버려라!"

＊　　　　＊　　　　＊

유비의 대오가 뒤를 바싹 추격해 오자 헌제 일행은 혼비백산이 돼 어쩔 줄 몰라 했다. 그나마 가후가 즉시 큰소리로 외쳤다.

"빨리 모두 숲속으로 달아나라! 동 국구와 공명 장군은 천자를 호위하십시오. 그리고 결정적일 때 천자의 신분을 밝히면 유비 놈이 함부로 천자를 해치지 못할 것입니다!"

이는 이미 승패가 갈린 싸움이나 다름없었다. 고작 70여 명밖에 남지 않은 대오로 천 명이 넘는 유비군을 어찌 상대한단 말인가. 이들은 앞다퉈 숲속으로 달아났지만 뒤따라온 유비군의 칼에 허무하게 목숨을 잃고 말았다.

서황과 동승이 악전고투를 벌였으나 끝없이 밀고 들어오는 유비군을 당해내기는 역부족이었다.

수많은 적이 사방에서 포위망을 좁혀오는 가운데 헌제는 복황후와 함께 눈물을 뿌리며 자신의 신세를 한탄했고, 양굉과 가후는 이곳이 곧 자신들의 무덤이 되리라는 생각에 안타까운 마음을 금할 길이 없었다.

헌제 일행이 절체절명의 위기에 빠져 있을 때, 갑자기 남쪽에서 우레 같은 함성 소리가 울려 퍼지며 일지 군마가 쏜살같이 달려오고 있었다.

양굉과 가후는 이제는 죽었구나 라는 생각에 서로 껴안고 소리를 놓아 통곡했다.

그런데 잠시 눈을 들어 뒤를 바라본 양굉은 낯익은 군사들의 모습에 너무 기뻐 말까지 더듬거렸다.

"군… 군자군이다. 군… 군자군이야! 하하, 천하제일의 서주 군자군이 왔다고! 드디어 군자군이 왔어!"

가후는 마치 미친 사람처럼 횡설수설하는 양굉을 의아한 눈빛으로 빤히 바라보았다.

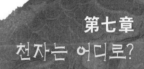

第七章
천자는 어디로?

"주공, 말장 등이 방원 20리를 샅샅이 수색했지만 천자와 황후의 종적을 찾지 못했습니다!"

"주공께 아룁니다. 산채의 큰불은 이미 진압됐고, 이후 우물 속에 숨어 있던 적병 둘을 잡았습니다. 그들 말로는 유비는 산채로 돌아오지 않고 전령만 보내 손건, 간옹에게 영채에 불을 놓고 산을 내려오라고 명했는데, 이들이 어디로 갔는지는 모른답니다."

"보고합니다! 삼장군이 경기병을 이끌고 손건, 간옹의 적군을 쉽게 격퇴했지만 이들이 야음을 틈타 숲속으로 도망치는 바람에 수색에 어려움을 겪고 있습니다. 삼장군이 불을 놓아

이들을 밖으로 끌어내려 했으나 천자의 행방을 아직 모르는 상황에서 혹여 천자께 위험이 미칠까 두려워 감히 실행에 옮기지 못하고 소인을 보내 주공께 명을 내려달라고 했습니다."

도응이 고개를 들어 하늘을 보니 사방은 달빛 하나 없는 칠흑 같은 어둠으로 뒤덮여 있었다. 쓴웃음을 짓고 탄식하던 도응은 어쩔 수 없다는 듯 전령에게 명령했다.

"가서 도기에게 전해라. 손건, 간옹의 부대는 아군의 주의를 끌려는 버림돌이 분명해 천자께서 그들과 함께 계실 리는 없다. 하지만 만일의 사태에 대비해 절대 산에 불을 놓지 말라고 일러라. 일단 손건과 간옹을 잡는 데 최선을 다해라. 그들이라면 유비나 천자의 행방을 분명 알고 있을 것이다."

이어 도응은 군자군 장수들이 보낸 전령들에게도 분부했다.

"각 장수들에게 수색 범위를 30리로 확대하고 천자와 복황후의 행방을 추적하라고 일러라. 어쩌면 적들이 아직 이곳을 빠져나가지 못했을지도 모른다."

진덕, 우상, 연빈 등이 보낸 군자군 전령들은 일제히 대답하고 쏜살같이 전선을 향해 달려갔다.

처음에 도응은 군자군을 이끌고 양굉, 가후를 만나 전황을 전해 들은 후, 마음속으로 흠모한 지 오래인 가후와 회포를 나눌 겨를도 없이 어가를 구하러 나섰다.

그런데 방금 전까지 주변에 있었다는 헌제는 어느새 사라지고 보이지 않았다. 게다가 주위는 산림이 우거진 복잡한 지형인지라 군자군의 장점을 십분 발휘하기 어려웠다. 이에 군사들은 하는 수 없이 말에서 내려 천자의 행방을 찾기 시작했다.

하지만 근접전에서 약점을 보이는 군자군은 오합지졸인 유비군을 뚫는 데도 애를 먹었다. 허저의 도움으로 가까스로 방어막을 돌파했으나 유비 삼형제는 물론 헌제, 복황후의 행방은 묘연하기만 했다.

이들이 다급한 마음에 숲을 샅샅이 뒤지고 있을 때, 마침 나무 아래에서 신음하는 한 장수를 발견했다. 허저가 황급히 그에게 달려가 정체를 묻자, 그 장수는 말하기조차 쉽지 않은 듯 힘겹게 입을 뗐다.

"나… 난 서황이라고 하오. 동승과 함께 어가를 호위하고 있었는데, 그만 유비군이 들이닥쳐 어가를 탈취해 갔소. 난 관우, 장비의 합공을 당해내지 못하고 부상을 입어 도망쳤다가 여기에……"

그러더니 서황은 그 자리에서 혼절해 버리고 말았다. 허저는 군사들에게 급히 그를 후영으로 호송하라고 명했다.

시시각각 전황을 보고받던 도응은 그제야 자신이 유비의 계략에 떨어졌음을 깨달았다. 도망치는 데 일가견이 있는 유비는 어가를 끼고 달아날 시간을 벌기 위해 일부러 전군에 철수 명령을 내리지 않고 군자군의 발을 묶어놓는 것은 물론 간옹와 손건까지 미끼로 삼아 군자군의 주의를 끌게 한 후, 어두컴컴한 야색과 복잡한 지형의 엄호를 받아 관우, 장비와 함께 현장을 내뺀 것이 분명했다.

하지만 이를 인식했을 때는 이미 때가 늦었다.

도응이 씁쓸한 웃음을 지으며 자책하고 있을 때, 친병 하나가 다급히 달려와 서황이 깨어났다고 보고했다. 도응은 다시 얼굴이 활짝 펴지며 친히 서황이 있는 곳으로 달려갔다.

대략 서른 살가량의 나이에 우람한 체구. 다만 피를 많이 흘려 얼굴이 창백하고 기운이 좀 없어 보였다.

서황은 눈앞에 서 있는 단발에 얼굴이 하얀 이자가 도 사군임을 알아채고 힘겹게 몸을 일으켜 예를 갖추려고 했다.

도응은 황급히 서황을 다시 자리에 눕히고 부드러운 목소리로 말했다.

"공명 장군, 함부로 움직이지 마십시오. 의원 말로는 늑골이 세 대나 부러지고 수십 군데 상처를 입은 중상이라고 합니다. 빨리 회복하려면 푹 쉬어야죠."

서황은 도응의 배려에 감격해 사례한 후 신음하듯 죄를 청했다.

"말장이 무능해 도 사군이 오실 때까지 천자를 제대로 호위하지 못했습니다. 천자의 행방을 아직까지 찾지 못한 건 다

이 황의 죄입니다."

"그런 말씀 마십시오. 천자 실종의 근본적인 책임을 따지자면 이 응의 과오가 가장 큽니다. 제가 반 시진만 일찍 당도했더라도 사태가 이 지경까지 이르지는 않았을 것입니다."

"하지만 천자의 안위는 너무 염려하지 마십시오. 유비군이 들이닥쳐 천자에게서 말장을 떼어놓을 때, 동 국구가 큰소리로 천자의 신분을 밝혔습니다. 유비 놈이 아무리 대담하다 해도 함부로 천자와 황후께 손을 쓰지는 못했을 것입니다."

도응이 고개를 끄덕이며 서황을 위로하고 있는데 마침 양굉이 막사로 들어왔다. 그는 서황의 상태를 물은 후 머리를 긁적이며 도응에게 말했다.

"주공, 듣자니 아직 천자를 찾지 못했다던데 혹시 제 제자인 아의 소식은 없었습니까? 제가 편지에서 언급한 그 제자 말입니다."

도응은 고개를 가로저으며 대답했다.

"없었소. 중상을 입은 서황 장군 외에 여섯 명을 더 구하긴 했지만 다 단양병이었소. 내일 날이 밝으면 시체 더미에서 한번 찾아보시오."

이 말에 양굉은 밖에 차갑게 누워 있을 제자가 눈에 아른거려 절로 코가 시큰거리며 눈물이 흘러내렸다.

"아의, 제발 살아 있어라. 사마가가 몰살당한 지 얼마 되지 않았는데 너까지 죽으면 너무 비참하지 않느냐……."

"사마가? 사마? 아의? 사마의?"

순간 도응은 몸을 부르르 떨며 양굉에게 다짜고짜 물었다.

"양 장사의 제자란 아의의 이름이 혹시 사마의 아니오? 그의 형 사마랑(司馬朗)은 지금 조조 밑에서 임관하고 있지 않소?"

양굉은 갑자기 울음을 멈추고 도응을 뚫어져라 바라보며 말했다.

"어? 주공이 제 제자를 아십니까? 말씀대로 아의의 본명은 사마의입니다. 그의 형은 조조 휘하에서 당양령을 역임하고 있고요. 그런데 어떻게 주공이 아의를 아십니까?"

도응은 양굉에게 그 이유를 설명할 수 없어 머뭇머뭇하다가 갑자기 소리를 질렀다.

"여봐라, 빨리 횃불을 준비해라! 사마의가 정말 죽었는지 내 친히 시체 더미를 뒤져 봐야겠다!"

*　　　　*　　　　*

조조는 두 주먹을 부르르 떨며 분을 삭이고 있었다. 바로 헌제를 내놓으라고 협박하며 전쟁을 도발하는 원상 때문이었다. 원상은 조조군 영채 바로 옆에 주둔하며 헌제의 행방을 수색할 수 있도록 조조에게 영문을 열어달라고 시도 때도 없이 요구했다.

원상의 간섭이 도가 지나치자 조조는 말할 것도 없고 휘하의 장수들까지 들고 일어났다. 조조의 장수들은 불같이 화를 내며 누가 먼저랄 것도 없이 조조 앞으로 나와 출전을 자청했다.

　"주공, 더는 참을 수가 없습니다! 요 며칠 동안 아군 백여 명이 원상 놈에게 이유 없이 살해당한 데다 지금은 아군 대영을 수색하겠다고 설치니, 능욕도 이런 능욕이 없습니다! 말장 등이 당장 출전해 원상 놈을 죽여 반드시 이 치욕을 갚고야 말겠습니다!"

　조조는 낯빛이 철색으로 굳어 입을 꼭 다물고 있었다. 마음이야 당장에라도 영채를 나가 원상을 박살 내고 싶었지만 이 일로 원소의 심기를 건드렸다간 뒷감당을 당해낼 자신이 없었다.

　게다가 자신의 군대는 이미 연전을 치르느라 병력이 많이 꺾이고 군사들마저 피곤에 지쳐 3만 대군에 이르는 기주 정예 병과의 전투에서 승리를 장담하기도 어려웠다.

　"주공, 원상이 영채 밖에서 만약 반 시진 안에 영문을 열지 않으면 당장 공격에 나서겠다고 떠들고 있습니다!"

　출전을 주저하던 조조는 도를 넘은 원상의 도발에 더는 참지 못하고 책상을 내려치며 소리쳤다.

　"전군은 영문을 나와 나를 따르라! 내 원상과 독대한 후 천자가 우리 영중에 없다는 말을 믿지 않는다면 전원 공격에 들어간다! 어린놈이 제 아비를 믿고 안하무인하는 꼴을 더는 봐주지 못하겠구나!"

진즉부터 몸이 근질거렸던 조조군 장수들은 큰소리로 우렁차게 화답한 후, 서둘러 군사들을 소집해 영채를 나가 원상군과 대치했다.

원상은 한사코 조조군 대영에 천자가 없다는 말을 믿으려들지 않았다. 그도 그럴 것이, 이미 사방에 사람을 보내 천자의 행방을 수소문했지만 어디에서도 찾을 수 없었기 때문에 원상은 조조가 천자를 숨기고 있다고 확신했다.

이에 원상은 조조의 해명에도 군사를 거두지 않고 기어이 조조군 대영을 수색하겠다고 고집을 부렸다.

둘 사이의 의견이 평행선을 달리니 싸움은 피할 수 없는 법. 원상이 먼저 대장 장합을 출전시키자 조조도 장료를 보내 응전하라고 명했다.

두 맹장의 불꽃 튀는 대결은 50여 합이 지났지만 좀처럼 승부가 갈리지 않았다.

이에 원상은 곁에 있는 궁노수에게 몰래 화살을 쏘라고 명했다. 궁노수가 쏜 화살은 장료의 어깻죽지에 그대로 적중했다. 장료가 외마디 비명을 지르며 황급히 말을 돌려 본진으로 달아나는 틈을 타 원상은 전군에 총공격 명을 내렸다.

3만 대군은 조조군에게 벌 떼처럼 달려들어 일대 혼전을

벌였다. 양군은 사상자가 막심한 것을 확인하고서야 비로소
징을 쳐 군대를 거두었다.

군영으로 돌아온 조조는 마침내 원소와 척을 지게 됐다는
생각에 시름이 깊어져 갔다. 이를 눈치챈 순유는 기주에 사신
을 보내 직접 원소와 만나 오해를 푸는 것이 어떻겠느냐고 건
의했다.

그런데 조조가 어찌 원소를 설득할지 고민하고 있을 때, 뜻
밖의 희소식이 전해졌다.

서황 휘하의 사졸 하나가 헌제 대오에서 뒤처져 홀로 떠돌
고 있었는데, 이렇게 가다간 굶어 죽거나 맹수의 밥이 될까 두
려워 다시 황하를 건너 북상했다. 그리고 그의 발길이 닿은
곳이 마침 조조의 군영이었다.

그는 먹을 것과 상을 얻기 위해 헌제의 행방을 조조군에게
낱낱이 얘기했다.

처음에 조조는 헌제가 자발적으로 도응에게 몸을 의탁하기
위해 회남으로 갔다는 말이 믿기지 않았다.

일면식도 없고 세력도 크지 않은 도응에게 가는 이유가 뭘
까 궁금해 미칠 지경이었다. 하지만 지금은 그런 생각이나 하
고 있을 시간이 없음을 깨닫고, 이내 이를 이용해 위기에서
벗어날 묘안을 생각해 냈다.

조조는 즉각 서황의 사졸과 함께 사신을 기주로 보내 원소

에게 헌제가 향하는 곳을 알리도록 했다.

원소가 이를 들으면 어떤 반응을 보일지, 생각만 해도 절로 미소가 지어졌다. 또 한편으로는 사신을 통해 원담에게 뇌물을 주고 배후에서 원상과 도응을 모함에 빠뜨려 달라고 부탁했다. 이로써 원소가 도응과 반목한다면 도응이 자리를 비운 틈을 타 서주를 공격할 요량이었다.

조조가 주둔한 급현에서 기주까지는 거리가 멀지 않아 조조의 사신이 들고 간 소식은 얼마 안 돼 원소의 귀에 들어갔다.

헌제가 갈 곳이 없자 제 발로 도응을 찾아갔다는 말에 원소는 질투심이 폭발하고 말았다. 더욱이 서주 사자가 먼저 찾아와 자신에게 어가를 영접하라고 종용할 땐 언제고, 이제는 어가를 서주로 맞이하고 있다고? 원소는 사위인 도응에게 농락당했다는 기분이 들자 화를 더욱 주체할 수 없었다.

원소가 도응에게 크게 불만을 드러내자 이미 조조와 한통속이 된 원담은 기다렸다는 듯 옆에서 부채질을 해댔다. 이에 더욱 화가 치민 원소는 당장 하내로 전령을 보내 원상을 꾸짖고, 즉각 기주로 철병하라고 명했다. 또한 도응에게도 사신을 보내 불경의 죄를 묻고 천자를 자신에게 보내라는 뜻을 은근히 내비쳤다.

물론 말을 듣지 않으면 뒷일은 알아서 책임지라는 경고와 함께 말이다.

원소의 철군 명령에 어가를 맞이하러 위풍당당하게 남하했던 원상은 빈손으로 기주로 돌아올 수밖에 없었다.

원상은 원소에게 한바탕 꾸지람을 들은 후 크게 낙담해 자연스럽게 분노가 매부인 도웅에게로 옮겨 갔다. 그동안 동생에게 눌려 있던 원담은 드디어 반격의 기회를 잡게 되었다며 흐뭇한 미소를 지었다.

조조 역시 어가를 영접하지 못했지만 기분만은 하늘을 날아가는 듯했다. 자칫 원소와 전면전이 벌어질지도 모를 일대 위기에서 벗어난 것은 물론 도웅과 원소 사이에 불화를 일으켜 둘이 맺은 맹약을 이간할 기회를 잡지 않았는가!

하내에서 연주로 철군하던 조조는 황하를 건너던 중 남쪽 토지를 바라보며 큰소리로 웃음을 터뜨렸다.

"하하하! 도웅 놈아, 하늘이 네게 천자를 내렸다고 기쁨에 도취되어 있느냐? 감히 네 실력과 처지로 천자를 끼고 제후를 호령하려 했느냐? 천자가 며칠이나 네 곁에 머물지 두고 보자꾸나! 과연 마지막에 웃는 자가 누구일지 기대가 되는구나!"

수하들이 모두 조조의 말에 맞장구를 치자 득의양양해진 조조는 모사들에게 분부했다.

"당장 원소가 도웅과 맹약을 파기하고 그를 방기할 방법을 찾아보시오. 이번에 연주로 돌아간 후 둘 사이가 틀어지는 대로 서주를 침공할 생각이오."

곽가가 골똘히 생각에 잠기며 대답했다.

"원소가 당장 도응을 포기하게 하기는 쉽지 않습니다. 물론 희망이 전혀 없진 않지만……."

이때였다.

"주공, 주공! 기쁜 소식입니다!"

멀리서 흥분된 목소리로 외치며 달려오는 이는 바로 조홍이었다. 그는 허겁지겁 사람들 사이를 뚫고 다가와 조조에게 말했다.

"주공, 기뻐하십시오! 하하, 세상에 우리에게 이런 일이 일어나다니! 깜짝 놀란 만한 소식이 있습니다!"

조홍이 전주만 늘어놓고 본격적인 얘기를 꺼내지 않자 답답해진 조조가 그를 다그쳤다.

"도대체 무슨 일인데 이리도 호들갑이냐? 얼른, 얼른 말해보아라!"

"예, 예, 말씀드립죠. 방금 전 예주 내지에서 유비가 보낸 사람이 당도했는데, 글쎄 천자가 그의 손에 있다고 합니다!"

조조는 이 말에 깜짝 놀라 하마터면 말에서 떨어질 뻔했다. 곁에 있던 곽가, 순유는 물론 휘하 장수들 역시 놀란 표정을 지으며 말문이 막혀 버렸다.

*　　　　*　　　　*

군자군이 물샐틈없는 수색에 나섰지만 산림과 하천이 많은 복잡한 지형으로 인해 결국 유비 형제는 물론 헌제와 복황후, 동승, 아의의 종적을 찾아내지 못했다. 이틀 동안 방원 수십 리를 뒤졌음에도 아무 소득이 없자 도응은 하는 수 없이 회남으로 철수 명령을 내렸다. 물론 가후와 서황을 얻은 것만으로도 대단한 수확이긴 했지만 말이다.

중상을 입은 서황을 고려해 군자군의 행군 속도는 상당히 늦춰졌다. 이에 엿새 만에야 수춘 나루로 되돌아왔다. 문무 관원을 이끌고 마중 나온 노숙과 장패는 도응에게 일의 경과를 묻는 한편 가후, 서황과도 한참 동안 인사를 나눴다.

그런데 노숙은 도응의 표정이 무거운 걸 보고 일이 생각대로 풀리지 않았음을 직감했다. 그는 즉각 환영식을 끝내고 성 안으로 돌아와 대당에 연회 자리를 마련했다.

술자리가 차려지자 도응은 간단히 양굉의 공을 치하하고, 동시에 가후를 중용할 뜻을 내비쳤다.

노숙은 도응이 얼마나 가후를 갈망했는지 알기에 흔쾌히 이에 동의했다. 이어 노숙은 도응에게 편지 한 통을 건네며 말했다.

"진원룡이 쾌마로 원소의 편지를 보내왔습니다. 그런데 좋은 소식이 아닙니다."

도응은 무표정한 얼굴로 편지를 받아 읽어 보았다. 원소의 편지에는 자신이 양굉을 보내 어가를 영접하라고 종용하고서는 원소군이 출병하자 양굉이 천자를 부추겨 어가를 회남으로 옮기는 바람에 원소군이 헛걸음을 했다고 질책하는 한편, 맹우인 조조와도 무력 충돌이 발생했다며 자신에게 해명을 요구하는 내용이 씌어 있었다.

그리고 편지 말미에서 서주군이 천자를 기주로 보내면 기주에 새로운 도읍을 세우겠다고 은근히 밝혔다.

술잔을 들어 목을 축인 도응은 갑자기 벌떡 일어나 짜증나는 투로 소리쳤다.

"천자께서 기주로 가시기 싫다는데 왜 내게 트집이란 말인가? 일전에 조조가 어가를 영접하러 출병할 때 내 분명 의사를 물었건만 그때는 천자에게 아무 관심도 없더니 이제 와서 왜 다른 말을 하는지 모르겠어!"

편지를 다 읽은 가후가 도응을 진정시키며 입을 열었다.

"너무 흥분하지 마십시오. 편지를 자세히 보니 원소는 천자께서 서주에 마음이 쏠리신 걸 질투할 뿐이지 사군에게는 적의가 없어 보입니다. 도중에 천자께서 실종되셨다고 사실대로 고하고, 또 서주 사절단까지 전멸했다고 알리면 원소는 남의 재앙을 고소하게 여겨 천자 일을 더 이상 따지지 않을 것입니다."

도응은 고개를 끄덕여 동의를 표한 후 코웃음을 쳤다.

"흥, 원소는 걸인의 죽까지 빼앗아 먹고도 남을 자란 말이지. 천자께서 서주로 오시다가 유비에게 납치됐다는 얘길 들으면 얼마나 고소해할까 몰라?"

노숙은 도응의 농담에도 침중한 얼굴을 하고 말했다.

"주공, 그런데 한 가지 마음에 걸리는 일이 있습니다. 얼마 전 서주 북방 변경에서 발생한 일인데……."

"무슨 일이오?"

도응의 다급한 물음에 노숙은 공문서 더미에서 종이 한 장을 꺼내 도응에게 건네며 말을 이었다.

"열이틀 전, 소패의 척후병이 풍현을 지나 연주로 북상하던 기병 몇 명을 발견한 일이 있었습니다. 척후병이 이를 수상히 여겨 뒤를 밟아 보니 저들이 호류 경내에 있는 조조군 진영으로 들어갔다고 합니다. 그런데 이튿날 저들이 조조군의 호위를 받아 관도를 통해 급히 북상하더랍니다. 진원룡은 이 소식을 듣고 저들이 원술이 원소에게 파견한 사자가 아닐까 의심했습니다. 물론 조조군은 아군의 회남 병탄을 막기 위해 일부러 원술의 사자를 기주로 놓아 보냈다는 것이죠. 그래서 이를 글로 남겨 공문을 전달할 때 함께 보내 왔습니다."

도응은 순간 얼굴이 굳어졌다. 저들이 정말 원술의 사자가 맞는다면, 시간상으로 봤을 때 원술이 수춘을 포기할 때쯤 기주에 도움을 구걸하러 보낸 자들이 틀림없었다.

원술의 사자가 일단 기주에 당도하면 허맹을 원소의 사신으로 사칭한 일이 들통 날 것 아닌가!

예전처럼 서주와 원소 간에 밀월 관계를 유지할 때라면, 원소는 분명 이를 일소에 부치고 크게 문제 삼지 않았을 것이다.

하지만 지금은 상황이 완전히 달랐다. 헌제가 서주에 마음이 기운 일로 원소는 도응에게 큰 불만을 가지고 있었다. 천자 건도 아직 해명하지 않았는데 원술의 사신이 먼저 기주에 도착한다면 그 결과는 예측하기 어려웠다. 혹여 점령한 회남 토지를 원술에게 다시 돌려주라고 한다면 어찌한단 말인가.

이리저리 방법을 강구하던 도응은 마침내 입을 열었다.

"자경, 내 대신 원소에게 보낼 편지 한 통만 써주시오. 여남에서 발생한 일과 우리가 겪은 참상을 그대로 적은 후 최대한 빨리 사자를 기주로 보내시오. 원술보다 먼저……."

그런데 이때 도응은 갑자기 고개를 젓더니 한숨을 내쉬며 말했다.

"아니오. 됐소. 아무리 빨리 간다고 해도 이미 출발한 원술 사신을 따라잡긴 불가능하겠소. 일단 조조군에 대한 정찰과 감시를 강화하는 게 순서일 듯하오. 조조는 이 틈을 노려 서주 북방을 침범할 것이 분명하니 원룡에게 경계도 함께 강화하라고 이르시오."

결국 아무 대책도 세우지 못한 도응은 그저 마음속으로 기도를 올릴 뿐이었다.

"유비가 유표에게 가지 않고 그에게 간다면 가장 좋겠는데……."

소패의 척후병이 발견했다는 기병들은 예상대로 원술의 사신이 맞았다. 그중에는 회남의 중신인 서소도 포함되어 있었다.

조조군의 도움으로 아무 탈 없이 고읍에 도착한 서소 일행은 다음 날 원소를 접견했다.

"내가 언제 서주로 사신을 파견했단 말이냐?"

서소에게 회남 전황을 보고받은 원소는 어리둥절한 표정으로 물었다.

"내 막빈 중에 허맹이라는 자기 있느냐?"

원담은 원상의 표정을 힐끗 쳐다본 후 음흉한 웃음을 지으며 대답했다.

"부친의 막빈 중에 그런 자는 없습니다. 하지만 소자가 듣기로 이 허맹은 2년 전 소패에서 유비를 속여 도응이 소패성을 취하는 데 대공을 세운 일이 있었다는군요."

순간 원상의 얼굴이 잿빛으로 변하며 감히 아무 말도 꺼내지 못했다. 원소의 낯빛도 점점 철색으로 바뀌더니 갑자기 책상을 치며 노호했다.

"필부 놈이 간이 배 밖으로 나왔구나! 감히 내 사신을 사칭해 내 위명을 더럽히다니!"

원담은 이 틈을 놓치지 않고 재빨리 원소를 부추겼다.

"이 어찌 부친의 위명을 더럽힌 데 그치겠습니까? 이는 그야말로 부친을 안중에 두지 않은 데서 나온 행동입니다. 도응은 부친의 사위라는 지위를 이용해 매사에 세상 사람들을 속이고 명예를 훔쳤으니, 양측 간의 맹약을 재고하심이 마땅합니다."

원소도 무례한 도응을 용납할 수 없어 맹약을 파기하려는 마음이 굴뚝같았다. 하지만 도응은 자신이 가장 사랑하는 딸의 배필인지라 그 자리에서 결정을 내리지 못했다.

"이 일은 다음에 논의하기로 하자. 일단 도응에게 천자의 일에 대한 답변을 들은 후 그때도 내 말을 어긴다면, 흥!"

이들의 말을 조용히 듣고 있던 서소는 안도의 한숨을 내쉬고 원소에게 머리를 조아리며 간청했다.

"회남의 일은 원 공께서 공정하게 판단을 내려 주십시오. 우리 주공이 전에 원 공께 불경을 저지른 적이 있습니다만 어쨌든 친동생이 아닙니까. 원 공께서 나서서 도응의 잔학한 행동을 저지하고 회남에서 군대를 무르게 해주신다면 양식 10만 휘와 채색 비단 천 필, 금과 은 각각 천 근을 바치겠습니다. 또한⋯⋯."

"주공, 주공! 큰일 났습니다!"

서소의 절박한 청원이 채 끝나기도 전에 주부 진림(陳琳)이 대당 안으로 급히 뛰어 들어와 손에 들고 있던 서신을 원소에게 건네며 소리쳤다.

"천자, 천자의 행방을 알아냈습니다!"

원소는 진림이 도통 무슨 소리를 하는지 몰라 어리둥절했다.

"천자는 여남에 계시다고 확인하지 않았느냐?"

진림은 답답한 듯 발을 동동 구르며 말했다.

"천자는 여남에 계시지 않습니다! 주공, 우리는 계략에 떨어졌습니다. 아군 세작의 보고에 따르면, 조조가 황하를 건너 천자의 어가를 영접했다고 합니다. 현재 조조군은 천자를 호위해 영천으로 가는 중입니다."

"천자가 정말 조조 대오 가운데 계시다는 말이냐?"

원소는 물론이고, 원담, 원상을 비롯해 모든 문무 관원들은 눈이 휘둥그레져 아무 말도 나오지 않았다.

이때 갑자기 쾅 하고 책상을 내려치는 소리가 울리며 화가 머리끝까지 난 원소가 미친 듯이 노호했다.

"조조 놈아! 내 네게 어떻게 대했는데 감히 날 감쪽같이 속였단 말이냐! 그래, 조금만 기다려라. 만약 천자를 내놓지 않는다면 내 손으로 반드시 네놈을 죽이고 말리다!"

"빨리 쾌마를 보내 원소에게 편지를 전하시오!"

도응 역시 유비가 헌제를 조조에게 바쳤다는 소식을 듣고 정신없이 노숙에게 소리쳤다.

"자경, 다시 편지를 써서 난 천자께서 회남으로 남하한 일에 대해 전혀 모른다고 말하시오! 또 애초에 양굉에게 밀령을 내려 기회가 왔을 때 천자를 기주로 모시려 했다고도 쓰시오! 그래야 조조가 입이 백 개라도 변명할 수 없을 것이오!"

그러고는 휘하 장수들을 돌아보고 명했다.

"당장 남정에 나설 준비를 서두르시오! 천자의 일로 조조와 원소가 다투느라 우리에게 신경 쓸 여력이 없을 때 반드시 회남을 접수해야만 하오! 하하하, 유비야, 네가 결국 이렇게 날 도와주는구나!"

어가를 영접하는 일로 스무 날 이상을 지체한 도응은 마침내 남정에 나서기로 결정했다.

원술의 회남군 역시 짧은 시간 안에 군대를 재정비하고 남부 방어선을 새롭게 재편했다. 최대한 방어망을 공고히 한 후 원소가 나서서 전쟁을 중재해 주길 기대한 것이다.

하지만 안타깝게도 원소는 지금 헌제 일로 인해 도응에게 관여할 여력이 없었다. 물론 원술은 이를 까맣게 모르게 있었다.

원술이 재편한 남부 방어선 상황은 대략 이러했다.

일단 원술은 기동력이 뛰어난 서주군과 맞서기 어렵다는 판단 하에 북부의 모든 성지를 포기해 버렸다. 이에 주력군을 합비, 역양, 여강 3개 성에 집중 배치하고 삼각 대형을 이루었다. 그중 합비는 최전방에 위치한 요해지로 역양과 여강을 보호하는 방어선 역할을 했다.

원술은 친히 여강에 주둔했고, 대장 장훈과 진분이 역양을 수비하며 최대한 전쟁을 지연시키는 소모전 전략을 취했다.

이와 동시에 오랫동안 기다렸던 반가운 소식이 원술에게 전해졌다. 단양에 주둔하던 손분, 오경이 마침내 회남 출병에 동의한 것이다.

손책의 원한을 갚는다는 명분으로 출병한 그들은 원술에게 두 가지 조건을 제시했다.

하나는 양초 보급을 전적으로 지원해 달라는 것과 다른 하나는 손책의 명예를 회복시켜 주고, 그 김에 자신들에게 씌워진 연좌의 죄까지 사해 달라는 것이었다.

지푸라기라도 잡아야 하는 원술은 이들의 요구 조건을 흔쾌히 승낙했다.

이리하여 손분과 오경은 만여 병력을 이끌고 춘곡(春穀) 나루를 통해 장강을 건너 보무당당하게 회남 전장으로 출격했다.

또한 원술은 염상의 간곡한 건의를 받아들여 형주의 유표와 우저의 유요에게도 각각 사신을 보냈다.

유표에게는 전량과 비단을 주며 구원병을 요청했고, 유요에게는 순망치한의 이치를 설명하며 자신의 북부 방패막이 사라지면 화가 미칠 터이니 잠시 군대를 물러 달라고 권했다.

하지만 형주까지는 길이 너무 멀어 아직 소식이 도착하지 않았고, 유요는 장강 이남의 모든 토지를 할양하라는 무리한 조건을 내걸었다.

원술이 이 요구 조건을 수용하지 않자 유요는 계속 우저에서 강을 사이에 두고 역양과 대치하며 장훈, 진분의 발목을 잡았다.

*　　　　　*　　　　　*

남정에 앞서 도응은 장패, 송헌, 사염 등에게 새로 점령한 수춘, 서곡양 등을 지키라고 명하는 동시에 요긴할 때 써먹을 요량으로 회남에서 모집한 신병들을 훈련시키도록 했다. 또한 일부 부대를 파견해 원술이 버리고 간 여강 북부를 접수하라고 명했다.

모든 준비를 마친 도응은 마침내 4만 대군을 소집해 호호탕탕하게 남정에 나섰다.

서주군의 첫 번째 목표는 당연히 합비였다. 합비를 점령해야만 역양과 여강으로 진출할 수 있었기에 도응은 친히 대군을 이끌고 합비로 남하했다.

서주군은 남하한 지 사흘째 되는 날, 합비성 백 리 안까지 다가갔다.

이때 정찰을 나간 척후병으로부터 보고가 들어왔다.

합비성 수성 장수인 교유가 성 방어를 강화하고 백성을 모두 성안으로 불러들인 걸로 보아 성지를 굳게 지키며 최대한 시간을 끌려는 의도 같다고 말했다. 도응은 이미 예상했다는 듯 고개를 끄덕이며 탄식했다.

"하, 이자가 또 성을 굳게 지킬 태세를 취하는구나. 이번 공성도 쉽지만은 않겠어."

노숙도 쓴웃음을 지으며 도응의 말에 동의를 표했다. 하지만 이번에 좨주로 임명된 가후는 전혀 다른 의견을 제시했다.

"이 후가 요 며칠 회남의 전투 기록을 쭉 살펴보았습니다. 그런데 교유는 줄곧 수세를 취하며 아군과 대치했지만 아군의 정면공격을 한 번도 성공적으로 방어해 낸 적이 없더군요. 지금 아군의 칼끝이 합비성을 노리는 상황에서 교유가 과연 계속 실패했던 전철을 또다시 밟을까 의문입니다."

노숙은 고개를 갸우뚱하며 조심스럽게 물었다.

"문화 선생, 그건 무슨 뜻이오? 원술군은 야전에서 아군의 적수가 되지 못하므로 교유가 야전을 포기하고 성을 굳게 지키는 건 옳은 선택이잖소?"

교유의 작전을 잘 아는 도응으로서도 가후가 새로 전투에 투입돼 성급하게 공을 세우려는 것은 아닌지 의심이 들었다.

"교유는 수성에 매우 뛰어나다오. 전에 죽읍 전투 때도 그가 고황산에 세운 영채를 공격하느라 아군이 크게 애를 먹은 일이 있었소. 지금 야전을 버리고 수성에 나선 건 교유의 일

관련 작전이오."

가후는 고개를 가로젓고 대답했다.

"주공과 군사는 오해하지 마십시오. 저는 교유의 전술이 틀렸다고 말하는 것이 아닙니다. 현재 양군의 실력으로 봤을 때, 제가 합비성에 있더라도 교유의 견고한 수성에 찬성했을 것입니다. 하지만 마음에 걸리는 것이 하나 있습니다. 교유가 수성을 택했다가 연전연패했는데 한 번쯤 작전을 변경할 수 있지 않을까요?"

도응이 음 하고 신음성을 내뱉으며 골똘히 생각에 잠기자 가후가 보충 설명했다.

"이 가능성을 배제해서는 안 됩니다. 열 가지 거짓 중에 진짜가 하나 있더라도 이에 대비해야 하는 것이 병가의 바른 이치입니다. 교유는 아군의 선입견을 역이용해 기습공격으로 아군의 예기를 꺾으려 할 수도 있습니다."

도응은 거북이처럼 목을 움츠린 교유가 기습공격에 나설 가능성은 크지 않다고 여겼지만 가후의 말도 일리가 있다고 여겨 고개를 끄덕이며 말했다.

"문화 선생의 말대로 조심해서 나쁜 건 없어 보이오. 합비 일대는 지세가 평탄해 지형을 이용한 공격은 어려우니, 교유가 기습을 감행한다면 야음을 틈탄 습격이 유일한 선택이 될 것이오."

이어 도응은 진도와 후성에게 각각 3천 군사를 거느리고 영채 밖 좌우에 매복하고 있다가 적이 나타나면 협공을 가하라고 명했다. 동시에 전군에 순찰을 강화하라고 명한 도응은 남하를 서둘러 합비 정북방 70리 지점에 영채를 차렸다.

노숙은 도응의 이런 행동을 보고 저도 몰래 미간이 찌푸려졌다.

군사는 효율성을 최우선으로 삼아야 하거늘, 매사에 이렇게 신중하다면 쓸데없이 헛심을 쓰게 될 뿐 아니라 결정적인 순간에 선택을 주저하게 될지도 모를 일이었다. 주공보다 더 의심 많은 가후의 합류로 번거로운 일이 많아지지 않을까 걱정이 앞섰다.

결국 그날 밤에는 아무 일도 일어나지 않았다. 밤새 모기에게 뜯긴 진도와 후성의 부대가 투덜거리며 불만을 드러냈지만 도응은 전혀 개의치 않았다. 이튿날도 50리를 행군해 합비성 20리 밖에 영채를 설치한 후, 도응은 전날과 마찬가지로 고순과 조성에게 3천 군사를 이끌고 영채 밖에 매복하며 야간 순시를 강화하라고 명했다.

이날 밤 이경, 회남의 대장 유해가 야음을 틈타 5천 군사를 거느리고 성을 빠져나왔다. 그는 적을 급습하기 위해 말에 재갈을 물리고 서주 대영으로 조용히 다가갔다. 하지만 그가 영문 가까이 이르렀을 때 갑자기 안에서 화살 세례가 쏟아졌다.

당황한 유해가 군사들에게 속히 돌격하라고 지시했지만 풍우군이 비 오듯 쏘아대는 화살 앞에 원술군은 속수무책으로 당할 뿐이었다.

막심한 사상자가 발생하자 유해는 하는 수 없이 퇴각을 명했다.

그런데 이때 대영 밖 좌우에서 함성 소리가 울리며 고순과 조성이 튀어나와 유해군을 협격했다. 조수불급이 된 유해군은 뒤로 돌아보지 않고 꽁무니를 뺐고, 고순과 조성은 화급히 이들의 뒤를 추살했다.

서주군이 유해군을 7, 8리쯤 쫓아갔을 때, 뜻밖에 일지 군마가 앞에 나타났다.

이들은 교유가 친히 이끌고 나온 합비 주력군으로, 유해가 도망치는 것을 보고 서둘러 접응하러 나온 것이었다.

날이 어두워 적군이 얼마나 되는지 모르는 데다 혹여 복병이 있을까 염려된 고순은 추격을 멈추고 군대를 거둬 영채로 돌아갔다.

이 틈을 타 교유와 유해도 속히 합비성 안으로 들어갔다.

교유가 정말 기습을 감행했다는 말에 후위에서 양초와 치중 보급을 책임지던 노숙은 가후의 신기묘산에 찬탄해 마지 않았다.

그는 자신의 걱정이 기우에 불과했음을 알고 심히 부끄러운 마음이 들었다. 이에 노숙은 가후에게 사과하러 서둘러 중군 대영으로 달려갔다.

막사 안으로 들어서자 마침 도응과 가후는 포로를 심문하고 있었다. 부상을 입은 회남 장수가 도응에게 얘기했다.

"이번 영채 기습은 여강 군승인 유엽이 주도했습니다. 원래 교유 장군은 이를 허락하지 않았지만 유 군승과 등 장군이 고집을 부리는 통에 교 장군도 막지 못했습니다."

도응은 미동도 하지 않은 채 물었다.

"유엽이라고? 그가 아직 합비에 머물고 있었느냐?"

"사실 주공께서는 회남 성지를 잃은 일로 화가 단단히 나 역양과 여강의 원군에게 원대로 복귀하지 말고 합비성을 무조건 지켜내라고 명하셨습니다. 성과 함께 뼈를 묻으라는 말과 함께요. 그래서 유 군승도 여강으로 돌아가지 않고 합비성에 남아 있는 것입니다."

도응은 알았다고 대답한 후 포로로 잡힌 원술군의 부상을 치료해 주고 음식을 내주라고 명했다.

도응은 그제야 노숙을 바라보고 웃으며 말했다.

"군사와 내가 교유를 잘못 보진 않았구려. 단지 합비성 안에 유엽이 있다는 걸 계산에 넣지 못했소. 문화 선생이 있었기에 망정이지, 아니었으면 오늘밤 크게 한 방 먹을 뻔했소."

겸손한 성격의 노숙은 가후에게 공수하고 예를 갖춘 후 정중하게 말했다.

"문화 선생의 신묘한 계략은 이 숙이 절대 미칠 바가 아닙니다."

가후도 황송한 표정으로 답례한 후 너털웃음을 지으며 대답했다.

"과찬이십니다. 제가 어리석어 교유의 용병술을 너무 과대평가했는데, 운 좋게 유엽의 계략을 알아맞힌 격이 되었습니다. 아무래도 이번에 중명 선생과 고락을 함께하는 동안, 그의 운이 제게도 이른 것 같습니다."

이 말에 도응과 노숙은 손뼉을 치며 맞장구를 치고 큰소리로 웃음을 터뜨렸다.

한바탕 웃음이 지나간 후 도응이 탄식하며 말했다.

"이번에 유엽의 계책이 실패로 돌아가 교유가 더는 유엽의 건의를 받아들이지 않을 것 같구려. 문화 선생이 있으니 지략 대결이라면 밀리지 않을 터인데……"

노숙도 고개를 끄덕이고 말했다.

"저도 그것이 걱정입니다. 교유는 승리보다 먼저 패배를 염려하고, 공을 세우기보다 과오가 없기만을 바라는 자인지라 아군 입장에서 보면 가장 상대하기 까다로운 적수입니다."

도응은 홀로 막사 밖으로 나가 하늘에 듬성듬성 박힌 별을 바라보았다.

지금까지 교유와 몇 차례 전투를 벌였지만 자신의 처지를 너무 잘 아는 교유는 늘 도응을 곤혹스럽게 만들었다.

매번 승리를 거두기는 했어도 만만치 않은 대가가 뒤따랐음을 잘 알고 있었다. 이번 전투 역시 쉽지 않으리라는 생각에 도응은 절로 미간이 찌푸려졌다.

그렇다고 걱정만 하고 있을 수는 없는 일. 어쨌든 합비는 역양과 서현(舒縣)으로 통하는 요해지이기 때문에 무슨 일이 있어도 손에 꼭 넣어야만 했다.

이에 도응은 합비성 10리 밖에 대영을 차리고 서둘러 공성무기 제조에 들어갔다. 또한 가후와 함께 주변 지형을 잘 살피고 적실한 공성 전술에 대해 의견을 나눴다.

第八章
합비를 다시 침공하다

도응 등이 합비성 공격에 대해 고민하고 있을 때, 교유 역시 녹록치 않은 상황에 처해 있었다.

일전에 교유는 음릉성에서 서주군에게 대패해 20명도 안 되는 사졸을 이끌고 겨우 합비성으로 도망쳐 왔다.

이후 원술은 교유를 합비성 수군 주장으로 임명했는데, 교유는 합비성의 군대 분포 상황 때문에 상당히 애를 먹었다. 합비성에는 여강의 원군이 1만여 명으로 가장 많았고, 다음이 역양군이며, 원래 합비 수군이 그 다음을 차지했다. 하지만 교유는 주력군과 친신을 대부분 잃은 탓에 각 군대를 통제할 만한 부하나 군사가 거의 없었다.

서로 간에 의견이 합치됐다면 별문제가 없었겠지만 전술 운용 방향에서 교유는 회남 장수들과 상이한 태도를 보였다. 합비의 장수들은 성문을 꽁꽁 걸어 잠그는 교유의 수성 작전에 일제히 반대를 표시했다.

특히 유엽은 상대가 방심한 틈을 타 기습을 가해야만 적에게 타격을 입혀 효과적으로 합비를 지킬 수 있고, 나아가 전세를 역전시킬 수 있다며 불의의 기습을 완강하게 주장했다.

교유는 이를 불허하려 했으나 모든 장수들이 유엽의 계획을 강력하게 지지하는 바람에 교유도 어쩔 수 없이 이를 수락했던 것이다.

그리고 결과는 위에서 본 바와 같다.

유엽의 계책이 실패로 돌아가자 교유는 보란 듯이 자신의 주장이 옳았음을 역설했다. 하지만 유엽은 끝까지 이에 불복했다.

그는 서주군이 합비성 해자를 메우려 하는 것을 보고 교유에게 다시 계책을 올렸다.

"대장군, 올해 회남에는 큰 가뭄이 들어 둑에 모아놓은 수량이 많이 부족합니다. 이는 합비성 해자 수위에도 영향을 미쳐 성만 굳게 지키다가는 적에게 쉽게 해자를 메울 기회를 주게 됩니다. 따라서 아군이 적시에 해자를 메우는 적군을 기습해야 그 속도를 늦출 수 있습니다."

명분을 얻은 교유는 유엽을 잠시 노려보았다.

이어 멀리 서주군 대오를 가리키며 냉랭하게 대답했다.

"성을 나간다고? 우리가 성을 나가면 바로 적군의 공격을 받게 된다!"

유엽은 교유의 심기를 건드리고 싶지 않아 최대한 부드러운 목소리로 건의했다.

"성을 나가는 아군 대오는 굳이 많을 필요가 없습니다. 3백에서 5백이면 족합니다. 기회를 엿보다가 해자를 메우는 적병을 기습하고 곧바로 성으로 되돌아오면, 피해 정도에 상관없이 적군의 예기를 꺾어놓을 수 있습니다."

전쟁 경험이 풍부한 교유는 유엽의 계책이 실행에 옮길 만하다는 사실을 잘 알고 있었다. 그러나 어떤 모험도 하고 싶지 않았던 교유는 출전을 자원하는 장수들에게 단호히 고개를 젓고 소리쳤다.

"출전을 불허하오. 단지 화살로 적군의 작업을 방해하시오! 내 장령은 이미 전달됐으니 함부로 성을 나가는 자는 목을 베겠소!"

유해, 등당 등 여강과 역양의 장수들은 서로의 얼굴만 바라보며 풀이 죽은 목소리로 이에 대답했다.

교유가 장수들의 불만에 전혀 개의치 않고 수성에 골몰하고 있을 때, 전령 하나가 급히 성안으로 달려 들어와 교유에게 서신 한 통을 건네며 흥분된 목소리로 보고했다.

"대장군, 기뻐하십시오! 정로장군(征虜將軍) 손분이 사람을 보내 긴급 문서를 보내왔습니다. 그가 양무장군(揚武將軍) 오경과 함께 구원군을 이끌고 이미 소호(巢湖) 부근에 당도해 사흘이면 합비에 이를 예정이라고 합니다."

원군이 곧 도착한다는 소식에 장내에 있던 회남 제장들은 일제히 환호성을 내질렀다.

하지만 이들과 달리 교유는 얼굴이 하얗게 질려 속으로 중얼거렸다.

'아, 이 일을 어쩐담? 도응과 불공대천의 원수인 그들이 온다면 무조건 싸우자고 주장할 텐데. 이들을 어찌 통제한단 말인가? 하늘이 회남을 망하게 하려는 것인가!'

서주군이 합비성 해자를 메우기 시작한 다음 날, 양안(襄安) 일대에 잠복하고 있던 세작도 손분, 오경의 대군이 북상한다는 소식을 합비 전장에 알렸다.

도응은 이 소식을 듣고 미간을 찌푸리며 중얼거렸다.

"또 한 번 힘든 싸움이 되겠구먼. 손가 일당은 단결력이 강한 데다 싸움에 능해 이번 합비 공격에서 사상자가 크게 늘어나겠어!"

이 말을 들은 서주 제장들은 분연히 일어나 자신이 손분과 오경을 격파하러 가겠다고 자청했다.

도응은 이에 크게 만족한 표정을 지으며 누구를 보낼까 고민하고 있었다. 그런데 바로 이때 가후가 앞으로 나와 미소를 지으며 말했다.

"주공, 적을 각개격파하는 것은 분명 좋은 작전입니다. 하지만 후가 듣기로 손분과 오경은 주공과 불구대천의 원수라고 하던데, 저들이 합비성 안으로 들어가면 설마 성을 굳게 지키며 나오지 않을까요?"

이 말에 도응은 눈이 번쩍 떠지며 고개를 돌려 가후를 바라보았다.

가후를 향해 씽긋 웃어 보인 도응은 곧이어 도기에게 명을 내렸다.

"도기는 군자군을 거느리고 손분과 오경의 적군을 맞이하라. 다만 저들이 합비성 안으로 들어갈 때까지 거짓 패한 척하고 계속 달아나기만 하라."

이 명에 도기가 어안이 벙벙해져 물었다.

"네? 그냥 도망치기만 하라고요?"

"이유는 묻지 마라. 갈 테냐 말 테냐? 네가 가기 싫다면 이 명을 보내겠다. 너는 대영에 남아서 공성 무기 제조를 감독하도록 해라."

도응의 협박에 도기는 입이 삐쭉 나와 풀 죽은 목소리로 응낙하고 출정 준비를 서둘렀다.

도응은 시선을 합비성으로 돌려 벽력거 공격을 준비하는 군사들을 미동도 하지 않은 채 지켜보았다.

교유는 확실히 성을 방어하는 능력이 뛰어난 장수였다.

음릉성에서 벽력거 공격에 된통 당한 적 있는 교유는 이를 교훈 삼아 성루나 성벽 건축물 수축에 힘을 낭비하지 않고, 모든 역량을 성벽 자체의 강도를 높이는 데 쏟아 부었다.

또한 서주군의 벽력거 공격이 시작되자 성루에 있던 모든 군사를 벽력거 투척 사각지대로 철수시켜 치명적인 석탄을 피하게 했다.

그리하여 무시무시한 벽력거 공격이 한 시진 가까이 이어진 후에 합비성 북문 성루는 난장판으로 변했지만 사상자는 매우 적었고, 또 합비성은 전략적 요충지답게 성지가 매우 견고해 3백 근에 달하는 석탄으로도 성벽 일부를 깨뜨렸을 뿐, 성벽 내부의 흙을 다져 쌓아올린 항토까지는 파괴하지 못했다.

이 광경을 바라보던 도응은 씁쓸한 미소를 지었다. 시간을 지체할 수 없는 상황에서 정면공격을 감행했다면 분명 많은 사상자가 나왔으리라.

하지만 다행히 손분과 오경의 출현에 도응에게도 한 줄기 서광이 비치기 시작했다. 이제 적군을 성 밖으로 유인해 낼 방법만 생각해 낸다면 저들을 섬멸하는 것은 시간문제였다.

합비성의 피해가 크지 않았다지만 벽력거의 위력적인 공격을 처음 본 장수들은 사실 눈이 휘둥그레지고 말았다.

합비성 북문 성루가 풍비박산이 난 후, 모든 장사들의 머릿속은 과연 성을 지켜낼 수 있을까 하는 두려움으로 가득했다.

제정신을 차린 유엽과 유해 등은 교유 앞으로 일제히 달려가 즉각 결사대를 보내 벽력거를 파괴하자고 제안했다.

그러자 교유가 쓴웃음을 지으며 대답했다.

"그건 불가능하오. 내가 음릉성에 있을 때 두 차례나 이 방법을 시도해 봤지만 공연히 군사들만 잃고 말았소. 도응 놈이 발석기 진지를 삼엄하게 경계하는 데다 예비대까지 배치하고 있어서 기다리고 있는 건 아군의 죽음뿐이오."

교유가 벽력거 진지를 가리키며 상세하게 설명하자 합비 제장들은 몸을 떨며 전율했다. 유해는 그래도 걱정이 돼 물었다.

"하지만 서주군 발석기의 위력이 이처럼 무시무시한데, 성안에 틀어박혀서 과연 합비성을 지켜낼 수 있을까요?"

"그럼 어찌 싸울 생각이오?"

교유가 냉랭한 말투로 묻자 유해는 감히 입을 열지 못했다. 이에 교유가 어쩔 수 없다는 표정으로 말했다.

"인명을 대가로 합비성을 굳게 지키는 것이 유일한 방법이오! 이것이야말로 내가 서주군과 교전하면서 얻은 최종 결론이오. 우리는 그저 지리적 우세를 이용해 적과 목숨을 걸고 싸워야만 하오. 최후의 병졸 하나가 남을 때까지 죽음으로써 포기하지 않고 싸워야 장기간 합비성을 지켜낼 수 있소! 그래야만 원소가 회남 전쟁을 중재할 때까지 시간을 벌 수 있고,

또 설사 합비를 잃더라도 적의 병력을 크게 소모시켜 역양과 서현을 공격할 여력이 없게끔 만드는 것이 가능하오!"

합비 제장들은 적군의 공격보다 살벌한 교유의 발언에 얼굴이 더욱 창백해졌다.

교유는 저 멀리 서주군 진영을 응시하며 속으로 중얼거렸다.

'손분과 오경이 도착하면 당장 합비 사대문을 꽁꽁 걸어 잠그고 절대 성을 나가게 해서는 안 돼. 그래야지 합비성 전군의 목숨을 바치는 한이 있더라도 주공을 위해 귀한 시간을 벌 수가 있어.'

반면 유엽은 교유가 제정신이 아니라는 생각이 들어 머릿속으로 이리저리 궁리해 본 후 역시 속으로 중얼거렸다.

'인명을 대가로 성을 지킨다고? 허허, 이 교 장군은 정말 큰일 날 사람일세. 대체 병서를 한 번이라도 읽기나 한 걸까? 어쨌든 손분과 오경의 원군이 빨리 도착해야만 이 상황을 바꿀 수가 있겠어. 그렇지 않았다간 합비성 안 모든 장사들의 목숨이 교 장군 손에 달아날지도 몰라.'

*   *   *

오로지 패하고 돌아오라는 명을 받은 도기는 투덜대며 적군을 맞이하러 달려갔다.

그런데 손분, 오경의 군대는 군자군의 전술과 특징을 십분 이해하고 있는 것이 아닌가. 이들은 군자군과 조우한 후, 적의 일기토에 응하지 않았을뿐더러 두말없이 강노병을 전방에 배치해 군자군을 당혹스럽게 만들었다.

정면공격이 어려워지자 도기는 하는 수 없이 적의 후방 치중대 공격에 나섰다. 하지만 이번에도 적군은 수레를 둘러싸고 사방에서 강노를 날려댔다. 만여 명의 군사 중 강궁 부대는 2천 명에 이르러 군자군이 지금까지 만난 어떤 적보다 원거리 사격에서 강점을 보였다.

이 광경을 놀란 눈으로 바라보던 도기는 그 이유를 금방 눈치챌 수 있었다. 이들은 주유나 정보, 황개로부터 군자군의 전술을 전해 듣고, 이번에 원술을 구원할 때 철저히 대비하고 출전한 것이 분명했다.

물론 도기가 원한다면 기동력이 뛰어난 군자군으로 이들을 충분히 괴롭힐 수 있었다. 하지만 이들이 이에 맞서 귀갑진 대형으로 계속 행군한다면 하루 노정이 닷새는 걸릴 판이었다.

도응의 명을 거역할 수 없었던 도기는 하는 수 없이 짐짓 속수무책인 모양을 취하고, 손분, 오경 대오 앞에서 몇 번 소란을 피운 후 그대로 군사를 거둬 철수해 버렸다.

합비 대영으로 돌아온 도기는 도응에게 전황을 그대로 보고했다.

도응 역시 도기의 말을 듣고 처음에는 깜짝 놀랐지만 이내 그 이유를 알아채고 웃음을 지었다.

이어 도응은 모래 위 지도를 가리키며 도기에게 마지막으로 교전을 벌인 장소를 물었다. 도기가 손으로 가리키자 손분, 오경 대오의 남은 여정을 계산해 본 도응은 다음 날 저녁이면 이들이 합비성에 당도하리라고 예상했다.

도응은 즉각 명을 내렸다.

"허저, 고순은 내일 5천 정예병을 이끌고 나를 따라 남하하시오. 내 친히 손분과 오경을 만나 이들 부대의 허실을 탐지해 봐야겠소. 내가 떠난 후에는 자경이 계속해서 벽력거를 지휘하며 합비성에 맹공을 퍼부으시오."

이튿날 도응은 5천 군사를 거느리고 군자군이 지났던 길을 따라 남하했다. 30여 리를 달려 오시가 되었을 즈음에 마침내 전방에 손분, 오경의 기치가 모습을 드러냈다.

도응은 군사들에게 즉각 군세를 펼치라고 명한 연후에 친병들을 이끌고 앞으로 달려가 저들의 길을 막아섰다.

잠시 후 손분과 오경의 부대가 당도해 양군은 진세를 펼치고 마주했다. 양원 대장이 말을 달려 나오고, 이어 십여 기가 그 뒤를 따랐다.

그런데 투구를 쓰고 갑옷을 입은 자들 가운데 열네댓쯤 돼 보이는 소년과 일고여덟 살의 앳된 소녀까지 있는 것이 아닌가.

도웅이 이를 의아한 눈빛으로 바라보고 있을 때, 서른 줄의 대장 하나가 무리 안에서 뛰쳐나와 장창으로 서주군 깃발을 가리키며 노호성을 터뜨렸다.

"도웅 간적 놈아, 손백양(伯陽)이 여기 있다! 네놈의 상판을 좀 보게 얼른 앞으로 나와라! 내 오늘 꼭 묵은 원한을 씻고야 말겠다!"

백양은 손분의 자다. 도웅은 손분의 욕설에도 전혀 개의치 않는 듯 미소를 짓더니 허저와 고순을 대동하고 앞으로 나가 크게 외쳤다.

"손 장군의 위명은 익히 들은 지 오래입니다. 도웅이 여기 있습니다!"

그런데 도웅의 말이 끝나자마자 손분 뒤에 있던 소년과 소녀가 눈물을 머금고 울음을 터뜨렸다.

이어 소년이 큰소리로 고함을 질렀다.

"네놈이 내 형님을 죽인 바로 그 간적이로구나! 당장 내 형님의 목숨을 살려내라!"

'형님'이라는 소년의 말에 도웅은 그가 곧 손권(孫權)임을 직감했다. 한 나라를 통치한 군주답게 어린 나이임에도 영웅의 풍모가 그대로 묻어나왔다.

과연 명불허전이라며 감탄한 도웅은 아주 온화한 말투로 말했다.

"그대는 혹시 백부의 동생 중모(仲謀)가 아니오? 어쨌든 그대의 형은 중상을 입어 세상을 떠났으니, 난 그의 죽음과 무관하오. 나 역시 백부의 죽음을 몹시 안타까워하고 있소."

중모는 손권의 자다. 도응이 자신의 이름을 어찌 알고 있을까 의아한 표정을 짓던 손권은 이내 큰소리로 외쳤다.

"네놈이 내 이름을 어찌 아는지 모르겠다만 형님에게서 전국옥새를 사취해 가, 형님이 분통이 터져 돌아가신 것 아니냐!"

도응은 여전히 웃음 띤 얼굴로 대답했다.

"내가 전국옥새를 사취했다니? 아마도 주유나 황개, 정보가 그날 일을 솔직히 알리지 않은 것 같구려. 그날 난 손 장군에게 옥새를 내놓으면 이를 천자께 다시 바치고, 또 살길을 열어주겠다고 약속한 것이 전부요. 옥새가 지금 내 손에 없는데 뭘 속였다는 것인지 모르겠구려."

손권은 말문이 막혀 아무 대답도 하지 못했고, 곁에 있던 소녀도 울음을 그치고 도응을 노려보았다.

소녀와 눈이 마주친 도응은 왠지 그녀에게서 이질감이 전혀 들지 않았다.

누군지 생각이 나지 않아 답답해하는 도응의 뇌리로 순간 그녀의 이름이 스쳐 지나갔다.

'저 아이가 바로 손상향(孫尙香)? 그 유명한 손 부인이란 말인가?'

도응이 손상향을 뚫어져라 쳐다보며 감탄하고 있을 때, 손분이 갑자기 창을 꼬나들고 말을 짓쳐 달려오며 도응에게 큰 소리로 노호했다.

"간적 놈아, 내 형제의 목숨을 내놓아라!"

손분이 움직이자 일찌감치 달려 나갈 태세를 갖추고 있던 허저가 말고삐를 틀어쥐었다.

허저의 성정을 잘 아는 도응은 급히 그를 멈춰 세우고 고순에게 낮은 목소리로 당부했다.

"이번에 적을 유인하려고 하니 절대 적장을 죽이지 말고 거짓 패한 척 달아나시오."

고순은 고개를 끄덕여 대답한 후 장창을 비껴들고 손분을 향해 그대로 돌진했다.

고순은 손분과 교전한 지 20여 합만에 거짓 패한 척하고 말머리를 돌려 본진으로 달아났다. 사기가 크게 진작된 손분이 고순의 뒤를 바싹 쫓고 있는데, 이번에는 허저가 칼을 휘두르며 달려 나와 손분과 일전을 벌였다.

그러자 손분의 동생 손보(孫輔)도 말을 몰아 출전해 허저를 협공했다. 도응의 명을 받은 허저 역시 삼사 합만에 거짓으로 패해 달아났다.

도응은 즉각 징을 쳐 군사를 거둬들이고 앞장서서 도망치기 시작했다.

이를 본 손분과 오경의 군사들이 환호성을 지르고 사방에서 북소리가 울리며, 손분과 손보가 선봉에 서서 수천 군사를 거느리고 조수처럼 서주군의 뒤를 급하게 추격했다.

그런데 함께 달아나던 서주군 친병 가운데 단양병들이 일제히 도응 곁으로 다가와 소리쳤다.

"주공, 뒤에서 우리를 추격하는 병사들이 동향인 단양 사람 같습니다. 말투가 우리와 완전히 똑같습니다!"

"그래?"

순간 도응은 손분과 오경이 원술, 유요에게 쫓겨 갈 곳이 없어지자 완릉을 떠나 단양태수 주상(周尙)에게 투항한 일이 생각났다. 이어 그는 만면에 희색을 띠고 혼잣말로 중얼거렸다.

"옳지! 드디어 합비성을 취할 방법이 떠올랐구나! 세상에 우리보다 이들을 더 잘 아는 사람은 없을 것이야. 손가가 이렇게 많은 단양병을 이끌고 왔으니 합비성은 취한 것이나 다름없어."

마침내 골치 아픈 합비를 취할 방법이 생각난 도응은 칼을 들고 큰소리로 명했다.

"전군은 서둘러 철수하라! 절대 동향 사람과 칼을 겨눠서는 안 된다. 빨리 철수하라!"

도응의 명에 서주군은 뒤도 돌아보지 않고 재빨리 전장에서 도망쳐 나왔다. 손분 형제와 오경은 서주군을 10여 리가량 추격하다가 더는 적군이 보이지 않자 전장을 수습한 후 승전의 깃발을 올리고서 보무도 당당하게 진군했다.

한편 도응은 패군을 이끌고 본영으로 돌아오자마자 땀을

닦을 겨를도 없이 전군에 명을 내렸다.

"전군은 당장 영채를 옮겨 북쪽으로 20리를 더 후퇴하라!"

공성에 박차를 가하던 서주군이 20리를 후퇴해 영채를 차리자, 벽력거의 위력에 벌벌 떨던 합비성 수군은 기쁨의 환호성을 내질렀다.

하지만 한편으로는 서주군이 왜 갑자기 철군했는지 이유를 몰라 전혀 반격할 엄두를 내지 못한 채 눈만 빤히 뜨고서 서주군의 철군을 지켜볼 뿐이었다.

그리고 그날 밤 마침내 수수께끼가 풀렸다. 이경이 막 지났을 때, 손분과 오경이 군사를 이끌고 합비성에 당도한 후 이해가 가지 않던 서주군의 퇴병 이유가 밝혀졌다.

저간의 사정을 낱낱이 전해 들은 합비성 장수들은 환호작약하며 손분 형제의 무용에 칭찬을 아끼지 않았고, 천하제일의 군자군을 물리친 교묘한 전술에 대해 탄복해 마지않았다.

이처럼 다들 기쁨에 들떠 있었지만 교유만은 외려 기쁜 빛이 전혀 없이 수심에 가득한 얼굴을 하고 있었다.

걱정은 걱정이고, 어쨌든 오랜만에 만난 이들을 홀대할 수 없었기에 교유는 억지웃음을 지으며 손분, 오경과 반갑게 인사를 나눴다. 그런데 이들 뒤에 나이 어린 자제들이 많은 것을 보고 교유가 의아한 표정으로 어떻게 된 일인지 물었다.

이에 가장 연장자로 보이는 장수가 앞으로 나와 자신은 손견의 아우 손정(孫靜)으로 자는 유대(幼臺)라고 소개했다. 이어 그는 손권, 손익, 손광, 손랑 등 조카와 유일한 조카딸 손상향을 차례로 소개했다.

그러고 나서 오경이 두 아들 오분(吳奮)과 오기(吳祺)를 소개한 후, 아들과 외종질들에게 교유를 숙부로 존칭하라고 명했다.

이어 오경은 교유에게 이들과 함께 오게 된 이유를 설명했다.

"저 역시 원래 이들을 데리고 출전할 마음이 없었습니다. 그런데 저들이 이번 북상에서 도응과 싸우게 된다는 얘길 듣고 한사코 동행하겠다고 고집을 부리는 것 아니겠습니까? 제가 저들을 만류할 수 없어 이참에 전쟁 경험도 쌓아줄 겸 함께 오게 됐습니다. 대장군이 너그러이 양해해 주십시오."

교유도 너털웃음을 지으며 대답했다.

"괜찮습니다. 고생도 다 경험이죠. 장문(將門)에서 호자(虎子)가 난다더니, 과연 여느 집 아이들과는 확연히 다르군요. 허허."

교유의 말이 채 끝나기가 무섭게 손권이 대뜸 물었다.

"교 숙부, 언제 출전해 도응과 싸울 생각이십니까? 그때 우리 형제가 선봉에 서서 도응과 결사전을 벌여 큰형님의 원한을 꼭 씻고 말겠습니다!"

"하하, 너희들이 선봉에 서겠다고?"

교유는 큰소리로 웃음을 터뜨리고는 오경과 손분을 향해
말했다.

"먼 길을 오느라 피곤할 터이니 얼른 아이들을 데리고 가서
쉬십시오. 성 동쪽에 영지를 마련해 놓았습니다. 그리고 날이
너무 늦어 주연은 내일 준비하겠습니다."

손분과 오경 일행은 교유에게 사례한 후 성 동쪽에 마련된
영지로 향했다.

그런데 이튿날 마침내 일이 터지고 말았다. 교유가 오전 회
의에서 내린 첫 번째 명령이 바로 사대문을 꽁꽁 걸어 잠그고
군사들의 출전을 일절 금하는 영이었기 때문이다. 합비성 장
수들은 당연히 이에 반발해 여기저기서 성토하는 목소리가
쏟아져 나왔다.

교유는 저들의 반응에 전혀 신경 쓰지 않고 말을 이었다.

"성안에 양초가 충족하고 수원도 매우 풍부한 데다 손분
장군의 원군까지 당도했소. 아군이 굳이 성을 나갈 필요가 없
는 상황이라 성문을 철저히 봉쇄하는 것이오. 이는 또한 적군
이 성안으로 몰래 들어와 내응이 될 기회를 완전히 차단하려
는 작전이기도 하오."

합비성 뭇 장수들과 손분, 오경 등은 말도 안 되는 이 작전
에 할 말을 잃고 얼굴만 서로 바라볼 뿐이었다. 그러자 유엽
이 앞으로 나와 교유에게 말했다.

"성문을 꽁꽁 걸어 잠그면 도응의 내응 작전을 방비할 수 있는 건 맞습니다. 하지만 수성전이라고 꼭 일방적으로 적의 공격을 막기만 해서는 안 됩니다. 적절할 때 출격해야 적의 공성 압력을 줄이고, 또 반격의 기회도 잡을 수가 있습니다."

"자양은 병서를 많이 읽어 병법에 달통하다는 것을 잘 알고 있소. 하지만 주공은 합비성을 굳게 지키며 시간을 끌라고 명하셨소. 따라서 이번 합비 대전은 성을 사수하며 도응의 병력을 소모시키는 것이 목적이오!"

그러자 유엽이 웃음을 지으며 말했다.

"성을 사수한다고요? 서주군 발석기의 위력을 눈으로 직접 보시지 않았습니까? 성안에 머물기만 하면서 과연 적의 공격을 당해낼 수 있을까요?"

교유는 차가운 눈초리로 유엽을 노려보고는 단호하게 명을 내렸다.

"발석기의 위력이 얼마나 대단하든, 나는 오로지 주공의 명에 따라 시간을 벌 작정이오. 내 뜻은 이미 결정됐으니 그대들은 이에 따라 즉각 사대문을 꽁꽁 걸어 잠그시오. 영을 어기는 자는 군법에 따라 처벌하겠소!"

그러자 손분이 분연히 일어나 크게 소리쳤다.

"대장군, 지금 대체 무슨 말을 하는 것입니까? 설마 먼 길을 달려 구원 온 우리에게 합비성에 꼼짝 않고 틀어박혀 도응이 거들먹거리는 꼴을 보고만 있으란 말입니까? 도응과 결사전을 마다하는 이유를 속 시원히 얘기해 주십시오!"

결국 올 것이 오고야 말았다고 생각한 교유는 한숨을 내쉰 후 대답했다.

"백양 장군, 잠시 흥분을 가라앉히십시오. 구체적인 이유는 내 따로 말씀드리리다."

하지만 이미 화가 날 대로 난 손분은 거침없이 대꾸했다.

"그냥 여기서 말씀하시지요. 말장이 숙부인 손견 장군을 따라 십수 년을 남정북전했지만 이런 나약한 작전은 생전 들어보지 못했소이다. 성안에 웅크리고 교전을 자제하는 것도 아니고, 아예 성문을 걸어 잠그다니요?"

손분의 태도가 불손한 것을 본 교유 역시 크게 성을 내며 비꼬듯 말했다.

"백양 장군은 말을 참 쉽게 하는구려. 성을 나가 도응과 결사전을 벌이면 승리할 자신이 있으시오?"

"어제 아군이 대파한 서주 군대가 도응이 친히 거느린 적군 주력 부대임을 모르신단 말이오?"

이에 교유가 코웃음을 치며 사정없이 쏘아붙였다.

"대파라고요? 그래서 과연 적군을 몇 명이나 죽이셨소? 듣기로 채 쉰 명도 되지 않는다던데……."

이 말에 손분이 발연대로해 소리를 지르려 하자 상황이 심상치 않다고 여긴 오경이 재빨리 손분을 만류하며 교유에게 말했다.

"조카의 나이가 어려 대장군에게 무례를 범한 점 너무 나무라진 마십시오. 하지만 조카도 절대 악의에서 나온 말이 아닙니다. 도응군이 비록 강하다고 하나 아군이 저들을 두려워하지 않으니 말장 등이 본부 인마를 이끌고 출전해 저들과 결전을 벌이겠습니다. 만약 이기지 못한다면 군법을 달게 받겠습니다."

교유는 묵묵히 오경의 말을 듣고 있다가 잠시 후 입을 열었다.

"그대들이 도응에게 복수하려는 절박한 심정은 충분히 이해하오. 하지만 절대 도응을 얕봐서는 아니 됩니다. 이자는 본시 간사하기로 이름이 높아 간웅 조조마저도 그에게 한 수 접고 들어가고 있습니다. 단언컨대, 어제 전투는 도응이 거짓 패배해 일부러 약세를 보인 것이 틀림없어 장군들이 성을 나가 싸움을 건다면 필시 도응의 간계에 떨어지게 되어 있습니다."

오경 등이 이 말에 믿지 못하겠다는 표정을 짓자 교유는 전에 종리에서 겪었던 일을 상세히 들려주었다.

하지만 손분은 여전히 불복하며 당당한 목소리로 말했다.

"아군이 어제 만난 부대는 적의 주력군인 데다 명장 허저와 고순마저 격퇴했소. 게다가 서주 제일군이라는 군자군까지 물리쳤단 말이오."

이어 손분은 지금까지와 달리 공손한 태도로 출전을 자청했다.

"대장군께 청합니다. 말장이 성을 나가 도응과 결전을 벌이도록 허락해 주십시오. 만약 이기지 못한다면 군법에 따라 처벌받겠다는 군령장을 쓰고 가겠습니다!"

교유는 난색을 표했지만 유해와 유엽 등이 잇달아 손분의 출전을 지지하고, 만약 손분이 패해 돌아온다면 그때 가서 사대문을 걸어 잠가도 늦지 않다고 설득했다.

뭇 장수들의 성화에 못 이긴 교유는 오경과 손분에게 따끔한 가르침도 줄 겸 마침내 이들의 출전을 허락했다. 또한 유해에게는 5천 군사를 이끌고 뒤따라가 접응하라 명하고, 자신은 합비를 지키며 만일의 사태에 대비했다.

잠시 후 손분과 오경이 본부 인마를 이끌고 성을 나가 서주 군영으로 북상하자, 합비성의 동태를 감시하고 있던 서주 척후병이 즉시 이 사실을 대영에 알렸다. 가후, 노숙과 함께 공성 대책을 논의하고 있던 도응은 이 소식을 보고받고 만면에 희색을 띠었다.

노숙 역시 크게 기뻐하며 입을 열었다.

"적군이 드디어 성을 나왔군요. 주공의 유인책이 성공했습니다!"

미소를 짓던 도응이 대꾸했다.

"아직 멀었소이다. 교유는 회하 전투에서 아군의 거짓 패배 계략에 크게 혼쭐이 난 터라 함부로 성을 나왔을 리가 없소.

아무래도 이건 교유가 손분, 오경에게 서주군을 얕봤다가 어떤 대가를 치르는지 똑똑히 보여준 연후에 거북이처럼 목을 움츠리는 것이 최상의 전략임을 증명하려는 것 같소."

"그럼 지금까지의 고생이 허사로 돌아갈지도 모르겠군요."

노숙의 걱정스런 말투에 도응이 웃음만 짓고 있자 가후는 이미 도응의 계략을 꿰뚫어보고 있다는 듯 엷은 미소를 흘리며 물었다.

"주공은 어떻게 우리 단양병을 합비성 안으로 침투시킬 생각이십니까? 손분, 오경과 혼전을 벌이다가 몰래 적진에 숨어 들어가게 할 계획이신지요?"

도응이 고개를 가로젓고 대답했다.

"그리 급할 것 없소이다. 일단 저들에게 우리가 만만한 상대임을 알려 자신감을 심어주는 것이 중요하오. 게다가 손분과 오경은 전투 경험이 풍부해 단번에 단양병을 저들 대오에 잠입시키기도 쉽지 않고요. 따라서 사태를 좀 더 면밀히 지켜보다가 손을 써도 늦지 않을 듯하오."

이어 도응은 고개를 돌려 기다리고 있던 전령에게 명을 전달했다.

"너는 당장 각 영지로 달려가서 적이 싸움을 걸어와도 절대 응하지 말고 영채를 사수하라고 일러라. 만약 함부로 출전하는 자가 있다면 군법에 따라 다스리리라! 또 서성에게는 풍우군을 이끌고 영문을 방어하다가 적군이 몰려오면 화살을 쏴 쫓아내라고 전해라. 그리고 적군이 물러가는 대로 전장을 정리하면서 부상당한 적병을 영채로 데리고 와 급히 구조하라고 하라. 다 크게 쓸데가 있다!"

전령이 명을 받고 나가자 가후가 당부하듯 말했다.

"주공, 이 계책이 훌륭하긴 합니다만 유엽이란 자가 이를 역이용할 수도 있으니 미리 대책을 강구해 놓는 것이 좋겠습니다."

"하하, 문화 선생이 있는데 적의 계책이 무에 두렵겠소? 가장 두려운 건 적이 아무 계책도 쓰지 않는 것이오. 교유처럼 자기 분수를 아는 자야말로 가장 상대하기 까다로운 법이오. 유엽쯤이야 선생 앞에서는 반문농부(班門弄斧)가 아니겠소?"

얼마 지나지 않아 손분과 오경이 거느린 대군이 서주군 대영 가까이 다가와 싸움을 걸어왔다.

그런데 서주군은 영문을 꽁꽁 걸어 닫은 채 누구 하나 밖으로 나와 응전하지 않았다. 처음에 손분과 오경은 적의 매복이 있지 않을까 경계했지만 이내 자신감에 가득 차 군사들을 진두지휘하며 영문을 향해 욕을 퍼부으라고 명했다.

그러나 이런 격장지계(激將之計)에도 서주군은 미동도 하지 않았다.

오전부터 오후까지 쉬지 않고 욕을 퍼부었는데도 아무런 반응이 없자 분기탱천한 손분은 오경의 만류에도 불구하고 군사를 몰아 서주군 영채로 돌격했다.

결과는 빤했다. 손분의 군대가 백 보 안으로 들어서자마자 영채 안에서는 화살이 비 오듯 쏟아졌다.

결국 손분의 군대는 다수의 사상자만 낸 채 뒤로 물러설 수밖에 없었다. 이러기를 두 차례 반복하는 동안 날이 저물기 시작했다.

공연히 헛수고만 한 손분과 오경은 아쉬운 마음을 뒤로하고 군사를 거두어 합비성으로 돌아갔다.

그렇다고 아무런 소득이 없었던 것은 아니다. 단양병들은 강적이라고 알려진 서주군이 자신들과 정면대결을 벌일 용기가 없다는 생각에 사기가 충천하고 자신감이 가득해졌다.

서주군 역시 원하는 바를 얻는 수확을 올렸다. 서성이 전장을 정리할 때 아직 죽지 않은 병사 셋을 발견했는데, 그중 두 명이 바로 단양병이었다. 이에 도응은 급히 이들을 치료하라고 명한 후, 동향들을 시켜 이들과 친밀한 관계를 맺고 손분, 오경 부대 안의 단양병 상황을 자세히 탐문하라고 지시했다.

이로써 서주 단양병을 손분, 오경의 병사로 위장시키려는 작전이 순조롭게 진행되었다.

이튿날에도 손분과 오경은 군사를 이끌고 출전해 싸움을 걸었지만 서주군은 여전히 영문을 굳게 닫고 좀처럼 나오려하지 않았다.

참다못한 손분이 또다시 영채를 향해 돌진했지만 서주군이 어지럽게 쏘는 화살에 이를 바득바득 갈며 되돌아와야만 했다. 이를 계기로 손분, 오경의 군사들은 더욱 득의양양해져 심지어 교유를 공개적으로 비웃는 자들까지 생겨났다.

유엽은 이런 상황이 이틀 동안이나 반복되는 것을 보고 이는 도응의 유인책이 분명하다고 생각했다.

이에 한밤중에 몰래 교유의 부중을 찾아갔다. 삼경에 가까운 시각이었지만 교유는 서재에서 밀린 공문을 처리하던 중이었다.

귀찮은 자의 방문에 교유가 붓을 놓고 유엽을 자리로 청한 뒤 심드렁하게 물었다.

"이 늦은 시간에 어인 일이오? 무슨 중요한 볼일이라도 있소?"

유엽은 공손히 예를 갖추고 단도직입적으로 말했다.

"시간이 늦었으니 용건만 간단히 말씀드리겠습니다. 손분과 오경 두 장군이 두 차례나 싸움을 걸었는데도 도응이 전혀 움직이지 않는 걸로 봤을 때, 이는 대장군의 말씀처럼 우리를 끌어내려는 유인책이 분명합니다. 대장군이 직접 출전해야만 도응도 비로소 영채를 나올 것 같습니다."

유엽이 뜻밖에 자신의 생각에 동조하자 교유는 크게 기뻐하며 대답했다.

"오, 자양이 드디어 내 뜻을 알아주는구려. 고맙기 그지없소이다. 내일 내가 다시 사대문을 걸어 잠그자는 영을 내릴 테니 그때 자양이 날 좀 도와서 장수들을 설득해 주었으면 하오. 자양의 위망이라면 장수들도 분명 귀를 기울여 들을 것이오."

그러자 유엽이 고개를 가로젓고 낮은 목소리로 말했다.

"저는 성문을 꽁꽁 걸어 잠그자는 말을 하려고 온 것이 아닙니다. 대장군, 제 요량에 도응이 가장 바라는 건 바로 대장군이 친히 군대를 통솔해 출전하는 것입니다. 수성에 능한 대장군만 제거하면 마음 놓고 성을 공격해 요지인 합비성을 취할 수 있기 때문이지요."

여기까지 말한 유엽은 잠시 주위를 둘러보고 더욱 조심스럽게 입을 열었다.

"저에게 서주군을 대파하고 합비의 위기를 돌파할 좋은 계책이 하나 있습니다. 다만 이 계책은 대장군이 친히 출전해 적을 유인해야만 가능합니다!"

교유가 깜짝 놀라는 표정을 지으며 물었다.

"내가 직접 출전해 적을 유인해야 한다고?"

유엽은 고개를 끄덕이고 진중한 목소리로 대답했다.

"그렇습니다. 그래야만 도응도 대장군이 성안으로 다시 들어갈 기회를 주지 않기 위해 끝까지 장군을 추격할 것입니다. 누가 나서든, 병력이 얼마나 됐든 대장군이 아니면 절대 도응을 속일 수 없습니다. 그리고 설사 유인 작전이 실패하더라도

합비성과 장군의 옥체에는 조금도 피해가 가지 않게 이 엽이
확실히 대비하겠습니다."

이틀 동안 별무소득이었던 손분과 오경은 셋째 날에도 성
을 나가 싸움을 걸겠다고 자청했다. 하지만 이번에는 교유가
이를 허락하지 않았다. 손분이 교유의 명에 반발하려 하자 유
엽이 재빨리 앞으로 나와 권유했다.

"먼 길을 와서 피곤한 두 장군의 대오는 쉬지도 못하고 연
이틀 싸움에 나서느라 체력이 크게 소진되었습니다. 그러니
성내에서 이틀간 휴식을 취하며 사졸들의 체력이 회복된 뒤
출전해도 늦지 않을 것입니다."

이와 동시에 그는 손분과 오경의 불만을 가라앉히기 위해
교유에게도 성문을 틀어막는 작전을 재고하라고 건의했다.

잠시 고민에 잠겼던 교유가 이를 받아들이자 손분과 오경
은 비로소 마음을 놓고 유엽의 권고대로 성안에서 이틀간 휴
식을 취하기로 결정했다.

약속한 이틀이 지나고 셋째 날 오전이 되자 손분과 오경은
다시 교유에게 출전을 허락해 달라고 청했다.

교유도 이에 전혀 반대하지 않고 즉각 성을 나가 서주군에
게 싸움을 걸라고 명했다.

＊　　　　＊　　　　＊

합비군이 안병부동하며 아무런 움직임도 보이지 않은 이틀간, 사실 서주군도 답답해하기는 마찬가지였다.

장수들은 잇달아 도응에게 달려가 더 이상 시간 낭비하지 말고 즉각 공성에 들어가자고 요구했다.

이에 도응은 장수들을 달래며 말했다.

"기왕 적을 유인하기로 결심하고 영채를 30리나 뒤로 물렀소. 그런데 잠깐 동안의 화를 참지 못하고 출격한다면 지금까지 쌓은 공든 탑이 무너지는 것 아니겠소? 회남에서 얻은 양초가 수춘성에 높이 쌓여 있으니, 양초 걱정이랑 말고 참는 김에 며칠만 더 기다려 봅시다."

그리고 셋째 날이 되자 마침내 손분, 오경의 부대가 세 번째로 성을 나와 싸움을 걸어왔다.

척후병의 보고를 받은 도응은 비로소 안도의 한숨을 내쉬고 장중에 있는 뭇 장수들에게 명을 내렸다.

"이전처럼 우리는 일단 영문을 굳게 닫고 싸우지 않을 것이오. 서성은 영채 방어를 책임지고, 허저와 고순, 진도, 후성, 조성, 장흠 여섯 장수는 각자 군사를 거느리고 야간 전투를 치를 준비를 하시오. 유시(酉時 : 오후 5시~7시) 정각이 되면 바로 영채를 나와 단번에 손분, 오경의 군대를 격파하고 저들이 밤중에 합비성으로 달아나도록 유도해야만 하오!"

허저가 기쁨에 들떠 물었다.

"주공, 오늘은 일부러 패하지 않아도 되는 겁니까?"

도응이 피식 웃고는 고개를 끄덕이며 대답했다.

"물론이오. 하지만 영채를 나오는 시각이 가장 중요하니 이를 꼭 명심해 주길 바라오."

도응이 유시 정각에 출전하도록 명한 데는 이유가 있었다.

서주 대영에서 합비성까지는 30리가량 떨어져 있어서 압도적인 군사력으로 손분, 오경의 군대를 격파한 후 저들이 성안으로 달아날 때쯤이면 날이 어두워질 것이 확실했다.

도응은 바로 이때를 노려 적군으로 위장한 서주 단양병을 몰래 합비성 안으로 침투시키고 다음 공성 작전에 이용할 요량이었다. 그런데 도응이 이 계획을 실행에 옮기기 직전에 전혀 예상치 못했던 일이 발생하고 말았다.

이전과 마찬가지로 서주군은 시종 영문을 닫은 채 밖으로 나오지 않았고, 욕을 퍼붓던 손분, 오경의 부대는 영채로 진격하다가 풍우군의 화살에 쫓겨 달아났다.

유시에 일각을 남겨 놓았을 때쯤, 손분, 오경의 부대가 재차 돌격에 나섰다가 달아나자 이미 군사를 모아놓고 대기하던 서주 제장들이 막 출격하려고 하는데 일지 군마가 홀연히 전장에 모습을 드러냈다. 그는 다름 아닌 교유였다.

한사코 수성을 고집하던 교유가 친히 3천 군사를 거느리고 손분과 오경을 접응하러 달려온 것이었다.

교유의 대장기가 점점 서쪽으로 기우는 햇빛 아래에 모습을 드러내자, 서주군은 말할 것도 없고 손분과 오경 또한 깜짝 놀랐다.

이들이 서둘러 교유를 맞이하며 어떻게 된 영문인지 묻자 교유가 차분하게 대답했다.

"탐마의 보고를 듣자니 두 장군이 오늘 두 차례나 서주군 대영으로 돌격했다는구려. 그래서 장군들에게 변고가 발생할까 염려돼 내 친히 접응을 나온 것이오. 서주군은 여전히 영채에 틀어박혀 나오지 않고 있소?"

오경이 공손하게 공수하며 말했다.

"대장군의 배려에 감사할 따름입니다. 상황은 말씀하신 바와 같습니다. 도응은 대영 안에 꽁꽁 숨어 나올 기미가 보이지 않습니다."

"음, 도응이 대체 무슨 꿍꿍이인지 모르겠구려."

교유는 짐짓 의문을 표하고는 하늘을 쳐다보더니 말했다.

"날이 아직 이르니 내 친히 적군 대영으로 가 싸움을 걸어보겠소. 이래도 도응이 나오지 않는지 두고 봅시다."

손분과 오경은 이 말에 크게 기뻐하며 즉시 교유를 호위해 적진 앞으로 발걸음을 옮겼다.

교유가 친히 출전했다는 보고에 도응은 순간 눈이 동그래지며 믿기 어렵다는 표정을 지었다. 하지만 장중의 장수들은 크게 환호하며 지체 없이 도웅에게 재촉했다.

"주공, 얼른 출전 명령을 내려 주십시오. 교유만 제거한다면 합비를 취하기는 손바닥을 뒤집는 것보다 쉽습니다. 하늘이 내린 이 기회를 절대 놓쳐서는 안 됩니다!"

"교유처럼 조심성 많은 자가 제 발로 죽여주십사 달려왔다고? 아니면 내가 정말 손분, 오경을 두려워한다고 여긴 걸까, 혹시 믿는 구석이 있어서 나온 건 아닐까?"

도웅은 여전히 미심쩍은 얼굴을 하고 혼잣말로 중얼거리다가 곁에 있던 가후에게 재빨리 물었다.

"문화 선생은 어찌 생각하시오?"

가후는 아무 말도 없이 눈을 감고 생각에 잠겨 있다가 갑자기 벌떡 일어나 모래 위에 그린 모형 지도 쪽으로 급히 달려갔다.

도웅 역시 그 뜻을 알아차리고 뒤를 따라가 함께 자세히 지도를 살펴보았다. 이어 둘은 약속이나 한 듯 이구동성으로 크게 소리쳤다.

"그래, 시수(施水)구나, 시수야!"

같이 지도를 보고 있던 노숙이 의아한 표정으로 물었다.

"주공, 문화 선생, 시수가 어떻단 말입니까?"

도웅이 단호한 목소리로 대답했다.

"시수 남쪽에 분명 매복이 있소! 교유는 우리가 자신을 만나면 절대 놔주지 않으리라는 사실을 알고 스스로 미끼가 돼 아군을 유인하려는 생각이오. 일부러 유시를 택한 것도 날이 어두워진 틈을 타 시수로 아군을 유인한 다음 다리 남쪽에 숨어 있는 복병이 부지불식간에 튀어나와 아군을 덮칠 계략인 것이오."

서주 제장이 교유에게 과연 그럴 머리가 있는지 의문을 표하자 도응이 코웃음을 치고 말했다.

"흥, 이건 저들의 지낭 유엽이 다 획책한 짓이 분명하오. 교유가 어떻게 시간과 지형, 아군의 심리를 모두 감안한 계략을 꾸밀 수 있겠소?"

서주 제장은 그제야 고개를 끄덕이며 도응의 지략에 감탄한 후 물었다.

"주공, 그럼 우리는 이에 어떻게 대응해야 합니까?"

도응이 채 대답하기도 전에 가후가 먼저 말을 꺼냈다.

"주공, 이번에는 필히 군자군을 출동시켜 교유가 강을 건너기 전에 시수 교량을 파괴해야 합니다. 그리하여 적 복병의 발을 묶어놓고, 교유도 다른 길로 성안으로 들어갈 수밖에 없게 만든 다음 기회를 엿봐 공격을 가해 성을 취하면 가장 좋고, 실패하더라도 원래 계획을 실행에 옮기면 그만입니다."

가후의 계책에 흡족한 웃음을 보인 도응은 도기에게 즉각 명을 내렸다.

"하늘이 네게 대공을 세울 기회를 주었구나. 인화 물질과 도끼를 최대한 챙기고 가 시수 교량을 모두 파괴해 버려라. 지금 당장 출동하라!"

도기는 크게 기뻐하며 서둘러 막사를 빠져나갔다. 이어 도응은 노숙과 가후, 서성에게 영채를 지키도록 하고, 친히 허저, 고순 등 여섯 장수와 함께 주력군을 거느리고 교유와 대치하기 위해 영문을 나갔다.

동시에 가려 뽑은 단양병 30명에게도 회남 군복으로 갈아입게 한 후 기회를 엿봐 적진에 숨어들어 합비성으로 침투하라는 명을 내렸다.

유시를 조금 넘긴 시각, 굳게 닫혀 있던 서주 대영의 영문이 마침내 활짝 열렸다.

석양 아래에서 끊임없이 영채를 빠져나온 서주군은 질서정연하게 영문 밖 양쪽에 진세를 펼쳤다.

이 광경을 지켜보던 회남군도 즉각 도발을 멈추고 서주군과 결전을 벌이기 위해 진용을 재정비했다.

한편 군자군은 이때 옆문으로 몰래 영채를 빠져나가 시수로 곧장 달려갔다.

잠시 후, 1만 5천 서주군이 엄숙하고 정연하게 군용을 갖추자 그 위세에 여러 번 당한 바 있는 교유는 간담이 서늘해짐을 느꼈다. 줄곧 서주군을 깔보던 손분과 오경 등도 전과는 완전히 다른 분위기에 압도당하기 시작했다.

양군의 대장기가 바람에 나부끼는 가운데, 은빛 갑옷을 입고 백마에 올라탄 도응은 휘하 장수들을 대동하고 곧장 진영 앞으로 달려 나가 큰소리로 웃으며 말했다.

"교유 장군, 드디어 모습을 드러내셨군요. 본 자사가 장군을 기다린 지 오래입니다. 상황 판단이 섰다면 순순히 말에서 내려 항복하시지요. 내 목숨만은 살려드리리다."

교유가 퉤 하고 침을 뱉으며 노호할 때, 곁에 있던 손분이 먼저 나서서 도응에게 욕을 퍼부었다.

"도응, 간적 놈아! 지난번 소호 전투에서 요행히 목숨을 건질 걸 행운으로 알아라! 이번에는 내 반드시 네놈을 찢어 죽여 백부의 원한을 갚고야 말리다!"

하지만 도응은 이에 전혀 맞대응하지 않고 태연자약하게 말했다.

"백양 장군, 너무 흥분하지 마십시오. 지난번에는 상향 누이가 다칠까 염려해 손을 쓰지 않은 것뿐입니다. 이번에는 상향 누이가 없으니 더는 손속에 사정을 두지 않겠습니다."

이 말에 손분은 화가 머리끝까지 치밀어 올라 교유의 명령도 기다리지 않고 곧장 도응을 향해 말을 짓쳐 달려갔다.

"네 이놈, 당장 목을 내놓아라!"

이에 도응은 고순에게 출전 명령을 내렸다.

"고순, 이번에는 저자에게 본때를 보여주시오."

고순은 아무 말 없이 창을 비껴들고 나는 듯이 손분에게 달려들었다. 두 장수가 몇 합을 겨루지도 않았는데 지난번과 전혀 다른 고순의 창 솜씨에 손분은 점점 뒤로 밀리기 시작했다.

손분이 연이어 위험한 상황에 처하자 마음이 다급해진 손분의 아우 손보는 급히 말을 몰아 출진하며 큰소리로 외쳤다.

"필부 놈아, 내 형님을 다치게 하지 마라!"

이를 본 도응은 허저에게 출전을 명하며 낮은 목소리로 분부했다.

"중강, 가능한 한 저자를 사로잡아 오도록 하시오."

허저는 도응의 명에 대답하고 즉각 손보에게 달려갔다.

두 장수가 겨룬 지 단 일 합만에 허저는 손보의 창을 허공으로 날려 버리고 왼팔로 손보를 낚아채고서 본진으로 말머리를 돌렸다.

손보가 기를 쓰며 발악했지만 허저의 완력 앞에 속절없이 끌려갈 수밖에 없었다.

"소장군—! 등당이 여기 있다. 당장 우리 소장군을 놓아 주어라!"

교유 대오에서는 또다시 등당이 뛰쳐나와 크게 고함을 지르며 허저의 뒤를 추격했다. 그가 창을 들어 허저의 등을 찌르려는 순간, 허저가 몸을 돌릴 틈도 없이 씽 하고 허공을 가르는 소리와 함께 화살이 등당의 왼쪽 눈에 그대로 적중했다.

등당은 처량한 외마디 비명을 지르며 말에서 떨어져 바닥을 나뒹굴었다.

"자형—!"

이번에는 소년 장수 하나가 달려 나오며 등당을 포박하려는 서주 사병을 저지하려고 했다. 도웅은 이 호칭과 등당이라는 이름을 듣고 웃음을 띠며 말했다.

"오하아몽(吳下阿蒙)? 드디어 모습을 드러내는구나. 하지만 안타깝게도 지금은 너의 시대가 아니다. 숙지, 출전하라!"

진도는 "예" 하고 크게 외치고서 창을 비껴들고 여몽을 향해 달려들었다.

여몽이 필사적으로 대항했지만 진도의 현란한 창 놀림에 온몸에 상처를 입고서 서주 사병에게 끌려가는 등당을 빤히 눈뜨고 바라볼 뿐이었다.

순식간에 두 명이 포로로 잡히고, 또 다른 두 명이 수세에 몰리자 손가 진영의 오경, 손정, 오분, 오기가 골육을 구하기 위해 일제히 앞으로 달려 나왔다.

도웅도 후성, 장흠, 주태를 출전시켜 적장들을 막으라고 명했다. 허저 또한 이미 혼절한 손보를 도웅 앞에 내동댕이친 후 말머리를 돌려 오경에게 곧장 진격했다.

서주 장수들이 그동안 감춰왔던 무용을 유감없이 드러내자 손가의 장수들은 이를 당해내지 못하고 점점 뒤로 밀리기 시작했다.

이 와중에 오경의 차자 오기는 주태의 창에 명치를 찔려 그

자리에서 비명횡사하고 말았다. 오경과 오분은 이를 보고 큰 소리로 울부짖으며 오기에게 다가가려 했지만 허저와 후성에 게 가로막혀 제 몸 하나 간수하기 어려운 형편이었다.

손분과 여몽 역시 고순과 진도의 공격에 온몸이 피투성이 가 돼 하는 수 없이 본진으로 달아났다.

이 광경을 지켜보던 손가의 군사들은 간담이 서늘해져 몸 을 벌벌 떨었고, 교유도 혼비백산이 돼 급히 징을 쳐 합비성으 로 퇴각하라는 명을 내렸다.

적의 징소리에 도응은 바로 추격 명령을 내리지 않고 잠시 기다렸다가 큰소리로 외쳤다.

"북을 울리고 전군은 총공격에 나서라!"

하늘을 뒤흔드는 북소리에 서주군은 일제히 함성을 지르며 적군의 뒤를 맹렬히 추격했다. 조수처럼 밀려드는 서주군의 공세에 교유군 후미는 아수라장으로 변했고, 여기저기서 처참 한 비명 소리가 끊임없이 울려 퍼졌다.

이미 대오가 붕괴된 교유군은 서로 밟고 밟히며 무수한 사 상자를 냈고, 무기를 버리고 투항하는 자도 그 수를 헤아리기 어려웠다.

이때는 날이 이미 어두워져 서주군은 일제히 횃불을 들고 적군의 뒤를 쫓았다. 그 길에는 거대한 횃불의 물결이 형성돼 하늘 한쪽이 온통 붉게 빛나고 있었다. 이를 본 교유는 심장 이 두근두근하면서도 속으로 몰래 웃음을 지었다.

"그래, 얼른 따라와라. 시수를 건너기만 하면 너희들은 이제 끝장이라고. 흥!"

하지만 교유의 기쁨은 얼마 지나지 않아 절망으로 바뀌고 말았다. 높이 솟은 합비성 성벽의 불빛이 희미하게 보일 때쯤, 성의 동서 양쪽에서 하늘을 찌를 듯한 불길이 솟아올랐다.

교유가 불길한 예감에 멍하니 이를 바라보고 있는데, 전령이 급히 달려와 울먹이는 목소리로 보고했다.

"대장군, 우리의 계획이 이미 적군에게 간파되었습니다! 군자군이 합비 부근의 모든 교량을 불살라 버려 우리는 물론이고 강 남쪽의 복병도 다리를 건널 수가 없습니다. 자양 선생이 북문을 열어 놓았다며 장군께 그쪽 길을 통해 성으로 들어오시라고 했습니다!"

교유가 갑자기 미친 듯이 화를 내며 노호했다.

"그걸 지금 말이라고 하느냐! 적군이 뒤를 바싹 쫓아오고 있는데 이 많은 병마가 언제 다 성안으로 들어간단 말이냐!"

전령이 쩔쩔매며 아무 대답도 못 하자 교유는 하늘을 우러러 탄식했다.

"자양, 그대는 대체 얼마나 날 구렁텅이로 빠뜨리려 하는가! 알겠다. 북문으로 진로를 바꿔라. 최대한 많은 병사가 살아서 돌아가길 기대할 수밖에 없겠구나!"

한편 그 시각, 합비성 성루에서는 유엽이 하늘을 향해 장탄식을 터뜨리고 있었다.

"아, 내가 도대체 어떤 적수를 만났단 말인가! 사항계며 차도살인이며 온갖 계책을 모두 다 동원했는데, 어떻게 도응이란 놈은 한 번도 걸려들지 않는단 말인가! 아, 하늘이 나를 버리는구나, 하늘이 나를 버려!"

*　　　　　*　　　　　*

시수의 교량이 모두 불타자 교유는 하는 수 없이 진로를 변경해 합비성 북문으로 달아났다. 하지만 많은 병사들이 채 조교(弔橋)를 건너기도 전에 서주의 추격군이 함성을 지르며 지척까지 들이닥쳤다.

놀라고 당황한 병사들은 서로 먼저 성안으로 들어가기 위해 자기들끼리 밟고 밟히는 것은 물론, 심지어 동료들을 칼로 베고 앞으로 나아갔다.

조교에 밀집된 병사들 사이에서는 처절한 비명 소리가 끊이지 않았지만 성안으로 들어가는 병사보다 오히려 동료의 칼과 발에 목숨을 잃는 병사가 훨씬 많았다.

다리가 아수라장으로 변한 가운데 서주군이 백 보 안까지 쳐들어오자, 부상을 입고 성안으로 들어온 교유는 어쩔 수 없다는 듯 눈물을 머금고 명을 내렸다.

"다리를 거둬들이고 화살을 발사하라. 성 밖에 남은 사병들에겐 미안하지만 적이 다리를 건너면 합비성이 위험해진다!"

교유의 명이 떨어지자마자 성안의 수비군은 즉각 조교를 들어 올렸고, 한참 전부터 대기하고 있던 궁노수들은 일제히 화살을 발사했다.

이에 다리에 밀집돼 있던 패잔병들은 중심을 잃고 해자로 추락하거나 화살에 맞아 그 자리에서 쓰러졌다.

또한 다리에 오르지 못하고 성 밖에 남아 있던 회남 병사들은 서주군의 칼에 무참하게 목숨을 잃고 말았다.

성벽에서 이 광경을 지켜보던 교유의 눈에서는 통한의 눈물이 비 오듯 쏟아졌다.

도응은 친히 대군을 이끌고 적을 추격하던 중, 전령으로부터 합비성 상황을 보고받고 즉각 명을 내렸다.

"투항하는 자는 죽이지 않겠다고 외치며 적에게 항복을 권유하라. 가능한 한 많은 적들의 항복을 받아내고, 이를 합비성안의 적들에게 똑똑히 보여주어라. 저들에게 반드시 투항하면 살 수 있다는 인식을 심어줘야 한다!"

명을 받은 서주 군사들이 투항하면 죽이지 않겠다고 외치고 다니자, 막다른 골목에 몰린 회남 패잔병들은 당장 무기를 버리고 서주군 앞에 넙죽 엎드렸다.

죽으면 죽었지 투항하길 원치 않던 병사들도 어수선한 틈을 타 사방으로 달아나 버렸다.

이에 잔혹하고 피비린내 나던 추격전도 서서히 정리 단계로 접어들었다.

이튿날 합비성에서 교유 등 제장들이 모여 패전을 수습하고 인마를 재정비하고 있을 때, 대당 밖에서 전령이 나는 듯이 달려와 교유에게 보고했다.

"대장군, 서주군이 손보와 오분 두 장수를 압송해 성 아래에 이르렀습니다. 서주군 적장 도응은 손보와 오분 장군을 송환하겠다며 오경, 손분 장군에게 대화를 청하고 있습니다. 또 대장군과 유엽 선생도 함께 나와 주었으면 좋겠다고 얘기합니다."

"뭐라고?"

교유와 오경 등은 깜짝 놀라 소리를 지르고는 도응이 또 무슨 수작을 부리려는지 몰라 어안이 벙벙한 표정을 지었다. 이어 이들은 더 생각할 것도 없이 곧장 합비성 북문으로 달려갔다.

성루에 올라가 보니 과연 도응이 손보와 오분을 포박한 채 성 아래에서 여유작작하게 기다리고 있었다.

도응은 교유 등이 성루로 올라온 것을 보고 웃음을 지으며 큰소리로 말했다.

"교유 장군, 오 태수, 백양 장군, 오늘 또 뵙게 되는군요. 교 장군 곁에 있는 문관은 혹시 여강에서 명성이 자자한 유엽 선생 아닙니까? 선생의 대명을 오래전부터 들었는데 오늘 이렇게 뵙게 돼 영광입니다."

오늘 도응을 처음 본 유엽은 생각 외로 젊은 그의 모습에 적잖이 놀랐다. 어찌 저 나이에 이리도 꾀가 많고 지모가 뛰어나단 말인가. 속으로 탄성을 지른 유엽은 몸을 굽혀 예를 갖추고 대꾸했다.

"미천한 이름을 기억해 주시니 영광입니다. 제가 바로 유엽입니다."

그런데 이때 도응이 한가로이 수다나 지껄이는 데 화가 난 오경이 큰소리로 꾸짖었다.

"네 이놈! 내 아들과 조카를 여기로 끌고 온 의도가 무엇이냐?"

"그거야 당연히 두 소장군을 장군 품으로 돌려보내기 위함입니다."

이 말에 손분은 믿지 못하겠다는 표정을 지으며 노호성을 터뜨렸다.

"흥, 허튼수작 부리지 마라! 네놈이 내 아우와 사촌동생을 돌려보낸다면 해가 서쪽에서 뜨고 말 것이다!"

"그럼 오늘은 해가 서쪽에서 뜨겠군요. 백양 장군, 잠시 홍분을 가라앉히고 제 얘기를 들어 주십시오. 솔직히 말해서 저도 이렇게 빨리 두 소장군을 풀어 주리라고는 예상치 못했습니다. 일단 전 여러분에게 백부 장군의 죽음이 저와 무관하다는 사실을 해명한 다음, 친구는 아니더라도 더 이상 적이 아닌 상태에서 저들을 풀어주려고 했습니다. 그런데 오늘 아침 가후 선생이 들려준 얘기에 크게 깨달은 바가 있어 원래 계획을 버리고 급히 이리로 달려온 것입니다. 우리 사이의 원한이 더 깊어지기 전에 소장군들을 송환하겠습니다."

손분과 오경은 도응의 말을 들을수록 머릿속만 더욱 뒤죽박죽이 되었다. 잠시 머뭇거리던 오경이 큰소리로 외쳤다.

"도대체 지금 무슨 꿍꿍이를 부리는 것이냐!"

하지만 도응은 아무 대꾸도 하지 않은 채 교유와 유엽 쪽으로 고개를 돌려 말했다.

"저와 문화 선생의 예측이 틀리지 않다면, 두 분은 어제 손분과 오경 두 장군이 성을 나왔을 때부터 아군이 시수가의 교량을 불살랐을 때까지 사전의 계획을 전혀 알리지 않은 것으로 여겨집니다. 그렇지 않다면 손분과 오경 장군이 그토록 목숨을 걸고 싸웠을 리가 없었을 테지요. 제 말이 맞습니까?"

도응의 말에 손분과 오경 등은 순간적으로 멈칫했고, 유엽은 머릿속이 어쩔해져 속으로 비명을 질렀다.

교유도 상황이 심상치 않게 돌아가는 것을 보고 큰소리로 노호했다.

"네놈이 감히 우리 군중을 이간하려는 것이냐!"

도응은 잠시 웃음을 지어 보인 후 유엽에게 말했다.

"자양 선생, 세상 사람들이 모두 조조는 간사하고 동탁은 잔학하다던데, 지금 보니 여기에 선생의 이름도 올려야겠습니다. 전에는 정보 장군 부대를 미끼로 쓰는 것도 마다않더니, 지금은 손분과 오경 장군의 1만 2천 군사를 죽음으로 내몰았군요. 이런 당당한 기백은 제가 도무지 따라잡기 어렵습니다!"

유엽이 땀을 비 오듯 흘리며 당황해 어쩔 줄 몰라 하자, 교유가 궁노수의 활을 낚아채 노호성을 지르며 도응에게 화살을 날렸다. 도응은 잠시 뒤로 물러난 후 큰소리로 웃으며 말했다.

"교유 장군, 방귀 뀐 자가 도리어 성을 내는 격이로군요. 그런다고 사실이 바뀌지는 않습니다."

교유는 화가 머리끝까지 치밀어 올라 도응에게 한바탕 욕을 퍼부었다.

그런데 손분과 오경이 의심 가득한 얼굴로 자신을 바라보고 있자 교유는 안절부절못하며 낮은 목소리로 속삭였다.

"전부 다 오해요. 일의 자초지종은 내 잠시 후 자세히 설명해 드리리다. 지금은 절대 도응의 이간계에 떨어져서는 아니되오."

이 광경을 바라보던 도응이 다시 말했다.

"교유 장군, 더 하실 말씀은 없습니까? 저도 장군의 입장을 충분히 이해합니다. 저 같았어도 손분, 오경 두 장군의 군대를 희생하지, 절대 서주군을 희생양으로 삼지 않았을 겁니다. 이것이 인지상정이지요. 아, 그리고 보니 정보나 유비도 이런 이유로 장군에게 희생되었겠군요."

교유는 화가 날 대로 나 길길이 날뛰며 고래고래 소리를 질렀다.

"입 닥쳐라! 내가 손분, 오경 두 장군을 속인 일이 어떻단 말이냐! 내가 이런 방법을 쓰지 않았다면 간악하기로 이름난 네놈이 계략에 떨어지겠느냐? 게다가 백부 조카는 간적인 네놈에게 해를 당했다. 내가 백부의 복수를 위해 이리한 걸 안다면 저들로 다 이해할 것이다!"

"장군도 스스로 인정하시는군요. 잘됐습니다. 그러면 손분, 오경 두 장군 및 그들 군대에게 잘 설명하시길 바랍니다."

도응은 그제야 홀가분한 표정을 지은 후, 편지 한 통을 꺼내며 말을 이었다.

"오 태수, 백양 장군, 제가 편지에 일의 경과를 상세히 적어 놓았습니다. 잠시 후 손보, 오분 장군 편을 통해 편지를 전달할 테니, 교 장군이 장군들을 희롱했는지 아니면 진실을 얘기했는지 대조해 보십시오."

말을 마친 도응은 그 편지를 오분의 품속에 밀어 넣었다. 그러자 손보는 믿기 어렵다는 듯 더듬거리며 물었다.

"정… 정말 우리를 풀어주는 것이냐? 우리를 속… 속이는 것 아니냐?"

"물론이오."

도응은 온화한 웃음을 지으며 대답한 후, 손을 크게 휘두르며 소리쳤다.

"손보와 오분 두 장군을 성안으로 돌려보내라!"

이에 서주 병사들이 손보와 오분의 포박을 풀어주자 이들은 사력을 다해 합비성 해자까지 달려가 다리를 내려달라고 크게 외쳤다.

손분과 오경은 이 사실이 믿기지 않는 듯 기쁨의 환호성을 지르며 교유에게 당장 다리를 내리고 성문을 열어달라고 요청했다.

하지만 교유는 이를 꽉 다문 채 감히 명령을 내리지 못했다.

이를 본 도응이 득의양양한 표정으로 교유에게 말했다.

"혹시 이 틈을 타 아군이 성안으로 쳐들어갈까 걱정이 되십니까? 염려 마십시오. 오늘은 성을 공격할 마음이 없소이다. 참, 항복한 귀군 병사에게 듣자니 성안에 모래주머니와 목석을 다량 준비해 두었다더군요. 사대문을 꽁꽁 틀어막을 작정인가 본데, 그랬다간 성안의 군민들이 어디로 도망가겠습니까? 저는 조조처럼 성안의 백성을 모조리 학살하는 데 취미가 없습니다. 합비성을 공파한 후 투항하기만 한다면, 교 장군을 비롯해서 누구라도 죽이지 않겠습니다."

이 말에 교유의 얼굴은 점점 더 철색으로 굳어갔지만 도응은 전혀 아랑곳하지 않고 몸을 돌려 자신의 대영으로 돌아갔다.

도응은 말을 타고 달려가며 일부러 큰소리로 외쳤다.

"전군은 들어라. 내일부터 합비성에 맹공을 퍼부을 것이다! 성을 함락한 뒤 항복하는 자는 모두 살려주어라! 하지만 완강하게 저항하는 자는 삼족을 멸해 버려라!"

서주 장사들은 우렁차게 '존명'을 외친 후 도응의 뒤를 따라 표표히 자리를 떴다. 하지만 합비성 안의 문무 관원과 장사들은 두려운 마음에 몸이 얼어붙고 말았다.

도응군이 물러가자 손보와 오분은 마침내 합비성 안으로 들어가 친족들과 해후하고 도응의 편지를 건넸다.

편지를 읽은 손분과 오경은 그야말로 표정이 잔뜩 일그러져 유엽을 잡아먹을 듯 노려보았다. 하지만 유엽은 온몸이 땀으로 젖어 감히 입을 열지 못했다.

이에 교유가 나서서 손분과 오경에게 거듭 자초지종을 설명했다.

"도응을 속이려면 어쩔 수가 없었소. 이 방법으로 적을 유인해 반격을 가하려고 했는데, 뜻밖에도 도응 놈이 자양의 묘계를 간파해 미리 교량을 불살라 버릴지 누가 알았겠소? 그래서 두 장군의 부대가 큰 피해를 입었던 것이오. 이 점은 내 깊이 사과드리리다."

손분과 오경은 이것이 좋은 의도에서 나왔음을 알기에 더 이상 따지지 않고 넘어가기로 마음먹었다.

하지만 문제는 단양 병사들의 반응이었다.

자신들이 희생양으로 쓰였다는 소문이 군중에 널리 퍼지자 눈앞에서 수많은 동료를 잃은 단양병들은 그만 분노가 폭발하고 말았다.

이들은 직접 교유의 중군 대당을 포위하고 욕설을 퍼붓는 일도 서슴지 않았다. 이에 교유는 부득불 군대를 동원해 이들을 진압하고, 친히 나서서 사과하고 위로해야만 했다.

한편 일부 특정 집단의 부추김 아래, 무수한 유언비어가 단양병 군중에서 떠돌기 시작했다.

『전공 삼국지』 8권에 계속…

초대형 24시 만화방

신간 100%, 샤워실, 흡연실, 수면실(침대석), 커플석, 세탁기 완비

■ 강북 노원역점 ■

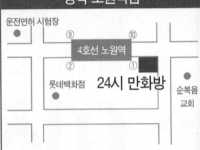

서울 노원구 상계동 340-6 노원역 1번 출구 앞 3층
02) 951-8324 (화용빌딩 3층)

■ 일산 정발산역점 ■

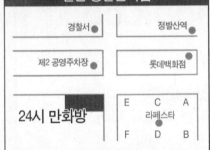

라페스타 E동 건너편 먹자골목 내 객잔건물 5층
031) 914-1957

■ 일산 화정역점 ■

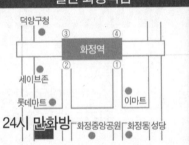

경기도 고양시 덕양구 화정동 984번지 서일빌딩 7층
031) 979-4874 (서일사우나 건물 7층)

■ 부천 역곡역점 ■

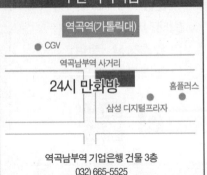

역곡남부역 기업은행 건물 3층
032) 665-5525

■ 부평역점 ■

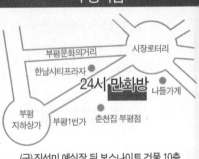

(구) 진선미 예식장 뒤 보스나이트 건물 10층
032) 522-2871

만상조 新무협 판타지 소설

FANTASTIC ORIENTAL HEROES

천하제일이란 이름은 불변(不變)하지 않는다!

『광풍제월』

시천마(始天魔) 혁무원(赫撫源)에 의한 천마일통(天魔一統)!
그의 무시무시한 무공 앞에 구대문파는 멸문했고,
무림은 일통되었다.

"그는 너무나도 강했지.
그래서 우리는 패배했고, 이곳에 갇혔다."

천하제일이란 그림자에 가려져 있던 수많은 이인자들.

"만약……"
"이인자들의 무공을 한데로 모은다면 어떨까?"
"시천마, 그놈을 엿 먹일 수도 있을 거야."

**이들의 뜻을 이어받은 소년, 소하.
그의 무림 진출기가 시작된다.**

Book Publishing CHUNGEORAM

유행이 아닌 자유추구 -
WWW.chungeoram.com

FUSION FANTASTIC STORY

말리브해적 장편소설

MLB
메이저리그

Book Publishing CHUNGEORAM

유행이 아닌 자유추구—
WWW.chungeoram.com